윤동주를 위한 강의록

윤동주를 위한 강의록

2018년 11월 26일 1판 1쇄 발행 / 2022년 8월 29일 1판 2쇄 발행

지은이 송희복 / 펴낸이 민성혜
펴낸곳 글과마음 / 출판등록 2018년 1월 29일 제2018-000039호
주소 (06367) 서울특별시 강남구 광평로 280, 1106호(수서동)
전화 02) 567-9731 / 팩스 02) 567-9733
전자우편 writingnmind@naver.com
편집 및 제작 Book공방

ISBN 979-11-964772-1-9 (03810)

이 도서의 국립중앙도서관 출판시도서목록(CIP)은 서지정보유통지원시스템 홈페이지
(http://seoji.nl.go.kr)와 국가자료공동목록시스템(http://www.nl.go.kr/kolisnet)에서
이용하실 수 있습니다. (CIP제어번호: CIP2018037275)

윤동주를 위한 강의록

송희복 지음

글과마음

　최근 4년간에 걸쳐, 나는 윤동주에 대한 관심을 적잖이 가져 보았다. 나는 2015년이 되던 해에 '해방 70주년, 윤동주 70주기'를 기념하기 위해 강단에서 학생들에게 몇 차례 윤동주를 가르쳤고, 아무 월간지의 편집위원으로서 이에 관한 특집을 두 차례 기획했다. 2016년에는 저예산으로 만들어진 영화 「동주」가 영화관 안으로 수많은 관객들을 끌어들였다. 예상 밖의 일이었다. 나는 그때 학생들에게 이 영화를 보게 하고, 또 영화감상문을 쓰게 했다. 이 강의 기획은 내 수업을 듣던 학생이 거의 모두 동참했다. 윤동주에 관한 열기는 사회적인 분위기를 편승하면서 탄생 백주년이던 작년 2017년에 이르러 한껏 고조되었다. 나는 2015년 이래 올해에 이르기까지 윤동주에 관해 강의를 드문드문 해왔던 것이다.

　나는 지금 진주교육대학교에 재직하고 있다. 얼마 전에는 20년의 재직 기간을 넘겼다. 앞으로 정년을 하려면 4년이 조금 모자라게 남아 있는데 내 강의록을 남겼으면 하고 생각해온 터에, 나는 이 책을 통해 아홉 편의 강의록을 수록하기로 했다. 이 강의록은 대체로 2015학년도에 강의했던 내용으로 이루어져 있다. 이를테면, 내가 재직하는 학교의 교양 선택 과정인 1학년 1학기 '언어와 문학'과, 국어교육과 심화 과정인

4학년 2학기 '작가작품론'에 몇몇 시간 끼어든 윤동주에 관한 내용들이다. 이 이후에도 해를 거듭해 1학년 1학기 강의를 되풀이하면서 그 내용을 손질하기도 하고 덧보태기도 했다. 이 강의록을 읽다가 혹시 시점이 맞지 않는 부분이 느껴진다면, 그 동안에 걸쳐 수정과 첨삭 등의 사정이 있었음을 말해주는 것이다. 이 강의록의 원고는 내가 올해 마지막으로 갈무리해 완성하였다.

윤동주에 관해서라면 개인적으로 아쉬운 일이 두 가지가 있다. 첫 번째는 1948년에 간행된 시집 『하늘과 바람과 별과 시』에 관한 십여 년 전의 일이다. 내가 이것을 잘 가지고 있다가 사간동에서 화랑을 운영하는 주인이 하도 탐을 내기에 백만 원 정도 되어 보이는 한국화와 교환해 버린 일이 있었다. 지금은 대체로 열다섯 배 정도의 값어치가 매겨지고 있다고 한다. 내가 왜 그 시집을 보존하지 못했는지 후회가 엄청나다. 그 일이 있은 후에 우리 학교는 예상치 않게 새로 지어진 건물에 박물관이 버젓이 들어서 있다. 내가 퇴임할 때 그것을 여기에 기증이라도 하면 참 좋을 텐데 하는 아쉬움이 짙게 남아 있다. 또, 두 번째는 1999년에 진주에 한글학자 허웅 선생이 봄과 가을에 두 차례 방문했을 때의 일이다. 그때 방문 행사를 마치고 여남은 분들과 함께 앉아서 식사를 한 적이 있었다. 그때 시인 윤동주에 관한 기억을 물어봤어야 했었다. 허웅 선생과 시인 윤동주는 연희전문학교 동기생이셨다. 선생은 1938년에 최현배 선생의 지도 아래 그와 함께 공부를 했지만, 이듬해에 사정이 생겨 낙향했다. 선생님, 윤동주 선생과 관련된 옛날 일 가운데 기억에 남는 게 없으십니까? 아무리 과묵하신 분이라고 해도, 어쩌면 선생께서는 신이 나서 말씀하시지 않았겠나, 생각한다. 아, 그 친구 말이지? 난 남쪽 끝인 김해에서 서울로 올라갔지만, 그 친구는 말이야, 저 북간도에서 내려왔잖아……하면서 대답을 시작하실 수도 있었을 텐데, 하는 아쉬움 말이다. 그때는 내게 그런 아이디어가 없었다.

나는 학생들에게 윤동주에 관한 강의를 하면서 강의록이나 강의 소감문 등을 간혹 남기게 했다. 학생들의 관심도과 마음가짐은 천차만별이었다. 내 말 하나하나를 휴대전화에 녹음해 빠트리지 않고 기록한 학생도 있었다. 그런데 어느 여학생의 잘못된 기록이 흥미로웠다. 나는 수업시간에 이런 말을 남겼다. 시인 윤동주가 일찍 세상을 떠나 많은 사람들의 가슴속에 여운과 파문을 남겼지만, 나는 늦은 나이에도 이렇게 '시퍼렇게' 살아서 학생들에게 그를 가르치고 있다……. 아닌 게 아니라, 윤동주는 서른도 안 된 아까운 나이에 세상을 떠났지만, 나는 지금 예순을 넘긴 나이에까지 살아서 학생들에게 그의 삶과 시를 이야기하고 있다. 그때 학생이 그 '시퍼렇게'를 '시끄럽게'라고 잘못 기록했다. 내 발음이 부정확했는지, 그 학생이 오해했는지는 잘 알 수 없다.

시인 윤동주야말로 초등학교에서부터 대학교에 이르는 문학교육의 현장에서, 앞으로 가장 유용하게 쓰이게 될 가르칠 거리라는 데 이견이 없을 듯하다. 하지만 내 강의록이 때로 보잘것없고 쓰일 데 없는 그 '시끄러운' 헛소리가 아닌가 하는 생각이 들기도 한다. 내가 다만 바라는 건, 이 강의록을 독자의 자세로 읽어주기보다 청자의 마음으로 들어주었으면 하는 데 있다. 끝으로, 교단에서 윤동주를 가르치고 있는 여러 선생님들의 지적이 있기를 바란다.

2018년 시월상달 어느 날에,
지은이 적다.

죽는 날까지 하늘를 우르러
한 점 부끄럼이 없기를,
잎새에 이는 바람에도
나는 괴로워했다.
별을 노래하는 마음으로
모든 죽어가는 것을 사랑해야지
그리고 나안테 주어진 길을
거러가야겠다.
오늘밤에도 별이 바람에 스치운다.

제1강 프롤로그 : 슬픈 천명, 가슴 시린 생애

공부할 순서

1. 윤동주에게는 삶 없는 시가 없다

내가 시인 윤동주에 관한 특별한 강의를 지금부터 시작하기 전에, 강의의 취지와 배경, 내용 및 성격, 동기 유발 등에 대해 먼저 얘기해볼까 합니다. 돌이켜 생각해보니, 나는 대학 강단에 선 것이 올해로 벌써 25년째가 됩니다. (물론 정식 교수로는 18년째입니다만.) 내 인생의 25년을 그 동안 대학 강단에서 선생 노릇을 해 왔다고 말할 수 있지요. 이 25년 동안에 걸쳐 문학을 가르치는 선생이랍시고 많은 얘기를 해 왔지만, 이상하게도 윤동주에 관한 얘기는 거의 해본 적이 없다는 것입니다. 돌이켜 기억을 더듬어보니, 내가 아니어도 할 사람이 많겠지 생각하고선, 그를 별로 그렇게 중요하게 강의나 연구의 대상으로 염두에 두지 않았던 거예요.

작가와 작품의 관계에 있어서 어떤 것이 중요한 문제냐 하는 것을 놓고 볼 때, 여러분은 작가와 작품 중에서 무엇이 중요하다고 생각합니까? 자, 그러면, 작가라고 생각하는 사람 손 들어봐요. 작가가 작품보다 더 중요하다. 아니면, 작품이다.

(대부분의 학생들, 선택한 쪽에 손을 든다.)

손 안 든 사람은 또 뭔가?

(한 학생 : 둘 다 중요하다고 생각해서요.)

시 작품마다 시 속에 시인의 삶이 있습니다. 인생의 경험이랄까, 삶의
그림자와 같은 것이 시인이 쓴 시 속에 잘 녹아져 있게 마련입니다. 작
가를 작품보다 중시해야 하는 관점이라면, 시에 반영된 자전적인 삶의
경험들이 중시될 수밖에 없습니다. 시와 시인이 떼려야 뗄 수 없다. 이런
관점이라면, 윤동주의 경우가 대표적인 사례로 적이 거론되고 있습니다.
왜 그러냐? 윤동주의 시가 거의 자신의 삶의 일부이기 때문이죠. 자신과
관련된 많은 것이 시 속에 투사되어 있습니다. 시인의 삶이 시인의 시
작품에 반영된 경우는 윤동주만큼 현저한 예가 없을 정도입니다.

방금 말한 자전적인 삶의 경험들. 자전(自傳)이 뭔지 알아요? 자서전적
인 삶. 그러니까, 자기가 살아왔던 있는 그대로의 삶을 자전적 삶이라고
해요. 자전이란 이를테면 오토바이오그라피(autobiography)……현지 발음
은 '-그러피'에 가깝지만, 우리식 표기법으로는 '-그라피'라고 해 두는
겁니다. 우리가 잘 쓰는 말로 하면 자서전이야, 자서전. 오토, 바이오, 그
라피, 즉 스스로(自), 쓴(敍), 글의 형식 : 전(傳). 무엇을 쓴? 자신의 삶(bio)
을 쓴. 이것이 바로 '자, 서, 전'으로서의 자서전입니다. 일본에서는 이
말을 안 쓴대요. 일본에서는 이 말 대신에 '자기사(自己史)'라고 해요. 자
기의 역사. 좀 촌스러운 표현이죠. 자기들 입장에서 보면 관용적이니까
촌스럽지가 않겠죠. 시에는 곧잘 자전적 삶의 경험이 녹아져 있습니다.
특히 윤동주의 시가 그렇습니다. 그는 마치 일기를 쓰듯이 시를 썼습니

다. 낱낱의 시의 끝에는 거의 연, 월, 일이 달려 있습니다. 그는 이 시가 언제 쓰였느냐 하는 것이 시의 내용 못지않게 중요하다고 보았던 것이죠. 그렇기 때문에 그의 시가 자전적일 수밖에 없다는 것이죠.

작가와 작품의 대립적인 관계를 상정해볼 때 '작가가 작품보다 우선한다.'라는 생각과 '작품이 작가보다 중요하다.'라는 생각이 드러내 놓지 않은 상태에서, 서로 미묘하게 부딪치고 있습니다. 전자의 관점에는 '시인 없는 시는 없다.' 이렇게 보는 것이죠. 후자의 경우에는 '시는 시인으로부터 벗어나야 한다, 엄격하게 분리되어야 한다.'라는 입장이지요. 전자의 경우는 콩 심은 데 콩 나고 팥 심은 데 팥 난다, 사람이 좋아야 시도 좋은 거지, 시를 쓴 사람의 인품이 시의 품격에 대한 가치평가와 그대로 연결된다고 보는 입장에 서 있다면, 후자의 경우는 시인의 사람됨이 안 좋아도 시의 됨됨이는 좋을 수 있다, 일단 시인이 시를 썼으면 시인으로부터 벗어나 독립된다, 시의 작품성은 객관적인 존재 그 자체이다, 라는 입장에 서 있다고 하겠습니다.

자, 얼마 전에 신문을 보니까 미술 전문가들이 우리나라 근현대 미술가들 중에서 어떤 사람이 훌륭한 작가냐, 하는 물음을 던졌습니다. 작가라 하면 이 대목에서는 시인이나 소설가가 아니라, 화가나 조각가 기타등등 특수한 아트 분야에 종사하는 사람들을 뭉뚱그려서 하는 말입니다. 그러니까 조형 활동을 일삼는 사람 가운데 최고를 뽑았어요. 그 1, 2, 3등을 백남준, 김환기, 이응로로 꼽았습니다. 백남준은 비디오 아트의 대가잖아? 그런데, 자신이 그랬어요. 예술은 사기라고요. 유명한 말이야. 예술은 사기래. 나는 예술을 사기라고 안 보거든. 어쨌거나, 백남준의 비디오 아트가 내게는 감동과 감흥이 없어. 그 자신의 말대로 그의 예술품 자체가 내게 사기처럼 느껴져. 현대 사회가 타인의 취향을 존중하는 사회이잖아요. 내가 그래서 이런 말을 하는 건데, 내게는 추상예술도 좀 그래요. 과문한 탓인지, 나는 아리아리해요. 또 긴가민가해요. 김환기는 서양화를 통해, 이응로는 동양화를 통해 제 나름의 독창적인 추상성을 추구한, 우리나라의 대표적인 아티스트였습니다. 근데, 무슨 감동을 줘야 추상예술이지. 추상예술이란, 사람에 따라서 훌륭한 예술이라고 말할 수 있는 사람에게는 그 존재성이 확연히 드러날 수 있는 예술일 것입니다. 여러분이 알만 한 국민적인 아티스트인 이중섭이나 박수근은 순위가 한참 밑이야. 전문가들의 말에 의하면 이중섭과 박수근이 과대평가되었다는 거야. 원, 세상에……. 왜 과대평가되었냐 하면, 일단 빨리 죽었다는 것. 누가 빨리 죽고 싶어서 죽었남? 어쨌든 빨리 죽고 삶이 기구했다는 것. 그러다 보니까, 뭡니까. 인간적인 미화로 이어지면서, 이 인간적인 미화가 예술적인 과장을 불러일으키고, 마침내 작품성이 지나치게 높게 평가되었다는 거예요. 내가 좋아하는 이 고장 진주 출신의 위대한 아티스트이지만 저평가되어온 박생광과 이성자는 아주 오래 살았는데도 그 순위에서 아예 빠졌어요. 내 취향으론 아주 불만스러워요. 이중섭과 박수근은 사실 빨리 죽은 거 아니에요. 문인들 빨리 죽은 거에 비하면 아무 것도 아니죠, 뭐. 문인들은 20대에 요절한 사람들이 얼마나 많습니까. 예컨대 김유정, 이상, 오늘 공부하는 윤동주가 20대에 세상을 떠났습니다. 생명보험회사에서 수명이 짧은 직업을 조사한 적이 있는데, 1등이 문인이에요. 2등은 기자고. 아마도 3등은 연예인일 거예요. 자살도 많고. 내 주변 사람 중에서 문인이면서 기자로 일했거나 지금 일하고 있는 사람들이 있어요. 이 사람들은 1등과 2등을 모두 갖춘 사람들이야. 두 가지 모두가 활성화된 거야.

(교수와 학생들, 웃음보가 함께 터지다)

수십 년간에 걸친 자료를 가지고 신문 부고(訃告)란을 조사한 별난 사람이 있었는데, 이 사람의 조사에 의하면, 가장 오래 사는 부류의 사람은 성직자래요. 스님, 신부, 목사들이 가장 오래 산답니다. 마음의 평정을 지향하고 정신적인 의지처가 있기 때문일 테죠. 두 번째가 교수래요. 그럼 나는 문인도 되고 교수도 되니까 어느 쪽을 택할까, 하는 생각이 들어요. 아무래도 오래 살라면 교수를 택해야겠다는 생각이……근데, 교사도 오래 살아요! 여러분도 앞으로 교사가 돼서 스트레스를 받지 않는 한, 자신의 일을 열심히 하면서, 오래 사세요.

2. 교육의 좋은 소재, 강의의 동기 유발

자. 어쨌든 간에 기구하게 살다가 빨리 죽은, 말하자면 삶이 운명적인 예술가와 문인이, 당대나 후세의 많은 사람들의 안타까움을 자아내면서, 또 이 안타까움이 인간적인 미화와 예술적인 과장으로 이어지면서 과대 포장된다는 것. 아까 얘기했듯이 시보다 삶이 우선한다, 다시 말해서 작품보다 작가가 중요하다고 볼 때는 윤동주 역시 과대평가될 수 있는 소지가 있는 사람입니다. 실제로 윤동주가 어지간히 과대평가되었다고 주장하는 평가도 있었어요. 윤동주는 또 실제적으로 보면 인간적인 이미지의 깨끗함, 도덕적인 아름다움, 영혼의 순결성. 이런 것들 때문에 사실상, 좀 과대평가된 측면이 없는 것은 아닙니다. 그렇지만 어느 정도 과대평가되기는 되었지만, 그래도 그 나름대로의 작품에 관해서는 상당히 의미가 있어서 그가 시인으로서 많은 사람들에게 폭넓은 공감대를 형성해 주고 있습니다. 이와 같이, 작품과 작가의 관계에 있어서 어느 것이 중요하냐 하는 문제에 대한 쟁점을 이야기할 때 꼭 나오는 경우가 윤동주였어요. 이럴 때마다, 나는 윤동주 이야기를 과거에도 조금씩 했고,

본격적으로 윤동주에 관해 강의의 얘깃거리로 수용하기는 이번이 25년 만에 처음이라는 것입니다.

잘 알다시피, 윤동주는 교육적으로 매력이 있는 소재입니다. 하지만 나의 윤동주 강의는 교육적으로 매력이 있다는 것 외에 또 다른 동기 유발이 있는 게 사실입니다. 올해는 그에게 기념이 되는 해입니다. 그가 이 세상을 떠난 지도 벌써 70년이 됩니다. 그러니까 70주기가 되는 해입니다. 윤동주의 죽음은 8·15 광복하고도 의미가 겹쳐지기도 하죠. 같은 해에 일어났으니까요. 올해는 광복 70주년이요, 윤동주 70주기가 되는 해입니다. 무슨 말인지 알아듣겠죠? 다시 말해 '광복 70주년, 윤동주 70주기'가 이번 특강의 무슨 유발?

(학생들 : 동기 유발요.)

네, 그래요. 동기 유발입니다. 자, 그러면 내용은 뭐냐? 아주 기본적으로 내용 하나 적어봅시다. 불러줄 테니 한번 적어 봐요. 빼앗긴 조국, 실체 없는 조국을 사랑한 한 무명 청년이 옥중에서 죽게 되고, 또 이 죽음으로 인해 그가 남긴 시편들이 후세의 사람들에게 공감을 불러일으키고, 감동을 주고 (한 학생 : 교수님, 말씀이 빨라요.) 빨라? 빠르다는 네가 한번 읽어봐.

빼앗긴 조국, 실체 없는 조국을 사랑한 한 무명청년이 옥중에서 죽게 되고, 또 이 죽음으로 인해 그가 남긴 시편들이 후세의 사람들에게 감명을 주고, 공감을 불러일으키고, 그가 국민 시인으로 두루 알려지게 되었다는 사연과 내력에 관한 강의의 내용……입니다.

그래, 이번 특강의 내용, 오늘 강의의 내용이 뭔지 알겠죠. 윤동주에 관한 한 개인의 스토리와 히스토리와 시의 세계에 대해 지금부터 이야기하는 겁니다. 윤동주에 관해 석사 학위와 박사 학위를 받은 사람이 수없이 많아요. 그래서 윤동주에 관해서 될 수 있으면 남들이 이야기 안 한 부분들을 조금 가려서 하는 것이 의미가 있겠다 싶어서, 오늘 먼저 그가 죽고 나서 세운 비문을 우리 모두 읽어보도록 하겠습니다.

시인 윤동주 사후에 유고 시집으로 간행된 『하늘과 바람과 별과 시』 표지 도안. 이 시집은 1948년 정음사에서 발간되었다.

(학생들, 미리 준비된 유인물을 본다.)

묘비명은 보는 바와 같이 순한문으로 돼 있습니다. 돌보아줄 가족도 없이 한때 오랫동안 쓰러져 방치되어 오다가 중국 조선족이 그의 역사적인 존재를 비로소 인식하게 되면서 다시 세워진 그의 묘비에는 이렇게 쓰여 있습니다. 묘비의 앞면에는 큰 글씨의 '시인 윤동주의 묘'라고 쓰여 있습니다. 학생 신분의 윤동주에게 처음으로 시인의 이름을 부여한 것은 그의 가족들이었습니다. 그는 죽을 때까지 문단에서의 제도적인 등단 과정을 거치지 않았습니다. 그가 살던 혼란한 시대는 등단 자체가 사라졌습니다. 1930년대까지만 해도 그럭저럭 신춘문예 입선과 문학지 추천을 통해 문인이 될 수 있었습니다만, 1940년대 전반기에 이르면 그가 시인이 되기 위해선 자비로 시집을 낼 수밖에 없었습니다. 그가 자신의 시집 『하늘과 바람과 별과 시』를 출판하려고 했으나, 뜻을 이루지 못한 것도 매우 운명적이었습니다. 물론 본인은 공식적인 인정 여부와 상관없이 자신을 스스로 시인이라고 인정하고 있었습니다. 그가 동경 하숙방에서 쓴 시를 서울의 친구한테 편지와 함께 보낸 일이 있었죠. 그 다섯 편의 시 중에는 「쉽게 씌어진 시」가 있습니다. 여기에 '시인이란 슬픈 천명(天命)인 줄 알면서도 시 한 편 적어볼까' 하는 내용이 있는 걸 보아서, 우리는 그가 시인으로 자인했음을 알 수 있습니다. 슬픈 천명의 시인이었지만 누구에게도 인정을 받지 못했던 그가 죽어서 가족들에 의해 시인으로서 비로소 인정을 받고, 지금은 사후의 영예로운 국민 시인으로서 각광을 받고 있습니다.

3. 비문, 윤동주의 삶을 담은 최초의 글

자, 그럼 비문을 지은 사람이 누군지 한번 봅시다. 유인물 가장 아래쪽에 비문 지은이의 이름이 있습니다. 해사 김석관. 이름 없는 선비입니다. 이 분은 일찍이 1910년대에 윤동주의 부친 윤영석 등과 북경에 유학을 갔을 때 함께 떠난 다섯 명의 동행자 중의 한 사람이었습니다. 훗날 김석관과 윤영석는 명동학교라는 소학교에 교사로 함께 재직합니다. 소학교는 요즘으로 하면 초등학교입니다. 또 김석관은 윤동주의 소학교 선생님이었어요. 한문에 능하였고, 글씨도 달필이었답니다. 윤동주의 비문을 짓고, 또 직접 썼습니다.

비문의 앞부분은 어떤 학교를 졸업하고 한 것이 밝혀져 있는데, 이 객관적인 사실이 별로 의미가 없어서, 그냥 내버려 두고, 뒷부분을 인용했습니다. 순한문으로 되어 있지만, 내가 끊어서 읽기 좋게 했고, 또 한글로 토를 달았습니다. 이걸 현토라고 해요. 여러분이 알기 쉽게 현토를 했는데, 한문 전공이 아닌 내가 제대로 할 수 있는지가 궁금해서 한문학 박사학위를 받은 후배한테 전화했어요. 내 식으로 현토를 하려고 하는데, 이래도 되는 것인가, 하고 말예요. 무슨 정해진 형식이 있는 게 아니라서, 자기 식대로 하면 된다고 해서 힘을 얻어 현토를 했어요. 이렇게 현토를 해야, 여러분이 끊어서 쉽게 읽을 수가 있어요. 자, 그래서 한번 보자는 이야기입니다. 먼저 한글부터 먼저 보고, 나중에 분석할 때는 한자를 봅니다. 첫 번째 표현이 '거의(詎意)라.'로 되어 있는데 '라'보다는 '리오'가 좋습니다. 거의리오. '리오'라고 고쳐 쓰세요.

거의(詎意)리오.
학해생파(學海生波)하여, 신실자유(身失自由)하면서,

장설형지생애(將雪螢之生涯)가 화농조지환경(化籠鳥之環境)하고,

가지이수불인(加之二竪不仁)하여,

이일구사오년이월십육일(以一九四五年二月十六日)로써 장서(長逝)하니,

시년이십구(時年二十九)더라.

재가용어당세(材可用於當世)하여, 시장명어사회(詩將鳴於社會)인데,

내춘풍무정(乃春風無情)하고, 화이부실(花而不實)하니,

우(吁) 가석야(可惜也)라.

군(君)은 하현장로지영손(夏鉉長老之令孫)이요, 영석선생지초자(永錫先生之肖子)로서,

민이호학(敏而好學)인데다가, 우호신시작품파다(尤好新詩作品頗多)하니,

기필명(其筆名)을 동주운(童舟云)하다.

자, 여러분들이 한문을 읽어봤는데, 읽고 나니까, 뭔가 느낌이 딱 떠오른 게 없어요? 여러분들이 이 한문을 읽고 뭔가 느낌이 딱 떠오른 게 있다면 직관력을 가진 사람이라고 할 수 있습니다. 읽었을 때와 읽는 순간이, 대부분 어때요? 다 그렇지는 않지만 대부분 앞의 한 자를 끊어 읽는다는 것. 그걸 느껴야 되는 거야. 이게 한문적인 문법의 구성이라고 할 수 있어요. 뭐랄까? 표현의 관습적인 성격이랄까? 한문적인 각별한 느낌이 있어요.

이 '거(詎)' 자는 잘 안 씁니다. 그렇게 복잡한 글자도 아닌데. '말씀 언' 변에 '큰 거' 자를 합했네요. '어찌 거'입니다. 그 다음의 글자 '의(意)'는 '뜻 의' 자라고 해요. 명사로는 뜻이요, 동사로 '뜻하다, 뜻하였다'에 해당하는 글자입니다. 한문이나 중국어에는 과거와 현재 같은 시제의 개념이 없어요. 그러니까, 이것은 우리말로 과거형 동사에 해당하죠. 어찌 뜻하였으리오. 이렇게 되는 겁니다. 뜻하지 아니한 일이 생겼

다, 그 말입니다. 그래서 '-리오.'라고 하는 게 좋다는 얘깁니다.

학해생파(學海生波)하여……. 무슨 '학'? '배울 학(學)' 자. 즉, 배움입니다. 배움의 바다에 생파하다. '생(生)'은 생기다, 일어나다. 무엇이? '파(波)'가 일어나다. '물결 파(波)' 자입니다. 파도할 때의 '파' 자. 어찌 뜻하였으리오. 학문의 바다에 물결이 일어나, 신실자유(身失自由)하면서……. '몸 신(身)' 자죠? '실'은 무슨 '실' 자야? (한 학생이 '잃을 실(失)'이라고 대답한다.) 그래요. '잃을 실(失)' 자죠? 몸이 무엇을 잃었다? 자유를 잃었다. 배움의 바다에 물결이 생겨서, 몸이 자유를 잃으면서……. 그러니까 감옥에 갇혔다는 얘기입니다.

방금 전에 말했듯이, 장설형지생애(將雪螢之生涯)에서 '장설/형지생애'가 아니라 '장/설형지생애'로 읽어야 한다고 했지요. 한 자를 읽고 사이를 띄워야 하는 것이 맞다는 얘기입니다. '장'이라고 하는 것은 말이죠, '장차, 앞으로'를 가리키는 부사입니다. 설형을 거꾸로 하면 뭐지? (한 학생 : 형설요.) 그래, 형설이야, 같은 말입니다. '형' 자는 '반딧불 형(螢)' 자요, '설' 자는 '눈 설(雪)' 자이지요. 옛날 사람들이 과장이 좀 심하네요. 옛날에 초가 없는 좀 가난한 집 사람들은 있죠. 밤에 공부하는데 모시같은 얇은 천을 주머니로 만들어서 집어놓은 반딧불이가 밝힌 반딧불이나 눈에 달빛이 반사된 눈빛을 가지고 공부를 했대요. 잘 보이긴 하였겠어요? 그냥 보이는 것처럼 생각하는 거지, 뭐. 그렇게 엄청나게 고생해서, 노력해서 공부를 한 다음에 성공을 한단 말이야. 그게 형설지공(螢雪之功)이야. '공'이라고 하는 것은 성공했다고 보면 됩니다. 그렇게 어렵게 공부를 해서 성공이 보장되는 것, 또 성공하는 것. 그러니까 장차 열심히 공부하여 성공할 생애다. 그게 바로 '장설형지생애'입니다.

화농조지환경(化籠鳥之環境)이라. 이때도 '화농/조지-환경'이 아니라 '화/농조지-환경' 하고 하면서 읽습니다. '화'는 '되다'의 뜻. 뒤에 (따르는) 내용이 되었다, 뒤에 (있는) 내용이 되겠다, 이 말입니다. 뒤엣것이 뭐야? '농조지-환경'이야. '농조'가 뭐냐 하면 조롱 속의 새야, 조롱 속의 새. 새장의 새라는 얘깁니다. '농'은 새장이라는 말. 요즘 말로 하면, 새장 속의 새와 같은 환경, 즉 딱한 처지가 되어서라는 것. 새장 속의 새처럼 딱한 처지로 변해서, 입니다. 이 '농'은 윤동주가 갇히고 또 죽은 바로 후쿠오카 형무소를 말하고. 이 새는 그 자신을 비유한 시적 소재, 즉 상관물인 것입니다. 비유가 적절하게 잘 구사되어 있네요.

가지이수불인(加之二竪不仁)이라. 이 경우는 '가/지이수불인'으로 읽지 않고 '가지/이수불인'으로 읽는 게 좋습니다. '가'는 '더할 가(加)' 자입니다. 여기에다 '갈 지(之)'가 붙어서 '가지'라는 말이 형성되는데, 이것은 '게다가'의 뜻으로 보입니다. 그 다음의 '이수불인'은요, 윤동주의 묘비에 새긴 한자들 가운데 가장 어려운 표현입니다. 나도 몰랐어요, 이수불인을. 그래서 나는 여기저기를 막 뒤졌어요. 결국 알아냈어요. 글자 그대로 보면 '이수불인'은 '두 이(二)' 자, '세울 수(竪)' 자, '아니 불(不)' 자, '어질 인(人)' 자입니다. 글자 그대로 해석하면 어떻게 됩니까? 두 가지를 세워서 어질지 아니하다. 그런데 이런 말이 어딨어요? 말이 안 된다는 얘기입니다. 글자 그대로는 해석이 안 된다는 거예요. '이수'와 '불인'은 따로따로 관습적인 표현이 있다는 것인데, '이수'는 병의 정도가 심하여……라는 뜻입니다. '불인'도 마찬가지입니다. 어질지 않다가 아니라, 몸을 가누지 못하다, 몸을 움직이지 못하다……의 뜻입니다. 게다가 이수불인하여, 즉 게다가 병의 정도가 심하여, 몸을 가누지 못하여……입니다. 이 글을 쓴 사람인 해사 김석관이라는 분이 얼마나 한문 실력이 해박한가를 잘 알 수 있습니다.

이일구사오년이월십육일(以一九四五年二月十六日)로써. '써 이(以)'자의 '이'는 무엇으로써, 무엇을 함으로써……의 뜻입니다. 양력인 1945년 2월 16일으로써. '이'가 로써인데, 뒤에 '로써'가 한번 더해져 중첩되네요. 한자와 우리말의 문법적 구조가 서로 다르기 때문에, 이렇게 어쩔 수 없이 반복된 겁니다. 이일구사오년이월십육일로써 장서(長逝)하니……즉 '길 장(長)'자, 갈 '서(逝)'자. '영원히 (딴 세상으로) 떠나가다.'의 뜻으로 '죽다'의 다른 말입니다. 다시 오지 못함을 강조한 말. 그러니까 죽음을 일컬어서 갈 '서'자로 된 서거라는 말 많이 쓰죠? 이승만 대통령 서거, 박정희 대통령 서거와 같이 말이죠. 길게(영원히) 서거하니, 시년이십구(時年二十九)더라. 서거한 해, 그의 나이가 스물아홉이다, 라는 말입니다. '-(이)더라'라는 말 대신에 '-(이)러라'라는 표현의 우리말을 사용해도 좋습니다. 조금 우아하게 표현하여, '시년이십구세러라.'라고 보통 많이 합니다.

재가용어당세(材可用於當世)하여, 시장명어사회(詩將鳴於社會)인데…… '재'는 재목, 혹은 능력. 재목이 '가(可)'하다. 영어로 하면 조동사 'can', 혹은 'could'의 뜻이에요. 재목이 가히 쓰일 만하다. '용'은 쓰다, 혹은 쓰이다. '어당세'는 당대에……라는 뜻. 재목이 당대에 쓰일 만하여 '시장명어사회'인데. 시는 장차(앞으로) 사회에 '울 명(鳴)'자입니다. 사회에 우는데, 좀 이상하죠? 사회에 울리는데, 사회에 공명하는데, 사회를 공명케 하는데……. 혹은 그의 시가 장차 사회에 공명할 수 있겠는데, 울림을 줄 수가 있겠는데. 윤동주의 시는 비문을 쓴 분의 예언처럼 장차 사회를 크게 울렸습니다. 내춘풍무정(乃春風無情)이라. 이때도 '내'한 자를 끊어 읽습니다. '내'는 '마침내'를 뜻합니다. 내춘풍무정하고, 즉, 봄바람이 무정하고. 화이부실(花而不實)하니 꽃이 폈지만, 이때의 '이(而)'는 '말이을 이'자로 접속어입니다. and, but, therefore에 다 해당됩니다. 문맥에 따라 세 가지 중에서 한 가지에 해당됩니다. 여기에서의 '이(而)'는 but, 즉 역접입니다. '화'는 '꽃 화' 자가 아니라 '꽃피(우)다'에 해당되는 화, 동사입니다. 꽃은 피웠지만 '부실'하니…… '열매 실(實)' 자예요. 즉, 열매는 아직 맺지 못하다. 꽃은 피웠으나 열매는 맺지 못하니, 우(吁) 가 석야(可惜也)라. '우'는 감탄사, '아'입니다. '가석야'는 애석하구나의 뜻. '야'는 마침표(종지부)에 해당됩니다.

우 가석야. 아, 애석하구나. 군(君)은, 즉 윤동주 군은. 하현장로지영손 (夏鉉長老之令孫)이요, 영석선생지초자(永錫先生之肖子)로서. 하현, 즉 윤동주의 할아버지는 이때까지 살아 있었어요. 할아버지 윤하현 장로의 영손이요. 영손, 남의 집 손자를 좀 예의 있게 부르는 말을 영손이라고 합니다. 남의 집 아내를 높여서 부르는 말은 뭡니까? 영부인이에요, 영부인. 근데 여러분들은 영부인이라 하면 대통령 부인을 영부인이라고만 생각하고 있어. 그거 잘못된 생각입니다. 무슨 말인지 알아듣겠죠? 그러니까 영부인이라는 말을 요즘은 잘 안 쓰고, 요즘은 사모님…… 이런 소리를 잘 합니다. 영부인, 무슨 학부인, 어부인 이런 말도 씁니다. 옛날에는 그렇게 자주 썼지만, 여러분들 젊은 사람한테 쓰면 도리어 이상합니다. 우리 같은 나이에는 좀 쓸 수 있겠죠. 뭐 영부인이라 하면 대통령 부인을 연상시키니까 빼고, 학부인께서는, 어부인께서는 요즘 건강이 좋으십니까? 뭐 이런 말을 쓸 수 있는데, 만약 여러분들 세대보다 조금 더 앞 세대인 30대의 부부끼리 그런 말 쓰면 그건 너무 우스운 꼴이 되고 말아요. 옛날에는 남의 부인을 높이면 영부인, 남의 아들을 높이면 영식, 남의 딸을 높이면 영애, 뭐 이런 말을 썼습니다만 말예요. '영석지초자', 영석 선생, 윤영석 선생의 초자로서…… 초자의 반대말은 불초자식이라고 합니다. 생김새나 뜻이 닮지 않은 것을 불초라고 해요. '닮을 초(肖)' 자라고 하는데, 불초자식이면 (부모의 인품을 닮지 않은) 막 돼 먹은 자식이지

25

요. 옛날 사람들이 많이 쓴 말입니다. 여기에서는 초자라고 하면 영손하고 대구가 되어야 되기 때문에 그냥 '아드님'이라는 뜻입니다. 알겠죠? 앞에 '영손'은 요즘 사람들에게 좀 적절치 않지만 손자님입니다. 윤하현 장로의 손자님이요, 영석 선생의 아드님으로서 민이호학(敏而好學)인데다가…… 이 '민'은 민첩하다, 동작이 민첩한 게 아니라, 두뇌가 민첩하다는 걸 말합니다. 영민하다, 이런 말이지요. 많이 쓰지 않습니까? 물론 윤동주는 동작도 굉장히 민첩했어요. 중학교 때 축구 선수였답니다. 아주 비호같이. 연희전문학교 시절의 후배 정병욱은 기숙사 학생들끼리 축구를 했는데 윤동주의 몸놀림이 비호같았다고 해요. 그 누구야, 차두리처럼 달린다고. 뭐, 차두리만큼 잘했겠습니까마는, 동네 축구 치고는 몸이 좀 재빨랐나 봅니다. 민이호학하고, 그러니까, 영민하고. 이때의 '이'는 and의 뜻을 가지고 있습니다. 영민하고 호학인데다가. '호학', 배움을 좋아한다, 학문을 좋아한다, 그 말입니다. 영민하고 학문을 좋아하는데다가 '우', '더욱이 우(尤)' 자. 더욱 '호신시'라. 신시를 좋아해. 김석관은 한문으로 시를 쓰는 걸 기준으로 보았어요. 옛날 사람들은 한자로 쓰는 시가 시인 줄 알았어요. 5언 절구, 7언 율시처럼 5 자나 7 자로 된 것이 바로 시라는 것이죠. 근데 세월이 바뀌고, 젊은 사람들이 한글로 시를 쓰는 걸 보고 신시라고 한 거야. 더욱이 신시를 좋아해 작품파다(作品頗多)하니……. 작품이 파다하니. 파다하다는 말은 요즘도 많이 쓰죠? 저 여자 소문이 파다하다. 안 좋은 소문일까, 좋은 소문일까? (한 학생 : 안 좋은 소문요.) 일반적으로는 안 좋은 소문 보고, 소문이 파다하다, 라고 하죠. 더욱이 신시를 좋아해 작품의 숫자가 파다하니. 기필명(其筆名), 동주운(童舟云)하다. 필명은 펜네임(pen name)을 말합니다. 이광수의 필명은 춘원이죠. 나도 필명이 있어요. '이현'이야. 한 7년 동안 우리 학교 뒤에 있는 이현동에 살아서, 이현이라고 해요.

(학생 모두 크게 웃는다.)

자, 그 다음을 봅시다. 동주운(童舟云)하다. 동주라고 일렀다. 동주라고 말해졌다. 그 말입니다. 자, 윤동주라는 이름의 한자는 동주(東柱), (한자를 써 보이면서) 이렇게 쓰거든요. 그의 할아버지가 이름을 지을 때 동방의 기둥이 되어라 해서 '동쪽 동(東)' 자에다가 '기둥 주(柱)' 자를 씁니다. 동방은 다름 아니라, 조선입니다. 지금의 풀이라면, 동주는 한국의 기둥이야. 그는 지금 시인으로서 한국의 기둥이 되었지요. 옛날 사람들은 이름과 똑같은 소리의 자호나 필명을 즐겨 사용했어요. '어릴 동(童)' 자, 어린애라는 그 말이죠. '배 주(舟)' 자. 뜻은 어린 배, 작은 배라는 뜻이죠. 필명 '동주(童舟)'의 가장 적절한 단어는 '조각배'입니다. 이 필명은 그가 중학생 시절에 잡지에 작품(동시)을 발표할 때 주로 사용했습니다.

라틴어 경구 가운데 '노멘 에스트 오멘(nomen est omen).'이라는 문장이 있어요. 노멘과 오멘은 라임(운율)의 짝이 맞는 말. 소리가 서로 어울리는 말입니다. 라틴어 경구는 비슷한 소리로 구성된 게 많아요. 뜻은 이렇습니다. '이름은 운명이다.' 말하자면, 이름은 그 사람의 운명을 나타낸다는 것. 옛날에 이런 일이 있었어요. 한 30년 됐을까? 여러분 태어나기 훨씬 전인데, 큰 강 옆으로 시외버스가 달리다가 졸음운전을 했는지, 버스가 그 강으로 굴러 떨어졌어요. 차는 강의 깊은 곳에 빠졌습니다. 차 안의 사람들은 거의 다 죽었는데, 딱 한 사람이 유리를 깨고 탈출해서 살아났어요. 사오십 명 정도 죽고, 살아난 그 한 사람의 이름이 뭔지 알아요? '강유일'이야. 이름이 어때요? 강에서 유일하게 살아남은 그 사람의 이름 말입니다. 다소 말장난 같은 얘기지만, 노멘 에스트 오멘, 한번쯤은 이름이 운명이라는 것을 생각게 합니다. 윤동주의 필명이 조각배라는데, 참 이 사람 운명을 나타내는 말 같네요. 그의 운명은 조각배 같은 운명이었습니다. 자신은 운명이라고 하는 말보다 더 강한 의미의 천명이라는 말을 사용했습니다. 하늘이 내려준 운명이죠. 그에게 있어서 시인의 업(業)은 슬픈 천명입니다. 그가 여기저기 돌아다녔던 것도 조각배 같은 운명이었던 것이었습니다. 그가 학교를 무려 몇 군데 다녔는지 알아요? 여덟 군데나 다녔어요. 평생 학교만 다니다가 죽은 거야. 소학교, 요즘 말로 초등학교 두 군데. 옛날에는 중학교, 고등학교 분리가 안 됐으니까, 우리나라에서는. 보통 4년제 아니면 5년제에요. 4년제 중학교에 들어가서 다니다가 졸업을 하면 상급학교를 진학하는 데 장애가 되기도 해요. 그래서 1년을 평양의 숭실학교에 들어갔는데, 숭실학교 한 학기 다니다가 다시 또 그만뒀네. 왜? 숭실학교는 기독교 학교인데 신사참배를 강요하니까, 이거 우상숭배 아니냐 하면서 학교 측과 학생들이 격렬하게 반발하니까, 학교가 폐교되어버렸어요. 그래서 할 수 없이 또 고향에 있는 광명학원이라는 데 와서, 나머지 2년을 더 다녔어요. 그러니까 중학교를 무려 세 군데나 다녔죠. 이 광명학원은 친일 엘리트를 양성하는 학교였습니다. 윤동주의 삶과 생각에는 맞지 않은, 어쩔 수 없이 다닌 모교예요. 여기를 졸업을 하고, 그의 진정한, 또 영원한 모교인 연희전문학교에 들어갑니다. 연희전문학교 4년을 다니던 때가 인생의 전성기였습니다. 여러 가지 진로 문제를 두고 고민하다가 경제적으로 가세도 기울고, 나이도 많고, 한국 나이로 한 25세 정도 됐으니까. 이 나이에 공부해서 뭐하겠느냐 했는데 아버지가 '너 그러지 말고 내가 도와줄 테니까 일본 가서 유학해라.'고 해서 일본에 가서 유학을 합니다. 동경의 릿쿄대학과, 교토의 도시샤대학에서 영문학을 수학함으로써 학교를 무려 여덟 군데나 다니게 되었던 거죠. 학교는 여덟 군데고, 도시만 해도 몇 군데야. 조그마했던 자기 고향에서, 다소 큰 도시로 갔다가, 더 큰 평양에 갔다가, 다시 고향으로 돌아왔다가, 서울에서 동경으로 갔다가, 동경에서, 교토에서 학교 다니다가, 마지막 학교를 다니다가 잡혀서 후쿠오카에서 감옥에 있다가 죽었으니까. 여기저기 떠돌아다녔죠. 여기저기 떠돌아다녔다는 게 바로 조각배를 타고 일엽편주(一葉片舟)의 신세처럼 여기저기 돌아다니는 것처럼 돼 버렸어요. 그야말로 이름이 운명이 된 거야. 무슨 말인지 알아듣겠죠?

자, 어때요? 윤동주의 비문을 읽어보니까, 느낌이 좀 각별하지 않나? 느낌이 다르다는 것을 인식해야 해요. 한문이라는 것이 이런 거구나! 근데 한문이 아무것도 아닌 것처럼 생각하는 게 문제야. 아무 것도 아닌 것으로 생각하면 안 돼요. 무려 중국에서 수천 년 동안 문화적인 전통과 함께 가지고 있는 것이 한문이야. 그런데 또 한문이 가지고 있는 미묘한 것이 다르지 않습니까? 윤동주 비문을 한문으로 다시 한 번 읽어봅시다. 아까 첫 음절 조심해서 한번 크게 읽어봅니다. 내가 한 사람을 지목해 시켜볼 테니까. 자, 거의(詎意)리오, 시작! (학생들 비문을 읽는다.) 아까 읽었던 그 여학생, 목소리가 낭랑하게 잘 읽던데, 압도적인 울림의 목소리로 한 번 더 읽어봐요. (지목된 학생이 압도적인 울림의 목소리로 비문을 읽는다.) 참, 잘 읽었어요. 이렇게 읽어야 돼. 교대를 어렵게 입학한 학생들을 보니까, 머리가 확실히 잘 돌아가네. 배우지 못한 한문도 이렇게 낭독을 시키니까, 잘하네요. 자, 그럼 내가 우리말로 한 번 더 읽을 테니 잘 들어 봐요.

어찌 뜻했으리오. 배움의 바다에 물결이 일어 몸이 자유를 잃으면서, 앞으로 열심히 공부해 성공할 생애가 새장 속의 새와 같은 딱한 처지로 변하고, 게다가 병의 정도가 심하여, 몸을 가누지 못하여, 1945년 2월 16일에 영원히 떠나가니, 이때 나이가 스물아홉이더라. 그의 재목이 이 시대의 세상에 쓸 만하고 시가 장차 사회에 공명할 수도 있는데 마침내 봄바람이 무정하고, 꽃을 피웠으나 열매를 맺지 못하니, 아 애석하구나! 윤동주군은 하현 장로의 손자님이요, 영석 선생의 아드님으로서 영민하고 배우기를 좋아했을 뿐 아니라 신시를 지어 작품을 많이 남겼으며, 자신의 필명도 동주(童舟)라고 하였다.

시인 윤동주의 객관적인 삶을 처음으로 조명한 내용은 바로 이 비문입니다. 그가 옥사하고 난 몇 달 후의 일이죠. 또 8·15 광복이 되기 몇 달 전의 일이기도 합니다. 이 비문을 짓고 새긴지도 이제 70년이 되었습니다.

4. 주변 인물을 통해 삶을 재구성하다

윤동주의 가슴 시린 생애는 이 비문 이후에도 그의 아우 윤일주, 그의 후배이면서 하숙집 룸메이트인 정병욱, 그의 죽마고우인 문익환 목사 등에 의해 끊임없이 조명되어 왔습니다. 이들은 윤동주를 잘 아는 사람들이죠. 이들도 이제 세상을 떠났습니다.

윤동주를 직접 알지 못하는 사람들 가운데서도 윤동주의 생애에 관심을 가진 이들도 적지 않습니다. 이들은 객관적인 자료와 주변의 증언을 통해 평전이나 연구서를 꾸준히 내 왔지요. 이 가운데 가장 신뢰할 만한 것은 소설가 송우혜의 『윤동주 평전』(초판 : 1988, 개정판 : 1998, 재개정판 : 2004)과, 국문학자 권오만의 『윤동주 시 깊이 읽기』(2009)입니다.

송우혜가 1988년에 『윤동주 평전』 초판을 내기까지 많은 사람들을 만났습니다. 특히 문익환 목사의 모친인 김신묵 여사의 증언이 결정적인 자료가 되었답니다. 그의 회상에 의하면, 윤동주의 유골이 고향집에 도착했을 때, 큰집며느리로서 어른들 앞에서 눈물을 보이지 않던 그의 어머니가, 사람들이 잠든 깊은 밤이면 아들의 관을 어루만지며 소리 없이 눈물만 흘렸다는데, 그러다 어느 날 빨랫감 속에서 아들의 와이셔츠를 발견하고는 목을 놓아 통곡했다는 김신묵 여사의 증언이 가슴 아프게 다가왔다고 합니다. 또 그는 이와 관련해 최근에 다음의 에세이를 남겼습니다. 미리 나누어준 유인물을 보세요. 표시가 된 마지막 부분을 한번 읽어보세요.

(한 학생이 읽는다.)

그의 어머니 이야기도 처절하다. 부모보다 먼저 간 자식의 죽음에는 곡(哭)을 하지 않는 조선 법도를 지키느라 어머니는 일절 소리 없이 엄정하게 동주의 장례를 치러냈다. 그러나 장례 후 어느 날 빨래거리를 챙기다가 동주의 흰 와이셔츠가 나오자 더 이상 견디지 못했다. 목을 놓아 통곡하고 또 통곡하면서 마냥 그치지를 못했다. 나는 울면서 그런 증언들을 받아 적었다. 우리 역사는 이런 아픔들을 품에 안고 전진하여 오늘의 번영에 이르렀다. 그걸 생각하면 그의 시를 대하는 마음이 절로 숙연해진다. (조선일보, 2016. 5. 25)

윤동주의 와이셔츠 이야기는 정말 가슴 아릿합니다. 이를 부여잡고 참고 참았던 울음을 터트렸다는 그의 어머니 이야기. 이 사연을 40년 즈음 이후에 증언으로 남긴 김신묵 여사의 이야기. 그 증언을 울면서 받아 적을 수밖에 없었다는 송우혜의 이야기…… 이런 애끊는 얘기들이 켜켜이 쌓이고 쌓여서 한국 여인들의 한이 되고 말이죠, 어디 그뿐이에요, 이를테면 위안부 할머니, 한국전이나 월남전에서 아들을 잃은 어머니, 산업화 과정의 파독 간호사와 여공의 한이 모이고 모여서 현실을 딛는 힘이 되고, 이러한 힘들이 또 모이고 모여서 오늘날 우리나라의 번영에 이르게 된 것이 아니에요?

연희전문학교 시절의 선후배인 윤동주(왼쪽)와 정병욱. 두 사람은 하숙방 룸메이트이기도 했다. 1941, 2년에 찍은 사진으로 추정된다. 1955년, 윤동주의 남동생과 정병욱의 여동생이 부부의 인연을 맺었다. 훗날 정병욱은 서울대 국문과 교수를 역임했다.

　　윤동주의 삶에서 빼놓을 수 없는 가장 중요한 인물 두 사람이 있어요. 한 사람은 송몽규, 다른 한 사람은 정병욱입니다. 송몽규는 동갑의 고종 사촌 형이자 친구입니다. 죽마고우로 소학교를 같이 다녔고, 연희전문학교 재학과 일본 유학도 함께 했어요. 후쿠오카에서 감옥살이도 같은 시기에 했고, 아쉽게도 옥사도 비슷한 시점에 당했습니다. 죽어서는 '영혼의 벗', 즉 요즘 쓰는 말로 '소울 메이트'가 되었을 거예요. 송몽규에 관해서는 앞으로 자주 얘기할 기회가 있을 겁니다.

정병욱은 연희전문학교의 학생이었는데, 윤동주의 후배였습니다. 두 사람은 문학에 관심이 많아 가까워졌고, 2년간 함께 하숙을 했습니다. 시 쳇말로 '룸메'였습니다. 윤동주는 자신이 졸업 기념으로 내고 싶어 한 『하늘과 바람과 별과 시』 원고 세 부를 작성해 룸메인 후배 정병욱에게 건넵니다. 아마 졸업 후의 이별의 선물이겠죠. 이때 정병욱은 시조를 지어 선배 윤동주에게 바칩니다. 제목은 보는 것과 같이 「축(祝) 졸업」이에요.

언니가 떠난다니 마음일랑 두고 가오.
바람 곧 신(信) 있으니 언제 다시 못 보랴만,
이 기쁨 저 설움에 언니 없이 어이 할고.

여기에서의 '언니'는 윤동주를 가리킵니다. 여기에서 언니는 선배를 뜻합니다. 요즘 말로는 형입니다. 조선 시대와 일제강점기에 남자와 남자 사이의 호칭인 언니는 매우 일반적으로 사용된 말이었습니다. 여러분들은 이제까지 언니가 여자와 여자 사이의 호칭인줄만 알고 있었죠? 한 일본 여자가 말했어요. 한국말 가운데 언니라는 말이 제일 좋대요. 일본어의 언니에 해당하는 '아네(あね)'는 친누나나 친언니인 실자(實姉)를 가리킨다죠. 우리는 서로 모르는 사이에도 여자들끼리 쓰는 말이잖아요. 이른바 '시스터후드(sisterhood)'랄까? 여성들 사이의 다정한 연대감이랄까? 이 말이 너무 좋고, 부드럽고, 또 부럽대요.

5. 윤동주의 유고 시집이 나오기까지

정병욱은 윤동주의 시집 원고를 가지고 있다가 학병으로 강제로 끌려 갈 때 전남 광양군의 집에다 숨겨 놓았습니다. 훗날 해방 후에 윤동주 3

주기에 때를 맞추어 윤동주의 유고 시집인 『하늘과 바람과 별과 시』를 간행하는 데 후배 정병욱의 역할이 결정적이었습니다. 윤동주를 암흑기의 민족 시인으로 선양하는 데 최대의 공로자는 정병욱입니다. 만약 그가 학병으로 끌려가 죽거나, 원고를 잃어버렸다면, 윤동주는 역사에서 영원히 사라졌을 거죠, 뭐. 윤동주는 요절했지만, 룸메요 후배인 그는 훗날 서울대 국문과 교수로 재직하면서 1970년대에 가장 대표적인 국문학자로 활동합니다. 내 20대 시절에, 그는 최고의 국문학자였지요. 윤동주의 가슴 시린 생애에 관해서는 또 이런 알려지지 않는 얘기도 있어요. 윤동주의 제수요, 정병욱의 여동생인 정덕희 여사에 관한 얘기입니다. 우선, 다음의 동영상 자료를 볼까요.

그게 이제 생각하면 윤동주 시집인 것 같아요. 한글로 조선말로 쓴 원고, 한글로 쓴 게 있었어요. 그래서 그걸 보는 순간에 어머니가 아무한테도 이야기하지 말라고 해서 겁도 좀 나고 몇 장 이렇게 보다가 얼른 덮어가지고 '어머니, 빨리 싸서 넣어 넣읍시다.' 하면서 그걸 싸서 넣은 기억이 있고, 그걸 보는 순간에 온몸에 소름이 돋쳐요. 지금도 그 이야기(를) 하면, 그때 생각이 나서 소름이 돋쳐요.

방금 보여준 동영상 자료는, 20년 전인 1995년에 한국 KBS와 일본 NHK에서 공동으로 제작해 방영한 특집 다큐멘터리 '윤동주, 일본 통치하의 청춘과 죽음'에서 따온 것입니다. 여러분이 태어나기 대체로 1년 전에 만들어진 겁니다. 방금 인터뷰한 여인은 정덕희 여사. 윤동주의 아우인 일주의 부인입니다. 글쎄, 잘은 모르겠습니다만, 지금도 살아 계시다죠. 이 분의 오빠인 정병욱이 숨겨놓은 원고를 처음 보던 때를 회상하면서 두려움에 떨었던 기억을 하고 있습니다. 이 인터뷰 내용은 정 여사의 큰 아들이자 윤동주 시인의 장조카인 윤인석에 의해서도 면담자인 권오

만에게 되풀이됩니다. 유인물 내용을 봅시다.

어머니가 진주에서 여중을 다닐 때 일이랍니다. 어느 날 밤이 깊어 집에서 일하던 이들이 집으로 돌아간 뒤 (당시 광양 집에서는 양조장을 경영하여 외부인들의 출입이 많았다고 한다.) 외할머니께서는 어머니와 함께 마루 밑으로 내려가서 독을 열어 윤동주 시인의 시고(詩稿), 외숙(정병욱-인용자 주)이 학병으로 나가기 전에 친지들로부터 받았던, 무사 귀환을 소망, 격려한 싸인첩의 글발을 접하고 몸에 소름이 돋을 만큼 충격을 받았다고 합니다. (권오만, 『윤동주 시 깊이 읽기』, 소명출판, 2009, 437면.)

이 글은 윤동주 시의 원고가 마루 밑의 독에 숨겨진 상황에 대한 간접적인 증언입니다. 일제 말에 한글로 적힌 문서가 발견되면 엄벌을 받았어요. 일제는 국가 존망의 위기에서 한글 문서를 독립 운동의 증거품으로 여겼지요. 정덕희 여사의 얘기는 또 이어집니다. 그는 해방 이후에 진주여중을 거쳐 부산여고에 재학하게 됩니다. 아마 1948년이었을 것입니다. 윤동주의 유고 시집인 『하늘과 바람과 별과 시』 초판본이 나오던 해이니까요. 오빠 정병욱은 자신의 국어 선생님이었고, 하루는 수업 시간을 통해 수년 전에 보았던 그 원고가 시집이 되어 나오게 된 사연을 오빠로부터 듣게 됩니다.

어머니는 뒤에 집안이 부산으로 이사하게 되어 부산여고로 옮겨 재학하였을 때에 외숙에게서 국어를 배우셨답니다. 당시 부산 소재 대학에 재직하셨던 외숙은 교사가 모자랐던 부산여고의 강의도 맡으셨던가 봅니다. 수업 시간 중에 윤동주의 시를 적어서 가르치시고는 창가에서 눈물에 젖어 흐느끼시던 오빠의 모습을 잊지 못한다고 어머님이 말씀하신 게 생각납니다. (같은 책, 436면.)

정병욱은 윤동주 시를 처음으로 가르친 국어교사요, 그의 여동생 정덕희는 그의 시를 최초로 배운 학생들 중의 한 사람이었습니다. 선배의 시를 학생들에게 가르치다가 눈물을 흘리면서 창가에 가 흐느끼던 후배. 마치 영화의 한 장면처럼 떠오릅니다. 앞으로 윤동주에 관한 드라마나 영화가 만들어진다면, 이 장면은 꼭 들어가야 한다고 봐요. 이 시각적인 이미지야말로 윤동주의 가슴 시린 생애를 가장 상징적(대표적)으로 나타내 주고 있습니다.

마지막으로, 후일담 하나 얘기하면서, 수업을 마칠게요. 해방 직후에 윤동주의 아우인 일주는 형의 흔적을 찾아 북간도에서 서울로 옵니다. 일제강점기 말에 만주 동북대학인가 하는 데서 의학을 전공했다지요. 그리곤 신생 서울대 건축과에 입학했지요. 서울대 국문과에 재학하던 정병욱과도 처음 만났겠지요. 두 사람은 대학 선후배로 매우 가까웠을 겁니다. 세월이 흘러 6·25도 끝난 후, 부산에서 대학 교수로 재직하던 정병욱은, 역시 부산에서 해군 시설 장교로 근무하던 윤일주와 자신의 여동생인 정덕희를 소개해 결혼에 이르게 합니다. 1955년의 일이었습니다. (두 사람의 청첩장이 인터넷 경매에 5만원 가격으로 나왔는데, 살까말까 하다가 안 샀었어요. 좀 후회가 돼요.) 윤동주와 정병욱 사이의 선후배 인연은 이제 동생들의 부부 인연으로 다시 이어집니다. 두 사람은 사후의 사돈이 된 거죠. 정병욱이 가지고 있던 그 귀하디귀한 원고도 동생 부부의 손으로 넘어갑니다.

이상으로, 여러분은 윤동주의 슬픈 천명과 가슴 시린 생애에 관해 공부를 했습니다. 그러면, 오늘 수업, 여기에서 마칩니다.

오늘 밤에도 별이 바람에 스치운다.

거러가야 짓다.

그리고 나한테 주어진 길을

모든 죽어가는 것을 사랑해야지

별을 노래하는 마음으로

나는 괴로워했다.

앞새에 이는 바람에도

한 점 부끄럼이 없기를,

죽는 날까지 하늘을 우르러

제2강 윤동주의 습작 시에서 그의 성장기를 엿보다

공부할 순서

1. 북간도 이민사와 윤동주가의 내력

윤동주는 잘 알다시피 북간도 명동촌에서 성장했습니다. 원래 윤동주 가계가 두만강 아래의 국경 마을에서 대대로 살아왔는데 이곳은 산이 많고 농사짓기가 힘든 곳이에요. 그의 증조부 때 마을 사람들과 함께 두만강 건너 북쪽에 위치해 있는 명동촌을 개척해 살아왔어요.

백두산과 두만강의 북쪽 지역은 원래 먼 옛날 여진족의 근거지였어요. 여진족이 청나라를 세워 중국을 정복하면서 근거지를 북경으로 옮겨가잖아. 본디 근거지를 청나라 황제가의 성지처럼 남겨둔 거야. 농사는커녕 사람들 출입도 제한하는 분위기였어요. 어찌 보면, 마치 무인도와 같았죠. 중국과 조선 사이에 있는 이 지대를 일컬어 사람이 살지 않는 빈 섬 같은 곳이라고 해서 '간도(間島)'라고 했어요. 사이 간 자, 섬 도 자의 간도 말예요. 간도는 이쪽과 저쪽의 사이에 놓인 섬이요, 중국과 조선간의 무인도 같은 지대예요. 백두산 쪽은 송화강 상류입니다. 송화강이 북쪽으로 흘러가 흑룡강이랑 만나서 연해주 쪽으로 흘러갑니다. 중국인들은 송화강 상류의 지역을 두고 서간도라고 했고, 그 동쪽의 넓은 너른 평지를 동간도라고 했죠. 그런데 우리의 입장에서 보면 동간도는 북간도예요. 두만강 북쪽에 있으니까. 어쨌든 19세기 말 청나라가 서서히 망해갈 무렵에 풀어준 거야. 자신들의 성지와 같은 간도 땅에 들어와 마음대로 농사짓고 살라고 했어요. 두만강 국경 주변에 살던 우리나라 사람들이 우르르 몰려가서 터전을 잡은 거야. 요즘 말로 하면 이민 개척을 한 거야. 이주한 조선 사람들이 마을도 지었는데 유토피아 같은 마을을 지었어요. 그게 명동촌이야. 동쪽을, 즉 조선을 밝히는 마을이라고 해서 명동촌이란 이름을 얻었죠. 좀 지나서 명동학교도 세웁니다. 이 학교는 시간이 지나 사회주의자들의 횡포 때문에 없어져요. 명동촌의 조선인들은 이러한 치안 문제도 있고 해서 이수로 30리 정도 떨어진 도회지 용정(龍井)으로 대부분이 삶의 터전을 옮겼어요. 윤동주네도 마찬가지입니다. 윤동주가 명동학교를 졸업하고 나서 명동촌에서 용정시로 이사를 갔어요. 용정시는 북간도의 수도라고 생각하면 됩니다. 여기에서는 일제강점기에 3분의 2 이상이 조선인들로 넘쳐났어요.

명동촌에서 성장을 한 윤동주에게는 외삼촌과 할아버지가 서로 친구입니다. 엄마와 외삼촌이 20년 이상의 나이 차가 납니다. 외삼촌의 딸 같은 여동생이 바로 윤동주의 엄마예요. 그의 외삼촌인 김약연은 대단한 분이에요. 북간도 조선인의 정신적인 지도자랄까? 그 당시 사람들은 그를 두고 '동만(東滿 : 북간도)의 대통령'이라고 비유했어요. 박경리의 「토지」에 보면, 독립지사 가운데 김약연을 두고 인품이 매우 훌륭하다는 얘기가 나와요. 박경리 선생은 일제강점기 현대사 공부를 얼마나 많이 했는지 1970년대 초에 김약연 선생의 존재를 이미 알았던 겁니다.

조선인들이 간도에 가서 고생을 많이 했어요. 이주민들은 중국 사람들에게 거지 취급을 당했는데 고려방자, 즉 '커우리 펑즈'라는 말을 듣고 살았어요. 중국인들이 조선인을 가리켜 아주 비하한 이 말을 두고, 윤동주는 자신의 시 「별 헤는 밤」에서 '가난한 이웃 사람들'이라고 순화했어요. 그런데 조선인 중에서도 땅을 부지런히 개간해서 부(富)를 이룬 사람들도 있었어요. 그 중 하나가 윤동주 할아버지입니다. 윤동주 할아버지인 윤하현 씨도 대단한 사람이에요. 그 시대에 전형적인 개척자라고 할 수 있는 그는 문맹자로 살아오면서 묵묵히 땅을 개간해 왔는데, 문득 마흔 넘어 한글을 배워서 스스로 성경을 읽고 기독교에 입문을 합니다. 그는 윤동주가 어릴 때 문 앞의 교회를 출입하면서 보기 좋은 가옥과 너부죽한 과수원, 또 5정보의 땅을 가진 중농의 장로로 살았어요.

그러다 1932년부터는 만주국이 건국됩니다. 북간도의 조선인들은 이제부터 만주 국민으로서 살아가게 됩니다. 실제로는 제국 일본의 신민이야. '신하 신' 자에, '백성 민' 자야. 복잡한 정체성을 가지고 있네요. 중국에 얹혀사는 유이민, 만주국에 살고 있는 사실상 제국 일본의 신민, 그러면서도 조선인의 정체성을 유지하면서 살아야 하는 구(舊)한국인. 그 시대의 지식인들은 조선인이면서도 (좀 더 주체적인 의미의) 한국인이라는 자각도 있었어요. 안중근 의사도 대한제국 말기에 스스로 (대)한국인이라고 했잖아요.

윤동주의 명동촌 생가는 좋은 집이었어요. 기와집이고, 집과 마당이 수백 평이었대요. 이런 좋은 집을 두고, 왜 이사를 갔느냐? 마침내 만주 땅에 적색분자들이 설쳐대기 시작합니다. 걸핏하면 암살도 해요. 암살은 주로 외지에서 온 선생들을 암살 대상자로 삼은 거야. 그 당시에도 지프차가 있었대요. 10월에 가을걷이한 것을 지프차를 타고 온 악소년 패거리가 불을 지르고 도망가는 거야. 1년 동안 키운 귀한 곡물에 불을 지르는 거야. 왜 불을 지르느냐? 우리는 사유재산을 인정하지 않는다는 것. 일종의 퍼포먼스랄까? 지프차를 탄 그 공산주의자 녀석들을 잡을 수가 있나? 그래서 못살겠다 싶어서, 그 좋은 집을 버리고 가는데, 윤동주의 용정 집이 초가집이야. 평수라야 20평 정도예요. 우리 강의실만 한 데야. 그 좁은 집에 3대가 살게 됩니다.

2. 은진중학교 시절에 쓴 습작 네 편

그 당시에 용정에는 남자 중학교 4개 학교가 있었고, 여자 중학교 2개 학교가 있었습니다. 남자 학교의 경우에 기독교계의 은진, 민족주의계의 대성, 사회주의계의 동흥, 친일계의 광명……이 중에서 윤동주는 은진중학교에 입학합니다. 이 중에서 광명만이 5년제이고, 나머지 학교는 4년제예요. 그러니까 연제(年制)가 높고 또 일본의 지원이 배경이 된 광명중학교가 북간도에선 가장 명문 중학교로 알려졌겠지요. 사회주의 계열의 동흥중학교에서는 학생들끼리 서로 '동무'라고 불렀대요.

은진중학교 학생인 윤동주는 성장기에서부터 시를 썼어요. 물론 이때 쓴 시를 두고 습작 시라고 해야 되겠지요. 현존하는 그의 시 가운데 가장 때 이른 시는 1934년 12월 24일에 쓴 세 편의 시입니다. 이 가운데 좀 알려진 시편은 「초 한 대」예요. 이 시를 쓴 날은 1934년 12월 24일. 은진중학교 3학년 때의 일입니다. 이때가 열일곱 살의 나이인데, 지금의 나이로는 고등학교 2학년 때의 일입니다. 시를 쓴 날은 크리스마스이브, 즉 성탄절 전야예요.

초 한 대—

내 방에 품긴 향내를 맡는다.

광명의 제단이 무너지기 전
나는 깨끗한 제물을 보았다.

염소의 갈비뼈 같은 그의 몸.
그리고도 그의 생명인 심지까지
백옥 같은 눈물과 피를 흘려,
불살라버린다.

그리고도 책머리에 아롱거리며
선녀처럼 촛불은 춤을 춘다.

매를 본 꿩이 도망가듯이
암흑이 창구멍으로 도망간
나의 방에 품긴
제물의 위대한 향내를 맛보노라.

지금의 고등학생이 쓴 시이지만 곰곰이 살펴보면 윤동주의 인품 및 정신의 바탕이 잘 나타나있어요. 품긴 향내. 현재의 어법은 '풍기는 향내'가 되겠죠. '풍기다'의 옛말이 '품기다'였어요. 본디 미음(ㅁ) 발음이 었는데 이응(ㅇ)으로 바뀐 겁니다. 이 시에서 시 쓴 이는 초를 제물로 비유하고 있어요. 왜 하필이면 초를 제물로 비유하고 있느냐? 촛불은 어떻습니까? 스스로를 태우고 남을 위해서 어둠을 밝히죠. 자기희생의 이미지가 강한 물성(物性)을 지니고 있어요. 제물이라고 하면 갑자기 떠오르는 생각이 없어요? 희생의 제물……. 자주 쓰는 말이죠? 누군가 그랬다고 합시다. 송희복 선생님, 선거에 출마하세요. 그러면 나는 이렇게 대응 하겠죠. 나를 정치적 희생의 제물로 삼지 마라. 정치인이 선거판에 뛰어 들어야지, 학자가 선거판에 뛰어들면, 희생의 제물이 되기 십상이지. 제 물 하면 가장 먼저 떠오르는 말은 희생의 제물이야. 윤동주는 이 시에서 서서히 타내려가는 촛불을 일컬어 희생의 제물이라, 생각하고 있는 겁 니다.

이 시에서 핵심은 제3연이야. 이 연이 주제연이라고 봐도 좋겠어요. 어려운 말로 하면 복잡하게 얽혀 있는 언어의 그물망과 같은 부분이에 요. 문학비평에서 형식주의자들이 이런 유의 부분을 선호하죠. 유리 로 트만이라고 하는 구소련 출신의 학자가 있었는데, 그는 시학과 영상기 호학을 전공한 사람입니다. 이 사람은 시를 가리켜 이렇게 말했어요. 한 편의 시는 복잡하게 구조화된 의미이다. 이러한 관점에서 볼 때 우리가 지금 보는 시에서 형식주의자들은 이런 부분에 주목하기를 좋아합니다. 일단 표현의 수준이 높은 비유에 해당하는 것은 아니지만 '갈비뼈 같은' 과 '백옥 같은'으로 구성된 직유법을 내포하면서 원관념인 초를 몸, 눈 물, 피로 표현된 연쇄적인 은유법을 만들어내고 있습니다. 은유란, 이미 주어진 개념의 틀을 뛰어넘어서 새롭게 확장된 의미가 아닌가? 그리고 심지란 말을 보아요. 한자로 '마음 심(心)'자 '뜻 지(志)'자. 근데, 초는 무 엇으로 이루어져 있나요? 촛농이 있고 심지가 있죠. 심지가 없으면 초의 기능을 발휘하지 못하죠. 이때 심지의 '지'는 우리말 명사 '지'예요. 국립 국어원의 표준국어대사전에 의하면, 이 말은 '등잔, 남포등, 초 따위에 불을 붙이기 위하여 꼬아서 꽂은 실오라기나 헝겊'이라고 설명하고 있 어요. 또 심지가 굳다 할 때의 한자어 심지(心志)도 있어요. 마음과 뜻이 결합된 말. 시의 분위기를 볼 때, 이 말과도 어울립니다. 상당히 의미가 이중적이에요. 표현의 효과도 이중적이라고 볼 수밖에 없어요. 일종의 뜻 겹침 현상이랄까요? 수사법의 범주에서 중의법이란 말 들어본 일이 있어요? (학생들을 두루 살펴보면서) 대답이 없네. 어쨌든, 심지란 낱말 하나를 보더라도 의미가 복잡하게 얽혀져있다는 것을 알 수가 있네요. 요컨대 윤동주가 아직 미숙한 소년이지만 비유를 구사하는 능숙한 메이커로서의 가능성을 보여줍니다.

(학생의 소감 : 습작 시 「초 한 대」는 처음으로 접한 시다. 윤동주 선생님이 소년 시절에 쓴 최초의 시일 수도 있다. 그 이전의 시가 현존하지 않으니까. 처음 쓴 시가 이 정도로 정교한 수준이라니 놀랍다. 가장 중심이 되는 세 번째 연을 가리켜 교수님이 '언어의 그물망'이라고 하셨는데 가슴에 와 닿는다. 이 시를 읽고 윤동주 선생님의 인생관과 세계관을 엿볼 수가 있었다. 타들어가는 초를 제물에 비유하여 희생의 속성을 잘 드러내고 있다. 여기에 자신도 초와 같이 살아가겠다는 마음가짐과 다짐이 숨어 있다. 「서시」에서 보듯이 '나한테 주어진 길'이 초 한 대의 의미가 아닐까 한다.)

윤동주가 1934년 12월 24일 같은 날에 세 편의 습작 시를 쓴 가운데 「삶과 죽음」이라는 시도 있어요. 이 시에서 시편 「초 한 대」와 비슷한 내용이 있다면 다음과 같은 부분이 아니겠어요?

죽고 뼈만 남은
죽음의 승리자 위인들!

여기에서 볼 수 있듯이 자기희생의 순교자 정신이 그의 의식의 배후를 지배하고 있다고 보입니다. 이 시를 보면 윤동주에게는 청소년기에 이미 사생관이 형성되었다고 보입니다. 그가 죽고 나서 시인 정지용이 그의 시집 서문을 씁니다. 정지용은 윤동주의 시집 서문을 쓰면서 자신의 살을 던지고 뼈를 남겼다, 라는 말을 합니다. 노자의 『도덕경』에 비슷한 내용이 있어요. 살은 육체, 생명, 찰나 등과 같은 거라면, 뼈는 정신, 죽음, 영혼 등을 가리킵니다. 살이 윤동주의 삶이라면, 뼈는 그의 시겠죠. 일본 제국에 살을 던져주고 뼈를 남겼다. 이게 희생입니다. 자신의 젊고 짧고 덧없는 삶을 던져주고 오래오래 남을 시를 남긴 겁니다. 윤동주를 평한 정지용의 말, 굉장히 의미심장한 말이에요.

같은 날에 쓴 또 하나의 시는 「내일은 없다」……. 한 30년 전에 시인 문병란은 이 시를 두고, 재치는 있지만 깊이가 없는 시, 습작의 경지를 벗어나지 못한 시라고 평한 바 있었어요. 반면에, 같은 날에 쓴 시라고 해도, 「초 한 대」는 초를 소재로 한 순교자적인 희생을 노래한 시라고 높이 평가하기도 했어요.

윤동주가 은진중학교에 재학할 때 1934년 12월 24일에 쓴 세 편의 습작 시 외에도 또 한 편의 시가 남아 있어요. 이로부터 25일 후인 1935년 1월 18일에 쓴 시예요. 제목이 「거리에서」라는 시. 이 날 즈음이면 북간도에서 가장 추운 때겠죠. 보통 영하 25도는 되겠지요. 이 혹한의 계절에 그는 용정시의 밤거리를 방황합니다. 시의 본문에 거리의 전등이 나오는 것으로 보아 번화가를 걷고 있었나 봐요. 그는 이 시를 통해 '달밤의 거리, 광풍이 휘날리는 북국의 거리 (…) 괴로움의 거리, 회색빛 밤거리를 걷고 있는 이 마음'을 노래하고 있어요. 시인 문병란은 이 습작 시를 가리켜 '도시의 밤거리를 방황하는 슬픈 청춘의 엘레지(悲歌)'로 비유했군요. 열일곱 소년 윤동주의 시대고와 방황 의식을 엿볼 수 있다는 점에서 앞으로 비평의 대상으로 삼았으면 하는 텍스트입니다.

3. 시편 「초 한 대」 읽기의 현재성

윤동주의 은진중학교 시절에 쓴 네 편의 시 중에서도 「초 한 대」가 그런 대로 대표적인 시로 꼽힐 수 있습니다. 그러면 지금부터 이 시를 문화적인 배경 지식 및 역사적 현재성과 관련해, 좀 더 깊이 있게 살펴볼까요. 먼저 이 시에서 드러난 염소라는 시어를 살펴볼까요? 문화의 관습적인 요인이 깊이 개입된 말입니다. 제물을 염소, 양으로 보는 문화권은 많습니다. 그리스 신화에도 양이 나옵니다. 이 양은 우리가 아는 양이 아니라 산양입니다. 염소와 양을 같은 개념으로 보는 거야. 중국에서도 양을 희생의 제물로 삼습니다. 아주 고대로 올라갈수록 이 희생의 제물이 사람으로 변합니다. 우리나라 가야시대만 해도 순장 풍습이 있었어요. 고대의 인신공양 제의가 근세까지 남아서 온 게 '심청전' 이야기입니다. 그전에 있던 에밀레종 이야기는 가짜래요. 사람들이 조사해보니까, 우리 문헌에는 전혀 없다는 거예요. 일본 학자나 선교사들이 불교가 잔인한 면이 있다는 걸 강조하려고 만들어낸 전설로 의심이 된다는 겁니다. 이것도 일종의 인신공양 제의야. 옛날엔 사람이 제물이야. 근데 인명이 귀한 줄 아니까, 소를 바친 거야. 근데 소도 아깝잖아. 그러니까 소보다 덜 아까운 게 뭘까 하다가 염소나 양이 되는 거죠. 그 뒤에는 명태 말린 것.

제사 얘기가 나와서 얘긴데 우리나라 제사 풍습은 두 종류야. 하나는 고려식 제사. 하나는 조선식 제사. 고려식 제사는 불교식 제사고, 조선식 제사는 유교식 제사야. 고려식 제사는 차례라고 하고 조선식 제사는 주례라고 해. 고려식 제사는 차가 중심이 돼. 조선식 제사는 술이 중심이 돼. 불교에서는 정신을 맑게 하려고 차를 올렸어. 차에는 카페인이 있잖아? 가족들만 모여서 간소하게 제사지내는 것이 고려식 차례에요. 유교에서는 정신이 흐릿해져야 친해진다고 보고 술을 내고 뒤풀이하면서 술을 마시는 거야. 개인의 각성을 중시하는 불교와 달리, 유교는 아무래도 인간관계를 중시하니까 술이 필요하죠. 옛날에 선비들의 모여서 향음주례(鄕飮酒禮)를 합니다. 단순히 술만 마시는 게 아니라 인간관계의 한 의식이기도 합니다. 술 마시고 깽판 치는 선비는 선비의 세계에서 퇴출되는 거예요. 여러분은 나한테 배웠으니까 먼훗날에 부모님 제사를 올리게 된다면, 간단한 다과를 차려 놓고 녹차를 바치거나 아메리카노를 바쳐요. 그런 것 마시면 카페인이 있어서 각성도 되잖아요? 옛날에 우리나라 차가 전라남도와 경상남도 밖에 안 났거든. 불교에서 유교로 풍속이 바뀐 것도 있었겠지만, 그게 귀해서 술로 바뀌었을 거야. 여하튼 술을 차려놓고 차례라고 하는 것은 모순이에요. 고려가 망한 지가 언제인데?

이야기를 되돌립시다. 염소, 산양 이런 것을 제물로 놓는 문화권이 널리 분포되어 있습니다. 그리스, 중국, 중동 국가. 제사 때 산양을 바치는 것은 특히 고대 유대인들의 제사와 관련된 풍습과 의식이었다죠. 이것을 속죄양이라고 하는데, 영어로는 '스케입 고트(scape goat)'예요. 앞에 이(e)를 붙이면 에스케이프(escape)가 되겠죠. 이 '스케입'의 의미가 우리로부터 '벗어나서' 황야에서 끌려와 제물이 된 양이란 뜻인지, 아니면 양으로 인해 사람들이 죄를 '모면했다'는 뜻인지 잘 모르겠어요. 두 가지 중에서 하나겠죠.

이 고대의 속죄양이 현대에 이르면 희생양이 됩니다. 대유법이나 우화법에 따르면, 속죄양이나 희생양은 그게 그겁니다. 속죄양은 남의 죄를 뒤집어 쓴 사람이라면, 희생양은 남의 죄를 대신해 희생한 사람이에요. 희생은 작게는 피해를 좀 입은 것에서부터 크게는 죽는 경우에까지 이르죠. 그래서 우리는 이게 문제예요. 우리 사회에 희생양이 굉장히 많이 비유가 되고 있거든요. 희생양에도 두 가지가 있어요. 내 식의 구분을 들어봐요. A 유형은 강자끼리 서로 갈등을 하는 거야. 강자끼리 갈등을 일으킬 때 약자를 희생시킴으로써 두 강자는 일시적으로 화해를 합니다. 왕따 이것이 바로 희생양입니다. 여러분들 중에서도 자라오면서 피해자도 있고 가해자도 있을 거야. 가해자는 반성을 크게 해야 해요. B 유형은 자신이 고통을 받으면 남에게 고통을 가하면서 남이 고통을 당하면 그걸 보면서 대리적인 위안을 삼는다는 거야. 예를 들어보면 A는 사회 현상 중에서 흔히 볼 수 있는 집단 따돌림, 즉 왕따 현상입니다. 더 이상 설명하지 않아도 되겠죠? 아직도 흔하게 볼 수 있는 현상이죠. 그런데 B는 특수한 사례입니다. 예를 들어 볼게요. 1923년, 일본 도쿄에 큰 지진이 있었죠. 관동대지진 말예요. 일본 도쿄 사람 10만 명이 죽었어요. 이 엄청난 재난과 고통 앞에 산 사람들이 집단적인 광기가 생긴 거죠. 자신들이 괴로우니까 죄 없는 사람들을 공격의 대상으로 삼습니다. 실험용 쥐 두 마리를 담은 상자에다 고통의 주사액을 투여하면 서로 격투를 벌입니다. 자신의 고통을 이기지 못해 남을 공격해요. 서로는 서로를 감싸주지 않습니다. 그때 일본인들은 조선인을 강변에 끌어내서 많이 죽였어요. 유학생이 죽었다는 말은 아직 들어보지 못했는데, 사회적인 약자인 노동자들이 많이 죽었어요. 중국 노동자들도 우리 다음으로 많이 죽었어요. 앞으로 몇 년이 지나면 그 사건의 백주년이 되는데 세계 인권사의 맥락에서 일본 정부가 크게 반성해야 해요. 하여튼 그 당시에 조선인들이 우물에 독약을 풀고 다닌다는 터무니없는 유언비어가 있었어요. 가족을 잃은 고통을 조선인을 학살하면서 위안을 받는 거야. 이게 B유형의 희생양이야.

여러분들, 이 사람 알아요? 루쉰. 「아큐정전」 쓴 사람. 아는 사람 손 들어보세요. 루쉰도 몰라? 루쉰은 중국에서 소설가로선 성인(聖人)이야. 소설을 많이 쓴 것도 아니야. 묶어봤자 책 한 권밖에 안 되는 분량이에요.

중편 한 편과 단편 열 편 되나요? 그런 그가 중국에서 소설의 성인이라고 추앙되고 있어요. 이 작가의 작품 중에 「공을기(孔乙己)」라는 게 있어요. 한 10년 됐나요. 우리 국어교육과 학생들을 데리고 2007년 즈음에 중국으로 수학여행을 갔어요. 학과장인 내가 그랬어요. 상해를 가자면 소흥(샤오싱)을 가야 한다고. 가보니까 거기만큼 온화하고 따뜻하고 경치 좋은 데가 없어요. 역사와 인물을 품고 있어서 공부할 거리도 많은 곳이야. 루쉰과 주은래의 고향이고. 왕희지의 유적도 있고. 거기 갔는데 루쉰의 소설 「공을기」에 나오는 술집이 지금도 남아 있는 거야. 중국의 전통 술인 백주(白酒) 알아요? 백간주라고도 해요. 백간이 중국어로는 빠이간. 우리말로 '빼갈'이라는 말로 변합니다. 백주가 4, 50도 되는 술인데, 이게 중국술의 대부분을 차지합니다. 이 증류주 외에 발효주도 있어요. 중국의 발효주 중에서 소흥의 발효주인 소흥주가 아주 유명해요. 소설 속의 술집인 함흥주점은 지금도 관광명소가 되어 있어요. 소설 속의 인물인 공을기는 마을 사람들에게 극심하게 왕따 취급을 당하고 있어요. 이를 측은히 여기고 있는 어린아이의 눈으로 사건을 바라보는 소위 관찰자 시점의 소설이에요. 공을기가 공자 왈 맹자 왈 하면, 마을 사람들은 다 웃고, 또 극빈자라서 웃음거리가 되고. 이 주점에 공을기가 나타나면 마을 사람들은 그냥 재밌는 거야. 놀려대고. 그러면 꼿꼿한 자세를 취하면서, 공자 말씀을 하면서 사라지고. 그는 결국 술과 음식을 훔쳐 먹다가 맞아 죽습니다. 그는 공부는 했지만 전형적인 사회적인 약자야. 이 소설에서 루쉰은 민중들이란 어떤 존재냐를 묻습니다. 민중은 피지배자이지만 어떤 점에서 사악한 존재라는 겁니다. 민중은 지배자에게 면종복배합니다. 민중은 지배자에게는 복종하고 자기보다 더 민중적인 조건에 처해 있는 사람을 공격해서 위안을 받는 거야. 못난 사람은 자기보다 더 못난 사람을 공격한다는 것. 자기를 지배하는 자를 공격해야 하는데, 그렇지 않다는 거야. 불쌍한 사람을 왕따시키고, 또 그것도 모자라 희생양으로 만들고. 소설 「공을기」는 루쉰이 민중의 공격적 성향을 비판하기 위해서 쓴 풍자소설입니다. 여기에 그의 위대한 작가 정신이 숨어 있어요.

우리나라도 마찬가지야. 사람 사는 곳이 다 그렇지 뭐. 인도에 불가촉천민이 있고, 일본에 부락민이 있었다면, 우리나라에는 백정이 있었지. 가축도살자 말이야. 백정을 경멸하려면 육식을 안 해야지. 왜 공격하는 거야. 다른 게 아니라, 양반보다는 사회구성원을 이루는 다수의 민중(농민)이 소수자 천민을 공격하는 거야. 백정이라는 말을 세종대왕이 처음으로 만들었어요. 백정(白丁)이란 말이 평범한 사람이란 뜻이니 백정을 천하게 여기지 말라, 하는 뜻에서 만든 건데, 사람들은 오백년 동안 세종대왕의 말을 안 듣고 백정을 천시한 거야. 백정들이 우리는 이렇게 천대받고 살 수 없다 해서 만든 게 형평사야. 사람은 인권적으로 평등을 유지해야 한다는 뜻이에요. 이 단체는 진주에서 처음으로 출범합니다. 그 당시에 진주 시민이 2만4천 명에 불과했는데 백정은 고작 350명에 불과했어. 이때 백정은 일반 서민보다 경제적으로는 잘 살았어요. 자녀 가운데 일본 유학을 한 경우도 있었구요. 아마도 대다수 평민의 시기심도 있었을 거예요. 극단적인 사회적 소수자를 공격의 과녁으로 삼는다는 것은 일종의 마녀사냥이요, 사회적 집단 가학증이에요. 1923년 4월 23일에, 백정해방운동의 시작을 알린 형평사 발기인 대회가 개최되고, 그 다음날에는 우리 학교의 전신인 도립 경남사범학교가 개교합니다. 그 당시에 발기인 행사장과 학교는 비슷한 곳에 자리하고 있었어요. 앞으로 몇 년 후에는 형평사 운동 백주년 행사와 진주교육대학교 백주년 행사를 같은 날에 하겠지요. 개교기념일은 학교 휴무일이니까, 하루 전에 행사를 해야 하기 때문이죠. 나는 그때 정년퇴임한 직후라서 재야 지식인으로서 초야에 묻혀 있을 거야.

하여튼 다수의 민중은 이중적인 속성을 가집니다는 겁니다. 더 민중적인 조건에 처한 자들, 천민뿐만 아니라 장애자도 차별해요. 병신 육갑하네, 하면서. 아주 공격적인 속성을 지닌 게 민중이다, 가두에서 시위하는 사람들이 민중을 숭배하지만, 민중은 때로는 공격적이고, 자기보다 못한 사람을 소외시킨다는 것. 민중이 계몽과 계도의 대상이라고 본 이광수적인 시각보다 루쉰이 더 돋보이는 작가 정신을 가졌다고 할 수 있어요.

자, 참으로 멀리 돌아다니다가 왔는데 소년 윤동주의 초 한 대는 바로 자기희생의 상징물입니다. 왕따이면서 남을 위해서 불을 밝힌다는 것이 물성(物性), 즉 사물의 속성입니다. 종교적으로 볼 때 염소와 같은 희생양이에요. 또 그는 촛불이 흔들리는 것을 선녀라고 비유하고 있습니다. 후각적으로는 위대한 향내라고 비유하고 있습니다. 조금 유치하지만, 이상으로 볼 때 윤동주의 '초 한 대'에서 엿보이는 사상적 바탕을 살펴볼 수 있어요. 그는 현존하는 마지막의 시로 추정되는 「쉽게 씌어진 시」에서도 '등불을 밝혀 어둠을 조금 내몰고' 아침을 기다린다고 했어요. 말하자면 그의 시를 쓴 기간(1934~1942)을 지배한 것은 어둠에 대한 맞섬이라고 하겠어요. 아, 그러네요. 그의 시대관은 밤의 어둠에 대한 맞섬이요, 그의 인간관은 정신에 대한 맞섬이네요. 그는 촛불에서 시작해서 등불로 끝을 맺고 있단 말예요. 요컨대 소년 윤동주의 '초 한 대'의 사상은 다름이 아니라 자신을 둘러싼 세계의 논리가 강자를 중심으로 편성되어 있다는 것. 그러나 자신은 약자의 편에 서겠다는 것. 누가 누군가에 의해 희생되고 있다, 라고 보는 이러한 세계의 인식. 이런 초보적인 수준의 사상을, 이 시를 통해 알아볼 수 있다는 거예요. 물론 여기에는 기독교 정신이 개입되어 있어요. 지배를 정당화하기보다는 약자를 긍휼히 여기는 사상. 불쌍히 여기는 사상. 유교식으로는 측은지심이랄까? 소년은 십자가에 못이 박혀 모든 이의 죄를 대신 받는 아이콘으로서의 예수에 대한 끝없는 존경심을 가지고 있어요. 카를 융이 한 말이지만 불교가 이성적 지혜라면 기독교는 숙명적 희생 그 자체예요.

그런데 불교도 등불을 강조하고 있어요. 석가모니가 돌아가시기 전에 제자들이 마지막으로 가장 좋은 말씀을 해달라고 바라니까, 석가모니는 죽어가면서 마지막 설법을 합니다. 한문으로 번역한다면, '자등명(自燈明), 법등명(法燈明)'이라. 너희들은 저마다 자신을 등불로 삼고, 자신에게 의존하라. 또한 진리를 등불로 삼으면서 진리에 의지하라. 이밖에 다른 것을 의지해서는 안 된다. 다시 말하면, 이렇습니다. 누구에게도 기대지 말라. 신은 없다. 자기 스스로 밝히는 진리의 등불에 의지하라. 불교의 정신이 참, 그대로 드러나고 있죠. 본디 불교는 종교가 아니에요. 신을 부정하는데 무슨 종교라고 할 수 있나? 석가모니는 마을 사람들에게 밥을 빌어먹었잖아? 그러면서 제자들하고 학문적인 토론을 한 거야. 죽을 때는 자기는 끝까지 인도의 계급 제도를 없애고, 신을 부정하려고 했어요. 고대 인도는 온갖 신의 세상이요, 계급의 세상이야. 지금도 그 유습이 좀 남아 있죠? 그래서 석가가 죽을 때 제자들에게 부탁했어요. 내가 죽을 때 절대 내 모습을 만들지 말라고. 이 유언이 오백년 동안 잘 지켜지다가, 알렉산더 왕의 북인도 진출 이후에 그리스 조각상이 들어오면서 불상을 새로 만들게 됩니다. 석가와 제자들은 자신의 모임을 스스로 학문 공동체라고 생각했어요. 훗날 상공업자들이, 즉 장사꾼들과 기술자들이 불교를 지지하면서 이것이 종교로 격상된 거야. 사회의 기득권자인 브라만 계급은 불교의 가르침을 거들떠보지도 않았어. 신은 존재하지 않는다. 개인의 자각이 중요하다. 스스로 진리의 등불을 밝히고 등불에 기대어라. 그게 '자등명, 법등명'이에요. 말하자면, 기독교가 숙명적 희생의 촛불을 중시했다면, 불교는 이성적 지혜의 등불을 중시했다고 하겠어요.

(학생의 의견 : 나는 이 수업을 들으면서 문학만의 담론이 아니라 역사, 사상, 문화, 종교 등의 다방면 분야에 걸쳐 지식과 정보를 두루 향유하고 있다. 한 분야에 갇혀 있는 수업이 아니라, 연계와 융합의 수업 유형이라는 점에서 지식이 깊어지고 정보가 넓어지는 것 같다.)

촛불(등불)의 상징성이 이렇게 좋은 건데, 요즘은 무언가 속화되고 있는 감을 떨쳐버릴 수가 없어요. 왜? 촛불집회 때문에, 정치적인 이해관계 때문에. 이제 막 우리 한국 사회는 정치적으로 격변기를 겪었어요. 촛불을 든 사람들의 모임, 박근혜 정부의 부도덕성이 드러남과 몰락 과정. 조기 대통령 선거. 문재인의 대통령 당선. 숨이 가쁘게 달려왔네요. 최근에 새 대통령 당선을 축하하는 뜻에서 요즘 촛불혁명이라는 말 많이 쓰는데, 이건 각자의 판단에 맡겨야 한다고 봅니다. 나는 혁명이 아니라고 생각해요. 혁이 무슨 자야? 혁은 가죽 혁(革) 자예요. 옛날 중국의 역사에서 유목민의 사회에서 농경민의 사회로 바뀌어갈 즈음에 양의 가죽을 만들어 옷으로 삼아 입은 거야. 옷뿐만 아니라, 혁대도 가죽이잖아. 요즘은 가방과 구두도 대개 가죽으로 만들지 않아요? 가죽은 질깁니까? 약합니까? 오래 씁니까? 아닙니까? 가죽으로 된 물건은 질기고 오래 씁니다. 가죽이 너덜너덜해졌다는 건 너무 오래 썼다는 겁니다. 가죽이 오래되면 바꿔야지. 그게 혁명이고, 혁신이고, 개혁이야. 너덜너덜해졌으니까, 이제 바꾸자. 너덜너덜해진 가죽을 바꾸듯이 바꾸는 게 혁명이야. 혁명은 체제의 전복을 말합니다. 제도를 근본적으로 바꾸는 게 혁명이야. 근데 촛불이 혁명은 아니다, 라는 거야. 4 · 19는 혁명이 맞아요. 대통령 책임제에서 내각책임제로 바꾸었으니까요. 1987년 6월 항쟁도 혁명이었다고. 헌법을 고쳐 대통령을 간선제에서 직선제로 뽑는 것으로 바꾼 거야. 이렇게 헌법을 바꾸는 것을 우리 사회에서는 혁명이라고 하는데, 최근의 문 대통령은 원래의 헌법으로 당선된 거잖아. 그래서 혁명이 아니다. 체제를 확립하고 정당성을 확보해야 하는데, 이성계의 역성혁명이나 박정희의 군사혁명은 정당성(legitimacy)이 확보되지 않았으니까, 온전한 혁명이라고 보기 힘들어요. 정권 탈취라는 사심(私心)이 들어가 있거든. 정당성은 도덕과 공공성을 충족시켜야 해요. 적례의 혁명이라고 할 수 있는 것은 프랑스 혁명과 러시아 혁명이야. 왕정에서 공화정으로, 제정에서 사회주의 체제로의 체제를 전복했어요. 한 번 더 말하지만, 촛불은 혁명이 아니다. 그래도 촛불이 혁명이라고 우기는 사람이 있다면, 한 걸음 물러나 혁명이 아니지만 혁명적이라고는 할 수 있겠죠. 여러 가지 제도를 바꾸어가고 있으니까. 촛불의 도덕적인 정당성은 두루 인정되겠지만요, 나는 혁명적인 것을 혁명이라고 우기는 게 문제라고 봐요.

(학생의 의견 : 촛불의 상징성이 비록 정치적으로 이용되고 있다는 점이 안타깝지만, 이명박-박근혜 정부를 어릴 때부터 겪어와 정치적인 혐오와 패배 의식에 찌들어온 우리 젊은 세대에게는 그것이 최초로 승리의 경험을 안겨다 주었다는 점에서, 새로운 승리의 의미를 가지게 된 촛불의 상징성도 의의를 가진다고 생각한다. 촛불 하나하나에 불과한 개개인도 사회를 위해 큰 불길도 낼 수 있다는 게, 희망이라면 희망이다.)

만약 촛불의 부정적인 측면이 있다면, 광장을 휩쓸면서 난무했던 가짜 뉴스와 '찌라시' 정도이겠죠. 박근혜와 최순실 전 남편이 그렇고 그런 관계다. 이런 유의 숱한 유언비어 정도는 그렇다고 합시다. 작가들이 촛불을 혁명이라고 본다는 게 문제야. 제목이 뭐냐? 최근에 한 문인 단체에서 『촛불은 시작이다』라는 제목의 초호화판 앤솔러지(선집)를 만들었어요. 제목이야 맞죠? 민주화는 지속되어야 한다. 8·15 직후와 4·19 직후에도 그런 호화판이 없었어요. 작가가 민중의 말에 부화뇌동해선 안 됩니다. 작가는 민중이 말하지 못한 상황에서 심지어 목숨까지 걸면서 말하는 게 진정한 작가 정신이야. 민중이 말하지 못할 때 내는 양심의 목소리가 작가의 진정한 몫이란 말이에요.

여러분. 몇 년 전에 노벨문학상을 받은 중국의 작가 모옌을 알아요? (일부 학생들이 예, 하고 대답한다.) 그의 이름은 본명이 아니라 필명이에요. 이 모옌은 우리식의 한자음이라면 '막언(莫言)'인데, 그 뜻은 '말하지 말라.' 입니다. 그의 10대 나이에 해당하는 10년간은 문화혁명으로 점철된 광기의 시기였어요. 그러니까, 정상적인 교육도 전혀 받지 못했어요. 그의 아버지가 그에게 늘 가르침을 주었죠. 이 난세에 세상의 일을 함부로 말하지 말라고. 소위 설화(舌禍)를 두려워 한 거죠. 한 동안 침묵을 지키면서 때를 기다려 때가 되면 양심의 소리를 내는 것이 모옌에게는 바로 '소설'이었을 것입니다.

다시 말하자면, 촛불을 찬양하는 시를 쓰고 그러는 건, 참된 작가 정신이 결코 아니야. 윤동주가 바로 그런 거야. 아무도 말할 수 없을 때 말을 한 게 윤동주의 시거든요. 광장의 민심에 뒷북치는 소리를 내는 것은, 민중의 외침에 부화뇌동하는 것은 좋은 시도, 좋은 문학도 아닙니다. 문학 비평가요 과학철학자인 가스통 바슐라르는 촛불의 상징성이 '영혼의 고요를 재는 평온의 척도'라고 했단 말예요. 어느 것이 평온의 척도일까요? 윤동주이겠요, 아니면 '촛불은 시작이다'를 목청껏 외치는 오늘의 시인들일까요? 이런 관점에서 볼 때 윤동주의 시 정신은 오늘날의 촛불 정신과 좀 달리 봐야 해요. 이제부터 우리는 촛불이 혁명이라는 착시와 오만에서 좀 벗어나 한층 성숙해져야 합니다.

4. 숭실중학교 시절에 겪은 시대의 고통

윤동주가 용정 집에서 다닌 은진중학교는 4년제였어요. 졸업하면 지금의 고등학교에 해당하는 중학교를 졸업하지만 상급학교인 전문학교를 가지 못합니다. 그래서 자기 집에서 가까운 학교를 다니다가 5년제로 전학을 가려고 했어요. 문익환 목사의 경우도 그랬어요. 문익환은 은진중학교 2학년을 마치고 평양에 있는 숭실중학교에 편입합니다. 근데, 윤동주는 3년을 마치고 가려니까 자리가 없는 거야. 그래서 때를 기다려 3학년 2학기에 비로소 편입하게 됩니다. 1935년 10월에서부터 1936년 3월에 이르기까지 6개월 동안 숭실중학교 3학년 2학기를 다닙니다. 다니지 않아도 될 3학년 과정을 두 번이나 다니는 거죠. 울며 겨자 먹기 식이랄까? 그러니까 윤동주는 자기보다 두어 살 어린 친구들과 공부를 합니다. 가뜩이나 12월 30일에 태어나 손해를 본 나이인데도 말이죠.

평양의 숭실중학교는 기독교계 명문 학교입니다. 소설가 황순원도 여기를 나왔어요. 여기에 나온 사람 중에서 유명한 사람이 적지 않은데, 테너 가수 이인범이라는 사람도 숭실중학교를 졸업하고, 연희전문학교 문과를 졸업합니다. 그 당시의 조선에는 성악과가 없었어요. 그는 성악을 독학으로 배우다가 일본에 유학을 갑니다. 마이니치 신문사에서 전(全) 일본 성악 경연 대회를 엽니다. 일본에서 성악을 잘 하는 젊은이들을 모아놓고 하는 이 대회에서 이인범이 2등을 합니다. 1등은 없어요. 1등 없는 2등이니까, 사실은 1등인 거죠. 그래서 일본인들 사이에도 비판이 많았어요. 조선인이라고 인색하게 2등상을 주는 게 잘못이라고. 그 당시 조선의 유학생들은 굉장한 자부심을 가졌대요. 이인범은 그 후 전 일본을 돌면서 공연을 했다는 거야. 식민 종주국 일본에 가서 1등을 했다는 게 대단하지 않아요? 이 이인범은 윤동주의 중학교, 전문학교 선배예요.

전문학교 재학 기간이 잘은 몰라도 1년 정도 겹칠 수도 있겠네요.

어쨌든 윤동주는 숭실중학교에서 6개월을 재학하면서 동시까지 포함해서 열일곱 편의 시 작품을 남깁니다. 비록 청소년 시절이지만 많은 시를 남겼어요. 이 중에서도 1935년 10월에『숭실활천(崇實活泉)』이라고 하는 교우지에「공상」이라는 제목의 시를 발표합니다. 시의 수준은 별 볼 것 없지만 최초로 활자화된 데 의의가 있어요. 그의 시는 한자로 표기하는 것을 자제하지만 이 시는 한자가 적잖이 눈에 띠어요. 한자 표기를 한글 표기로 바꾸어 제시한 자료를 보세요.

용정 은진중학교에서 평양 숭실중학교로 전학(편입)해온 네 명의 벗들. 뒷줄의 오른쪽이 윤동주이고, 가운데가 문익환(목사)이다. 나머지 두 사람을 두고, 장준하(언론인)와 정일권(국무총리)의 중학생 모습이라고 하는 말들이 있었으나, 사실이 아니다. 1935년 하반기에 평양에서 찍은 사진으로 짐작된다.

공상

내 마음의 탑

나는 말없이 이 탑을 쌓고 있다

명예와 허영의 천공에다,

무너질 줄도 모르고,

한 층 두 층 높이 쌓는다.

무한한 나의 공상

그것은 내 마음의 바다,

나는 두 팔을 펼쳐서.

나의 바다에서

자유로이 헤엄친다.

황금, 지욕의 수평선을 향하여.

아주 초보적인 은유를 사용하고 있네요. 이 정도면 요즘 학생들도 충분히 표현할 수 있는 수사적인 능력이죠. 마지막 연의 황금과 지욕(知慾)의 수평선을 향하여, 라는 표현이 있는데 소년의 초현실적인 마음을 엿볼 수 있습니다. 윤동주는 평생 돈을 못 벌었어요. 앞으로 돈도 벌고 싶고, 깊게 공부도 하고 싶었겠지요. 이런 욕구가 이 시에 반영되어 있습니다. 그는 연희전문학교에 재학할 때 조선일보사로부터 딱 한 번 원고료를 받았어요. 그 돈으로 친구들이랑 술을 마시거나 음식을 먹었겠지요. 빈센트 반 고흐가 딱 한 장 그림을 팔았다죠. 그 돈으로 술을 사 마셨다고 했어요.

(잠시, 교수와 학생간의 대화)

교수 : 자네, 공상이란 말, 들어봤어?

학생 : 예.

교수 : 공상이 무언가?

학생 : 멍하니, 생각한다, 아니에요?

교수 : 맞아. 비현실적인 생각이지. 너희들이 쓰는 비슷한 은어가 있지?

학생 : 네. 멍 때린다?

교수 : 그래.

(학생들, 모두 웃는다.)

윤동주가 공상을 한다고 해서, 지질하게, 결코 멍 때리는 건 아니에요. (학생들, 모두 다시 웃는다.) 그의 공상은 비현실이라기보다 오히려 현실적이다……. 오케이? 바로 앞에서 본 그의 시에는, 돈도 벌고 싶고, 공부도 더 하고 싶다고 하잖아요? 참 솔직한 소년입니다. 아무리 윤동주가 영혼이 드맑은 사람이라고 해도, 근대 사회를 살아가면서 말이죠, 전통 사회의 선비처럼 늘 청빈하게 살 수는 없잖아요? 이 대목에서 전문적인 지식 하나 덧붙입시다.

공상은 마냥 부정적인 게 아니에요. 프로이트는 개인에게 있어서 공상에는 공통적인 무의식의 요소가 존재한다고 했어요. 공감과 동정, 투사와 동일시를 통해 바람직한 자아를 형성하는 데 있어서, 기저를 이루는 요소라는 뜻이겠지요. 오케이?

다 그런 것은 아니지만, 비교적 음악가는 살아있을 때는 무대의 화려한 각광을 받지만, 화가는 살아있을 때는 별 볼 일 없이 생전의 평가를 잘 받지 못하는 경우가 있어요. 화가는 살아 있을 때는 고생만 하다가 죽어서 명예를 얻는 경우가 더러 있어요. 우리나라의 이중섭, 박수근도 마찬가지야. 이런 점에서는 문학도 살아생전에 간고하게 산 시인과 작가가 적지 않죠.

윤동주도 중농의 집안에서 태어나 돈 걱정이 없이 산 듯해도, 본인은 정작 돈과 먼 생활을 했어요. 그의 아버지는 지식인인데도 불구하고 도시 용정에 가서 하는 일마다 성공하지 못했어요. 윤동주네가 본디 부자 축에 속했는데 가세가 점차 기울어져가는 상태에서, 윤동주는 학교만 다니다가 죽은 거야. 학교만 여덟 군데 다니다가 끝내……그랬네요. 월급 한번 받아보지 못하고 말이죠. 완전히 화가 고흐 같은 삶을 산 것이지. 황금이라고 하였으니까, 그도 돈을 좀 벌고 싶었나 봐요. 한편으로 습작 시에도 나타나 있듯이 지식에 대한 욕망도 아주 많았어요. 윤동주가 보던 책들이 많이 남아있어요. 연세대학교 기념관에 소장되어 있어요. 특히 서양의 시인들과 기독교적 실존주의 사상에 관해 특히 관심이 많았어요.

그런데 윤동주가 평양에 있을 때 삶의 변곡점이 생긴 사건이 발생했어요. 숭실중학교에서 무슨 사건이 있었냐 하면 신사참배 거부 사건이 있었던 거야. 유일신관의 관점에서 볼 때, 일본의 신사에 모셔진 신들이 대체로 잡신(雜神)이야. 민족종교라는 것은 애최 문제가 있어요. 유대인들의 유대교, 인도의 힌두교, 일본의 신도(神道)는 세계의 3대 민족종교로서 매우 폐쇄적이에요. 유대교는 유대인만이 선택받았다 하는 선민사상이 핵심입니다. 인도는 자기들의 계급 제도를 보호하는 수단에 불과해. 영어로 '신토이즘'이라고 하는 일본 신도는 천황제를 바탕으로 합니다. 일본 신도에서 신은 잡신이고, 경전도 없어요. 민족의 경계를 넘어서는 종교를 두고 세계종교라고 해요. 기독교, 이슬람교, 불교는 세계의 3

대 세계종교이지요. 특히 기독교와 이슬람교는, 하나님인 엘로힘과 알라신이라는 같은 유일신을 섬기고 있어요. 세계적으로 민족의 경계를 넘어섰다는 의미에서 세계종교입니다. 민족종교는 문제가 많아. 신사참배는 강제적으로 하니까 문제야. 일제강점기에 가장 못 하겠다 저항한 데가 평양, 부산, 거창 등이에요. 일제강점기에 신사참배에 대한 거부는 전국적으로 일어났는데 평양이 가장 격렬했지. 평양의 '숭(崇)' 자 돌림 세 학교가 폐교를 무릅쓰고 반대합니다. 숭실전문학교, 숭실중학교, 숭의여중에 재학하는 학생들이 반대해 마침내 학교가 폐쇄되는데, 이를 가리켜 세칭 '3숭사건'이라고도 해요.

그 당시에 같이 공부한 동기생의 증언에 의하면, 윤동주가 키가 커서 제일 뒤에 앉았답니다. 과묵했지만 쾌활한 성격이라고 해요. 북간도에서 활약하는 독립군 얘기를 친구들 앞에서 하던 일이 기억난다고 했어요. 신사참배를 강요하고 또 이에 맞서는 과정에서, 학생들과 경찰이 주먹다짐을 할 정도였대요. 미국인 교장이 경찰서에서 학생들을 빼오고, 교장은 결국 미국으로 추방되고, 1936년 1월부터 3월까지 학교는 바람 잘 날 없었어요. 이 사건들을 통해, 결과론이지만 안 다녀도 될 학교를 다니게 되면서 항일 운동에 가담하면서, 윤동주는 항일의식을 키웁니다.

종달새는 이른 봄날
즐드즌 거리의 뒷골목이
싫더라.
명랑한 봄 하늘,
가벼운 두 나래를 펴서
요염한 봄노래가
좋더라.

그러나,

오늘도 구멍 뚫린 구두를 끌고.

훌렁훌렁 뒷거리 길로,

고기 새끼 같은 나는 헤매나니.

나래와 노래가 없음인가.

가슴이 답답하구나.

　이 시는 「종달새」라는 제목의 시입니다. 작품의 말미에 '1936, 3. 평 (平) · 상(想)'이라고 적혀 있어요. 말하자면, 1936년 3월에 평양에서 시상을 떠올리면서 이렇게 쓴 것이다. 평(平) 자는 '평양에서'의 준말이고, 상(想) 자는 창작의 실마리가 되는 생각이나 구상을 가리키는 '착상(着想)'의 의미로 쓰인 것 같습니다. 시를 어떻게 써야겠다는 생각이 바로 착상이죠? '즐드즌'이 무슨 말일까요? 땅이 질다. 즐드즌, 하면 질고 진, 즉 땅이 진창길이다. 진창길 뒷골목이 나는 싫더라. 신발에 흙과 물이 젖게 되는데 누가 좋아하겠어요? '명량한'은 들어봤죠? 그런데 '명량한'은 생소해요. 밝고 환한……. 이런 뜻입니다. '나래'는 날개의 옛말이구요. 날개보다 한결 시적인 표현이죠? 윤동주는 날개라는 말을 몰랐어요. 전부 다 나래라고 되어 있어요. 그의 시에 '쪽나래'라는 시어도 있는데 하나밖에 없는 날개를 뜻해요. 상상에 의존한 낱말이 아닌가, 해요. 구멍 뚫린 구두를 끌고. 옛날에는 구두를 오래 신었어요. 어떤 사람은 5년 정도 신고 다니는 사람이 있었어요. 요즘은 빨리 바꾸기 좋은 신발로 만드는 거야. 빨리 닳게 최적화하는 게 요즘 구두고, 실용을 극대화한 게 옛날 구두예요. 옛날에는 오래된 구두를 끌고 다니는 사람이 참 많았어요. 가죽과 바느질이 참 튼실했죠. 아무튼 여러분은 구멍이 숭숭 뚫린 구두를 신고 일본 경찰과 난투극을 벌이던 소년 윤동주의 모습을 상상해 보세요. 그는 키도 크고 축구도 했으니, 얼마나 몸이 날렵했겠어요? 연희전문학교 후배의 증언에 의하면 몸이 비호 같이 빨랐다고 해요.

윤동주는 평양 시내를 재빠른 몸매로 방랑했을 거예요. 인용시를 보아도, 그는 물고기 새끼처럼 물속에서 재빠르게 돌아다녀요. 그런데 연못 속의 물고기는 날개가 없어서 하늘을 날지 못하지요? 물고기는 노래가 없다. 새들은 쩍쩍거리기라도 하지. 연못에 갇혀있는 물고기 같은 신세다. 내 뜻을 펼칠 수도 없다. 시를 통해 이런 말을 하는 거예요. 답답한 현실에 대한 반발심이 잘 나타나 있죠. 이 시를 쓰던 때는 그가 열아홉 살이 되던 해입니다. 더 정확히 말하면, 18년 3개월의 나이예요.

(학생의 소감 : 시편 「종달새」를 읽어보니까, 그의 마음이 섬세하게 느껴져 더욱 가슴이 먹먹해져요. 자신의 모습을 객관적인 상관물인 종달새에게 투영하고 있네요. 하지만 서로 상반되고 대비되는 상황에 처해 있어서, 바람직한 현실의 벽을 넘을 수 없는 자신의 바람에 대해 한계를 자각하고 있는 것 같아요.)

그러면, 다음의 시로 넘어가 볼까요.

앙당한 소나무 가지에,
훈훈한 바람의 날개가 스치고,
얼음 섞인 대동강 물에
한나절 햇발이 미끄러지다.

허물어진 성터에서
철모르는 여아들이
저도 모를 이국말로,
재잘대며 뜀을 뛰고.

난데없는 자동차가 밉다.

　모두 세 연으로 되어 있는 시네요. 제목은 「모란봉에서」……1936년 3월 24일에 쓴 시랍니다. 낯선 낱말인 '앙당한'이 뭘까요? 보기가 그다지 좋지 않게 작은. 보기가 그다지 좋지 않다 했으니까, '볼품없이 작은'의 뜻이겠죠. 쉽게 생각해서 '앙증맞은'의 반대말로 보면 되겠죠. 작은 것은 똑같은데 보기가 좋은 것은 '앙증'이요, 보기가 안 좋은 것은 '앙당'이다. 어때요? 이해가 되요? 바람을 날개로 비유했어요. 하루 종일 햇발이 미끄러지니까, 봄기운이 포근해진다. 이 말이겠죠? 이 시점은 미국인 교장도 쫓겨나고, 윤동주의 학생 신분이 끝날 무렵입니다. 고구려 시대에 굉장히 튼실하게 잘 지은 평양성이 허물어졌습니다. 성벽이 무너졌다니까 나라가 망했다는 걸 대유적으로 나타낸 겁니다. 하지만 나는 이를 가리켜 폐성과 폐교의 등치(等値) 효과가 아닌가, 해요. 그래야만 그 시대 상황에 알맞은 시적인 맛이 나요.

　윤동주가 모란봉 언덕에 걸쳐 앉아 우두커니 지켜보는 광경도 있어요. 철모르는 여자 아이들이 저도 모를 이국말, 즉 일본말로 재잘대며 뜀뛰기 놀이를 합니다. 고무줄뛰기를 하는지 모르겠지만요. 그가 이러한 풍경을 묘사하고 있는데 갑자기 마지막에 자동차가 튀어나옵니다. 이 자동차가 상징하는 것은요, 뻔하죠? 근대의 물질주의 문명, 일본의 침략주의 야욕을 뜻합니다. 이 시를 보면, 그의 의식 안에는 시대정신의 움이 트고, 민족의식의 싹이 트고 있어요. 윤동주가 18년 3개월의 어린 나이임에도 불구하고 뭔가 서서히 의식화되어가고 있는 게 잘 보입니다. 그렇지 않나요? (잠시 사이를 두고) 윤동주가 평양 시절에 마지막의 시를 남긴 것은 그 다음 날, 즉 1936년 3월 25일입니다. 두 연으로 된 짧은 시인 「가슴·1」을 살펴봅시다. 제1연만 볼까요.

소리 없는 북,

답답하면 주먹으로

두다려 보오.

시인이 얼마나 현실이 답답하면 소리 없는 북인 가슴을 주먹으로 두
드려본다고 했을까요? 두다려 보오. 시인의 그때 바로 그 언어입니다.
현대어로 표현하자면 '두드려 봐요.'인데 무언가 약해 보입니다. 이 시를
쓰고 나서, 윤동주는 고향으로 돌아갑니다. 그의 평양 시절을 마무리하
면서 쓴 시예요. 평양 시절의 마지막 무렵의 일입니다.

(교수, 한 학생을 가리키면서)

교수 : 진지한 표정의 자네. 어떤가, 소년 윤동주의 평양 시절에 쓴 시들이?
학생 : (…)
교수 : 너무 어렵게 생각하지 말고. 한마디만, 짧게 말해 보지.
학생 : 어려운 환경이 사람을 성숙하게 만드는 것 같아요.

자, 좋아요. 그럼 다시 시작합시다. 숭실중학교도 이제 폐교의 수순(手
順)에 들어갑니다. 완전한 폐교에 이르기까지 행정적인 절차에 따라 2년
이 걸렸어요. 학생들은 이미 학교에서 다 나온 상태예요. 일부의 학생들
은 행정 명령에 따라 평양 제3중학교에 전학하고, 지금도 백세인의 표상
으로서 존경을 받고 있는, 전(前) 연세대 철학과 교수 김형석은 자퇴를
한 후 매일같이 평양도서관에 틀어박혀 독서인으로 살아가고, 윤동주와
문익환은 고향으로 돌아가 광명중학교에 편입을 하게 됩니다.

5. 광명중학교 시절의 원치 않은 순응

  평양 유학의 실패를 경험하면서 귀향한 그의 내면 풍경은 황량하기 이를 데 없었어요. 귀향의 시점은 그해 3월 말로 추정되어요. 광명중학교에 편입학도 해야 했기에 서둔 거예요. 그가 고향에 돌아오니 4월의 북간도에는 황사가 불어옵니다. 봄기운이 설핏 감도는 양지쪽에서는 아이 두 명이 지도 째기 놀음, 즉 땅 따먹기 게임에 몰두하고 있어요. 지도 째기 놀음이란, 보아 하니 땅 위에 넓은 원형을 그려놓고는 바둑알을 팅겨 상대의 바둑알에 한 뼘 안에 접근하면 한 뼘씩 땅을 늘여가는 게임입니다. 다음에 인용한 시의 제목은 「양지쪽」이에요.

  저쪽의 황토 실은 이 땅의 봄바람이
  호인(胡人)의 물레바퀴처럼 돌아 지나고,

  아롱진 4월 태양의 손길이
  벽을 등진 설운 가슴마다 올올이 만진다.

  지도(地圖) 째기 놀음에 뉘 땅인 줄 모르는 애 둘이,
  한 뼘 손가락이 짧음을 한(恨)함이여.

  아서라! 가뜩이나 엷은 평화가,
  깨어질까 근심스럽다.

  시대의 상황을 보면 제국 일본이 대륙으로 진출하면서 땅 따먹기 놀음에 몰두하고 있어요. 중국을 견제하기 위해 괴뢰 국가 만주국을 세워놓고는 제 마음대로 동아시아 질서를 주무르고 있어요. 평화의 위기를

이 사진은 1936년 4월 17일의 사진이다. 시편 「양지쪽」을 쓸 무렵이다. 광명학원 중학교를 막 전학했을 때의 윤동주의 모습은 뒤쪽 오른편에서 여섯 번째로 추정된다. 할아버지 62세의 생일인 진갑 잔치를 기념한 사진이다.

예견한 윤동주의 정치적인 통찰력이 사뭇 예리해 보이네요.

윤동주는 고향으로 돌아와 광명중학교에 4학년으로 편입합니다. 그의 벗인 문익환은 5학년에 편입해요. 광명중학교는 그악한 친일 학교예요. 그는 다니기 싫었지만 다녀야 해. 이 담에 전문학교에 가야 하니까. 신사 참배를 거부하고 다시 들어간 곳이 친일 학교라서, 문익환은 훗날에 회고하기를 '솥에서 뛰어 숯불에 내려앉는 격'이라고 했어요. 작은 혹 떼려다가 큰 혹 붙인 경우랄까?

광명중학교가 여러분은 어떤 학교인지 잘 모르죠? 공식 이름은 아마 광명학원 중학부일 거예요. 대륙 진출을 위해 활동하는 민간인 지사인 소위 일본의 '대륙낭인'이 세운 학교입니다. 이 학교는 동경제국대학을 나온 수재를 불러 교사로 임용했으니, 명문 학교인 것은 사실입니다. 5

년제인 이 학교에서는 학생들이 일본인 장교를 양성하는 군관학교로 해마다 빠져나갔어요. 윤동주 동기는 겨우 여덟 명이 졸업했어요. 이 학교 출신 중에서 유명한 사람이 있어요. 정일권이라고. 박정희 시대의 형식적인 제2인자였어요. 그 시대에 국무총리와 국회의장 등 오래 동안 요직을 맡았죠. 그는 광명중학교를 다니다가 봉천 군관학교에 입교해 일본군 장교가 되었는데 모교인 광명중학교를 방문해 후배들에게 진로 지도까지 했어요. 정일권과 윤동주는 광명중학교 동기생이지만 서로 만난 적은 없었어요. 정일권이 저학년 과정만 다녔고, 윤동주는 고학년 과정만 다녔기 때문이죠. 신경 군관학교가 제1기생을 모집할 때 조선인 입교자가 모두 13명이었대요. 이 중에서 광명중학교 출신이 11명이었대요. 어떤 학교인지 알겠지요? 정일권은 군사혁명 세력 중에서 만군(滿軍) 인맥의 축을 형성했는데 5·16 때 선언문과 혁명공약의 인쇄를 맡았던 광명인쇄소 사장(민간인) 역시 광명중학교 출신이었어요. 인쇄소 이름도 모교의 이름에서 따온 사람이에요. 참으로, 윤동주에게는 광명중학교가 감옥과 같았을 겁니다. 1936년 6월 10일에 쓴 「이런 날」 전문을 읽어볼까요.

사이좋은 정문의 두 돌기둥 끝에서
오색기와, 태양기가 춤을 추던 날,
금을 그은 지역의 아이들이 즐거워하다

아이들에게 하루의 건조한 학과(學課)로,
해맑간 권태가 깃들고.
'모순(矛盾)' 두 자를 이해치 못하도록
머리가 단순하였구나.

이런 날에는

잃어버린 완고하던 형을

부르고 싶다.

이런 날이 어떤 날이었을까요? 일본의 국경일이에요. 국경일에 학교
정문에는 만주국기와 일본국기, 즉 오색기와 태양기가 나란히 게양되어
있어요. 만주국 당국은 민간인에게도 대문 좌우에 이와 같이 게양하도
록 강요했대요. 그 당시의 만주국은 일본 제국의 지시를 받는 꼭두각시
나라였어요. 윤동주에게 저항시가 있다면, 이 시가 바로 적례가 아닐까,
해요.

시편 「이런 날」에서 '잃어버린 완고한 형'은 누구일까요? 특정 인물일
까, 아니면 불특정 인물일까? 전자라면, 독립운동을 하겠다고 집을 나선
송몽규라고 하겠네요. 그런데 이 시를 쓴 두 달 전에 그가 체포되었단
말예요. 이 시를 쓸 때 두 사람이 안 만났다면, 형은 고종 사촌 형인 송
몽규가 맞을 것 같아요. 반면에 불특정 인물이라면, 옥사한 미지의 애국
청년이 되겠지요. 어떤 경우인가에 따라서, '잃어버린'이 해석되는 바는
'헤어진'도 '죽은'도 될 수 있단 말예요. 시의 해석에 있어서 애매성의
한 예가 되겠네요.

윤동주는 동급생들이 군관학교에 입교하려고 혈안이 되어 있는 걸 보
고, 시대의 모순도 이해하지 못하는 머리 단순한 아이라고 했어요. 참 신
랄하죠. 친일화된 동급생들을 싸잡아서 비난했네요. 광명중학교는 일본
어로만 수업을 했어요. 그동안 민족 교육을 받아온 윤동주는 배움에도
어려움이 있었죠. 그는 조선어 공부를 주로 해왔거든요. 4학년 성적을
보니까, 전교생이 38명밖에 안 돼. 38명 중에서 18등을 차지했어요. 거
의 중간이에요. 일본어 성적은 독본 40점, 문법 48점, 작문 52점이었어

요. 5학년 때는 조금 높아서 각각 50점, 62점, 52점을 받았어요. 일본에 대한 불만과 반발도 작용했겠지요. 그가 일본 유학을 갔을 때 일본어 의사소통에는 문제는 없었지만 썩 고급 일본어는 아니었던 것 같아요. 일본의 여자 동급생 말에 의하면, 그래요. 반면에 영어는 잘했어요. 5학년이 8명밖에 안 돼. 성적표 오기일 수도 있지만요. 4학년의 38명 중에서 1년 후에 정말 8명만 졸업했다면 군관학교 등으로 많이 빠져나갔다고 보아야 하겠네요. 이렇게 본다면, 광명중학교는 복합 학교를 의미하는 학원(學園)이면서도, 오늘날 개념의 학원(學院)에 지나지 않았겠네요. 군관학교 예비 학원 말예요. 어쨌든 그는 결국 6등으로 졸업했어요.

그에게 있어서 광명중학교에서의 2년은 원치 아니한 현실에 적응하면서 학교를 다니는 기간입니다. 그런데 생활기록부를 보니까 담임이 그를 잘 본 것 같네요. 상당히 잘 기록되어 있어요. 성질이 온순, 성실하다. 사상이 온건하다. 신체가 강건하다, 언어가 명료하다. 기호는 없다. 사상이 온건하다는 것은 빨간 물이 전혀 들지 않았다는 증좌예요.

내가 여기에서 주목하는 것은 '언어가 명료하다.'는 거예요. 내가 여기저기 학술 발표하는 곳에 돌아다니면서 보니까 젊은 학인들이 자기 원고를 줄일 줄을 몰라. 학생들은 더 말할 것도 없고. 교수들이 회의할 때도 마찬가지야. 내용이 없어. 했던 말 또 하고, 했던 말 또 하고. 공적인 담화에 있어서는 언어가 명료해야 해요. 내용도 짧으면 짧을수록 논리적이야. 내용을 요약하지 못하는 것은 무능력을 반증합니다. 영어에 이런 말이 있어요. If you can't explain it simply, you don't understand it well enough. 내 영어 발음이 좀 시원찮지만, 내용은 어때요? 과학자 아인슈타인이 한 말이에요. 네가 그것을 단순하게 설명하지 못한다면, 그것에 대해 충분히 이해하지 못하고 있다는 거다. 참으로 정곡을 찌른 말이에요. 윤동주가 명료한 언어를 구사했다는 것은 그의 시에서도 드러나는 부분이에요. 그가 광명중학교를 다닐 때 현실에 순응하였지만, 집에서 아주 가까운 데서 다녔고, 이동하는 시간이 없어서 시간도 많았을 거예요. 가족과 함께 있었으니, 마음도 편했을 테고. 그는 이 시기에 학교 공부보다는 시를 읽고 배우는 데 많이 투자했던 것 같아요. 특히 정지용 시인의 시풍을 사숙(私淑)했지요. 사숙이란, 마음으로 존경하면서 배우는 것을 말합니다. 그는 1937년 9월에 수학여행을 떠나는데 이 여행 기간 중에 두 편의 시를 씁니다. 다음은 그 중의 하나예요.

만상을
굽어보기란

무릎이
오들오들 떨린다.

백화(白樺)
어려서 늙었다.

새가
나비가 된다.

정말 구름이
비가 된다.

옷자락이
춥다.

시의 제목은 「비로봉」······금강산 비로봉에서 쓴 것 같아요. 자연의 신비와 경건함을 묘사적인 이미지로 잘도 빚어냈네요. 백화는 자작나무입니다. 흰 얼굴에 저승꽃 같은 것이 피어 있기 때문에, 어려서 늙었다고 했네요. 무릎이 떨리고 옷자락이 춥다는 것은 무엇을 뜻할까요? 의연한 대자연 속에 있는 인간의 무력함이 아닐까요? 극히 절제된 형식을 봐요. 독자들로 하여금, 잘 짜인 만듦새를 보여준 시임을 대번에 알게 합니다. 윤동주는 정지용의 영향을 적잖이 받았습니다. 정지용이 금강산에서 쓴 「비로봉·2」란 시도 있어요. 두 작품은 정지용과 윤동주 간에 텍스트 상관성을 족히 느끼게 합니다. 내용의 모방까지야 아니지만 시풍은 정지용 시풍인 게 사실입니다. 하지만 내 사견에 지나지 않거니와, 시의 수준은 윤동주의 「비로봉」이 오히려 정지용의 「비로봉·2」보다 낫다고 생각해요. 시의 만듦새가 한결 깔끔해요. 어디까지 내 주관적인 견해이지만요. 윤동주가 훗날 어느 일요일에 정지용의 아현동 자택을 찾아갔대요. 두 사람의 만남은 나사행 목사의 증언에 의존한 것인데, 반세기 가까운 기억이라서 정확한 기억인지는 잘 모르겠어요.

6. 보잘것없는 습작에 지나지 않는가?

윤동주 시적 생애의 전체를 놓고 볼 때, 성장기의 습작 시라고 하는 것은 결락된 부분입니다. 습작 시라도 그의 삶에 있어서 자기 암시가 잘 담겨 있어요. 또한 인생의 지침이 될 만한 작품성을 담고 있다는 점에서도 주목할 만한 게 있다는 겁니다. 그러나 지금까지는 시편 「초 한 대」 외에 비평적으로는 배제되어 왔어요. 윤동주의 시 전체를 싸잡아서 습작이라고 보는 시각도 있어요. 법학자이지만 문학적인 식견이 있는 안경환 씨마저도 『사랑과 사상의 거리 재기』(2003)라는 자신의 저서에서 다음과 같이 서술한 바 있었어요. 다음의 자료를 볼까요.

감성이 풍부한 습작도에 불과했던 윤동주 청년이 해방 후 민족 문학의 순교자로 영생하게 된 것은 후쿠오카 감옥에서 죽었다는 사실 때문이었다. 당시 기준으로는 지극히 가벼운 범법자에 불과했던 그가 기라성 같은 거목을 제치고 민족 문학의 거성으로 추서된 것은 살아남은 자들의 오욕 때문이었을 것이다. 대부분의 중견 문학인들이 선명한 항일의 길로 일관하지 못했다. 그래서 어린 순교자의 우상화 작업을 통해 저항 문학의 영광된 역사를 기릴 현실적 필요가 절실했을지 모른다. (76~77면.)

이 자료를 보면, 윤동주를 가리켜 감성이 풍부한 습작도에 불과했다고 했어요. 그가 민족시인의 반열에 오른 것은 그 자신의 아름다운 생애 때문이라고 합니다. 일각의 시각이 이러한데 성장기의 습작 시에 관한 비평적인 사정은 오죽이나 하겠습니까? 그런 시각을 가진 이들은 구멍 숭숭 뚫린 구두를 신고 일본 경찰과 함께 주먹다짐도 일삼던 소년 윤동주의 절실하고도 절박한 마음에서 비롯된 시를 어찌 가슴에 품기나 하겠습니까?

오늘, 세 시간이란 긴 시간을 자세도 흩뜨리지 않고 진지하게 경청한 학생 여러분에게 고마움의 뜻을 전합니다. 이상으로, 수업을 마칩니다.

죽는 날까지 하늘을 우르러

한 점 부끄럼이 없기를,

앞새에 이는 바람에도

나는 괴로워했다.

별을 노래하는 마음으로

모든 죽어가는 것을 사랑해야지

그리고 나안테 주어진 길을

거러가야겠당...

오늘밤에도 별이 바람에 스치운다.

제3강 동(冬)섣달 꽃 같은 청년시인, 연심을 품었다

공부할 순서

1. 단 한 여자를 사랑한 일도 없다?

오늘은 윤동주의 여자관계에 관해 얘기할까, 해요. 오늘은 각별하게도 내가 이미 발표한 원고를 중심으로 강의를 하려고 합니다. 나는 2015년에 한 월간문예지가 '해방 70주년, 윤동주 70주기' 기획 특집으로 마련한 기회를 통해 이 강의의 제목과 같은 글을 발표했어요. 동(冬)섣달 꽃같은 청년시인, 연심을 품었다. 서브타이틀은 '미지의 유무(幽霧)에 싸인 윤동주의 여인, 누구인가'였어요. 이건, 뭐 무슨 미스터리 제목과 같네요.

주지하듯이, 미혼의 윤동주는 해방을 눈앞에 두고 후쿠오카 형무소에서 홀몸으로 순국했습니다. 그가 소학교부터 대학에 이르기까지 평생토록 여덟 군데의 학교를 다니면서 공부만 하다가 결혼도 하지 않은 채 죽었기 때문에, 그의 지인들과 세상의 후인(後人)들은 인간적으로 안타까움을 금할 수 없었습니다. 정말 많은 사람들에게 두고두고 안타까움으로 남아 있는 것은 그가 총각으로 요절했다는 겁니다.

그런데 그의 생애에 있어서 가장 궁금한 것은 그가 정말로 연애한 사실도 없었고, 더욱이 마음속에 연애감정을 품은 상대마저 없었느냐 하는 점입니다. 만약 이러한 상대가 없었다면, 그의 (그다지 잘 알려져 있지 않은) 시편 「바람이 불어」를 통해, 우리는 정말 없을 수도 있었다는 개연성을 충분히 믿을 수 있겠지요.

> 바람이 부는데
> 내 괴로움에는 이유가 없다
>
> 내 괴로움에는 이유가 없을까
>
> 단 한 여자를 사랑한 일도 없다
> 시대를 슬퍼한 일도 없다
>
> —「바람이 불어」부분

여러분에게 나누어준 이 시는 윤동주가 연희전문학교 4학년 1학기에 재학하던 때에 쓴 시입니다. 우리식의 나이라면 스물다섯의 나이에 쓴 시예요. 그는 스물다섯의 나이에 이르기까지, 좀 믿기지 않지만 단 한 여자를 사랑한 일이 없다고 했어요. 윤동주는 거의 대부분 자전적인 경험의 시만을 써 왔기 때문에 곧이곧대로 받아들일 수도 있습니다. 하지만 이 말을 곧이곧대로 믿을 수만은 없는 구석도 있어요. 그 다음의 행에서 진술된 바, '시대를 슬퍼한 일도 없다'라는 시적인 진술은 우리가 믿어야 할 까닭이 전혀 없기 때문이기도 합니다. 그는 시대의 어두움에 관해 상심한 일이 많았기 때문에 후쿠오카 형무소에서 순국자로서 한 목숨 산화(散華)하지 않았던가요? 단 한 여자를 사랑한 일도 없고, 또 시대를 슬퍼한 일도 없다, 라는 시적 진술은 겉말과 속뜻을 달리하는 반어법일 가능성이 높습니다. 아니, 그렇게 볼 수밖에 없는 거죠. 그렇지 않다면, '단 한 여자를 사랑한 일도 없다'라는 진술이야말로 그가 여자(들)에게 마음은 두었지만 사랑이 이루어진 일은 단 한 번도 없었다는 자기 고백으로 읽힐 수도 있을 겁니다.

윤동주의 유고 시집인 『하늘과 바람과 별과 시』(1948)를 앞두고 서문을 쓰기로 한 시인 정지용이 윤동주의 기본적인 사생활을 알기 위해 그의 동생 (스무 살 나이의 대학생인) 일주와 만납니다. 먼저 묻습니다. 자네 형은 연애 같은 것이라도 했나, 하구요. 일주의 대답이 이렇습니다. 하도 말이 없어서 (잘) 모릅니다. 심술(心術)은 어땠나? 순하고도 순하였습니다. 심술은 요즘 말로 성격입니다. 심술부린다는 말이 성질부린다는 뜻이 되겠지요. 주책(主策)은 어땠나, 하고 묻습니다. 답은 이랬어요. 남이 하자는 대로 하다가도 함부로 속을 주지는 않습데다. 주책은 줏대가 있느냐, 주체성이 있느냐, 하는 말입니다. 요즘 말로는 리더십에 가깝죠. 없는 것 같이 보여도, 기실은 있다는 얘기죠. 아우가 본 윤동주의 연애는 오리무중입니다.

송우혜의 『윤동주 평전』이 아주 유명한 책입니다. 윤동주의 전기적인 생애에 관해서라면 이보다 더 좋은 책이 있을 수 없지요. 수십 년 간에 걸쳐 여러 차례 고쳐지고 덧보태어진 책. 그 재개정판(푸른역사, 2010)에서는 윤동주의 여인 관계에 관해 몇 면 할애하고 있습니다. 윤동주의 당숙인 윤영춘(문인, 학자)의 증언, '(그가) 한 번도 여자를 거들떠보지도 않았다.'(366면)고 하는 그 증언을 송우혜를 비롯한 후인(後人)들이 철석처럼 믿고 그다지 큰 관심을 보이지 않았습니다. 그래서 그를 연구하는 사람들도 '순, 혹은 순이로 기표화된 일련의 시편'들, 즉 「사랑의 전당」(1938)과 「소년」(1939)과 「눈 오는 지도」(1941)를 가리켜 '고유명사라기보다는 일종의 보통명사로 사용되어 있다.'(241면)고 하면서 삶의 전기로부터 멀어진 허구적인 인물의 소산으로 일쑤 보아 왔던 것입니다.

미지의 유무(幽霧)에 싸인 윤동주의 여인은 과연 없었던가? 윤동주 강의의 제 3강은 이 물음으로부터 시작하려고 합니다.

강의하는 내 스스로에게 주어진 이 발상은 윤동주 시의 전모를 이해하는 데 있어서 사실상 핵심적인 연결 고리가 되지 못합니다. 주된 화제로부터 좀 비켜선 듯한 얘깃거리이긴 해도, 독자 대중에게 흥미와 호기심을 불러일으킬 수 있는 통속적인 관심사인 것만은 사실인 듯합니다.

2. 아릿한 사랑의 연대기, 순이, 극화된 이브의 초상

영화 「동주」를 본 사람들이 많겠지요. 이 영화를 본 사람들은 여기에 나오는 윤동주의 여자 친구가 생각나죠. 말쑥한 개량 한복을 입고 나오는 그 여자 친구 말이에요. 오늘 이 수업에서는 이 이미지를 지워야 합니다. 영화 속에 등장하는 윤동주의 여자는 허구적인 가상의 인물에 지나지 않습니다. 전기적인 사실과 오인할 이 이미지는 윤동주 삶의 진실을 밝히는 데 오히려 방해가 되는 헛된 우상에 지나지 않습니다.

윤동주에게 있어서 연시(사랑시)로 부각되고 있는 시가 있습니다. 여자의 이름이 대체로 순이(順伊) 혹은 순(順)으로 명시되어 있는데요, 그에게 연시가 있다는 사실은 앞서 지적한 시의 한 문장인 '단 한 여자를 사랑한 일도 없다'의 진술에 대해 모순과 충돌을 일으키는 것이죠. 이 모순과 충돌은 잃어버린 조국을 사랑한 한 무명(無名)의 청년이 시대를 거듭할수록 국민적인 시인으로 사랑을 받아가고 있는 이 시점에서 우리에게 새삼스럽고도 각별하게 주목되는 것이기도 할 것입니다. 윤동주의 시에서 보이는 순이의 경우는 어린 소녀인 듯싶네요. 소학교를 함께 다닌 윤동주의 여자 친구였거나, 아니면 성장기를 함께 보낸 이웃집 소녀이기도 했을까요? 이에 관해 아무런 정보가 없기 때문에 전기적인 사실 여부를 가늠하기 매우 어렵습니다. 잘 알다시피 윤동주의 시에는 대부분 자전적인 경험이 반영되어 있습니다. 그는 마치 일기를 쓰듯이 시를 썼지요. 그의 시 대부분이 창작된 연도와 날짜가 명기되어 있는 것도 이 때문인 거죠.

윤동주의 전기 영화인 「동주」의 한 장면. 이 장면의 가운데 인물은 윤동주의 여자 친구로 극화된 이여진의 모습이다. 이여진은 실제가 아닌 허구의 인물이다.

윤동주의 순이를 시적인 허구의 소산으로 봐야 한다면, 이 경우만을 자전적인 경험이 아닌, 예외적으로 극화(劇化)된 것으로 보는 것도 좀 그렇지 않나요. 그렇긴 하지만, 여러 가지의 맥락과 정황을 고려해 볼 때 그에게 있어서의 순이는 허구적으로 내면화된 것, 자신만의 그 '이브의 초상'으로 빚어진 시적인 상상 속의 여인상으로 이해될 수밖에 없을 것 같아요. 여러분들의 앞에는 윤동주의 시들이 유인물로 제시되어 있습니다. 시편 「눈 오는 지도」를 보세요. 누가 한번 읽어볼까요.

(지정된 학생이 읽는다.)

순이(順伊)가 떠난다는 아침에 말 못할 마음으로 함박눈이 내려, 슬픈 것처럼 창 밖에 아득히 깔린 지도 위에 덮인다. ……네가 가는 곳을 몰라 어느 거리, 어느 마을, 어느 지붕 밑, 너는 내 마음 속에만 남아 있는 것이냐. 네 쪼그만 발자국을 눈이 자꾸 내려 덮어 따라갈 수도 없다. 눈이 녹으면 남은 발자국 자리마다 꽃이 피리니 꽃 사이로 발자국을 찾아나서면 일 년 열두 달 하냥 내 마음에는 눈이 내리리라.

- 「눈 오는 지도」 부분

인용시 「눈 오는 지도」는 시의 화자와 순이가 이별하는 내용을 노래한 시입니다. 두 사람은 유년기의 소꿉동무 같기도 합니다. 순이와 헤어질 때는 함박눈이 내리던 날입니다. 순이의 작은 발자국이 눈에 덮여 있어서 난 더 이상 결코 따라갈 수가 없어요. 하지만 눈이 녹으면 발자국마다 꽃이 핀다고 합니다. 이별의 유미적인 분식(扮飾)에 있어서, 시인은 시가 아니면 가능하지 않을 표현의 극치를 만들어내고 있군요. 그 순이를 함박눈 속에 보내어도, 내 마음엔 한해가 되도록 눈이 내린다고 하는군요.

그 다음의 인용시는 시편 「소년」입니다. 순이와 헤어진 이후의 내적 상황에 관한 시입니다. 그녀에 대한 그리움의 시편이라고 할까요.

　　…손바닥에도 파란 물감이 묻어난다. 다시 손바닥을 들여다본다. 손금에는
　　맑은 강물이 흐르고, 맑은 강물이 흐르고, 강물 속에는 사랑처럼 슬픈 얼굴—아
　　름다운 순이(順伊)의 얼굴이 어린다. 소년은 황홀히 눈을 감아 본다. 그래도 맑
　　은 강물은 흘러 사랑처럼 슬픈 얼굴—아름다운 순이(順伊)의 얼굴은 어린다.
　　　　　　　　　　　　　　　　　　　　　　　　　　　　　　　—「소년」 부분

　소년 화자가 순이를 그리워한다는 점에서 「소년」과 「눈 오는 지도」는 서로 연계된 것이라고 보아야 합니다. 손바닥에 묻어나는 파란 물감은 매우 환상적인 표현의 결과입니다. 맑은 강물 속에 얼비치는 순이의 모습은 시인 윤동주에게는 그리움의 심원한 대상입니다. 이를 가리켜 '잃어버린 조국'의 얼굴로 치부해버린다면, 이것이야말로 비평적으로 볼 때 무책임할뿐더러 매우 얕은 가치로 매겨질 수밖에 없는 거지요. 아닌 게 아니라 한때 시편 「소년」을 두고 저항시로 읽기도 했어요. 이 시는 다름이 아니라, 윤동주 발(發) 사랑노래의 가편(佳篇)이요, 명편으로 평가돼야 합니다.

3. 이화여전 문과에 재학하던 이름 없는 여학생

　윤동주의 마음속에 여자가 있었다는 사실을 최초로 증언한 이는 그의 연희전문학교 동기생인 강처중이란 사람이에요. 이 사람이 누구냐 하면, 해방 직후에 경향신문의 기자였던 그가 해방된 조국의 독자들에게 윤동주를 시인으로서 세상에 널리 알린 결정적인 인물이었어요. 그 역시 불

행하게도 극심한 혼돈기의 좌익 지식인으로서 시대의 희생양이 되었어요. 그는 윤동주의 유고시집인 『하늘과 바람과 별과 시』(1948)가 공간될 때 발문을 썼습니다. 그는 발문에서 윤동주의 알듯 말듯 한 여자관계를 처음으로 언급합니다. 내가 가지고 있는 자료를 한번 읽어볼게요. 경청해요.

그는 한 여성을 사랑하였다. 그러나 이 사랑을 그 여성에게도 친구들에게도 끝내 고백하진 안 했다. 그 여성도 모르는 친구들도 모르는 사랑을 회답도 없고 돌아오지 않는 사랑을 제 홀로 간직한 채 고뇌도 하면서 희망도 하면서……쑥스럽다 할까 어리석다 할까? 그러나 이제 와 고쳐 생각하니 하나의 여성에 대한 사랑이 아니라 이루어지지 않을 '또 다른 고향'에 대한 꿈이 아니었던가. 어쨌든 친구들에게 이것만은 힘써 감추었다. (『하늘과 바람과 별과 시』, 정음사, 1948, 70면.)

강처중의 증언은 유고 시집이 나올 때 구체성을 띠지 않은 채 수면 하에 감추어져 있었습니다. 그 당시 해방 직후의 풍속을 고려할 때, 그것은 남녀 문제를 드러내기가 좀 거북하고 조심스러운 부분이었고, 더욱이 여성 당사자의 사생활 문제이기도 하였기 때문일 터. 강처중이 윤동주의 사랑을 가리켜 '또 다른 고향에 대한 꿈'으로 비유한 게 의미가 있네요. 이른바 플라토닉 러브라고 말해지는 거예요. 여성 시인 사포에 대한 플라톤의 사랑, 선덕여왕에 대한 지귀(志鬼)의 사랑 등은 아득한 이상 세계에서나 빚어질 비현실, 초현실의 사랑입니다. 요컨대 강처중은 윤동주가 정신적인 데 호소하는 탈속의 사랑에 탐닉했음을 오늘날의 우리에게 말해주고 있는 겁니다. 강처중의 증언은 사실은 큰 주목을 받지 못했습니다. 구체성이 지나치게 결한 내용이기 때문이죠. 그의 증언은 사실상 극히 감추어진 얘기에 지나지 않았습니다.

맨 뒤줄 오른쪽 첫 번째 사람이 윤동주이다. 그의 죽마고우인 문익환의 증언에 따르면, 연희전문 시절은 신앙의 회의 시기였다. 그럼에도 불구하고, 윤동주는 일요일이면 협성교회의 영어성경반에 나가 공부했다. 정황을 미루어보면, 윤동주가 흠모했다는 이화여전 여학생이 1941년에 찍은 이 사진 속에 있을 수 있다.

윤동주와 2년 동안 룸메이트로 지냈던 후배 정병욱은 1970년대에 이르러서야 윤동주의 여자관계에 관해 조금씩 언급합니다. 정병욱의 회고담적인 에세이인 「동주 형의 편모」(1973)에서 구체적으로 얘기를 꺼내놓지 않았지만 '사랑하는 여성이 있으면서도 시원스레 속을 털어놓지 못한'(정병욱, 『바람을 부비고 서 있는 말들』, 백영 정병욱 저작 선집, 제7권, 신구문화사, 1999, 38면.) 사실이 있었음을 슬며시 증언하였으며, 또한 「잊지 못할 윤동주의 일들」(1976)에 이르러서는 한껏 구체성을 얻게 됩니다. 강처중의 모호한 증언이 선명해지기까지 한 세대가 걸린 셈입니다. 두 사람의 증언 내용이 유사한 맥락 속에 함께 놓여 있는 게 사실입니다.

북아현동에는 동주 형의 아버님 친구로서 전에 교사를 하다가 전직을 하여 실업계에 투신하고 있는 지사(志士) 한 분이 살고 계셨다. 동주 형은 그 분을 매우 존경했고 가끔 그분 댁을 찾기도 했었다. 그런데 그 분의 따님이 이화여전 문과의 (윤동주와―인용자) 같은 졸업반이었고, 줄곧 협성 교회와 케이블 목사 부인이 지도하는 바이블 클라스에도 같이 참석하고 있었다. 동주 형은 물론 나이 어린 나에게 그 여자에 대한 심정을 토로한 적은 없었다. 그러나 그 여자에 대한 감정이 결코 평범하지 않다는 것만은 피부로 느낄 수 있었다. (……) 내가 아는 한으로는 동주 형과 그 여학생이 밖에서 만난 일은 없었다. 매일 같은 역에서 차를 기다렸고 같은 차로 통학했으며, 교회와 바이블 클라스에서 서로 건너다보는 정도에서 그쳤지마는 오가는 눈길에서 서로 마음만을 주고받았는지 모를 일이라고 하겠다. (『나라사랑』, 제23집, 1976, 188면.)

이 자료에서 보는 것처럼, 정병욱의 증언은 강처중의 그것보다 매우 뚜렷하게 윤동주의 러브스토리를 드러내고 있습니다. 윤동주가 좋아했던 여인은 이화여전 문과에 재학하고 있던 이름 없는 여학생이었던 것입니다. 정병욱은 두 사람의 예사롭지 않은 관계를, 두 사람의 졸업 학년인 1941년의 시점에서 기억하고 있었습니다. 이 여학생이 '순이'인가 하는 생각도 들지만, 전혀 개연성이 있을 것 같지 않습니다. 이 대목에서 또 한 사람의 이화여전 학생을 떠올려볼 수가 있습니다. 그럼, 다음에 그 이유를 말해 보지요.

4. 해란강변을 함께 거닐던 또 다른 이화여전 학생

윤동주의 중학교·전문학교 후배로 장덕순이라고 하는 이가 있었습니다. 앞서 말한 정병욱과 함께 훗날 저명한 국문학자가 된 그는 1941년의 시점에서 3년 전 여름 방학 때 해란강변의 윤동주를 추억한 적이 있었습니다. 다음의 유인물 자료를 보세요. 장덕순의 수필집 『암행어사의 회포』 152, 3면을 복사한 것입니다. 여기에 실린 「간도 이야기」는 1970년대에 쓴 글이라고 짐작됩니다. 글을 쓴 시점에서 볼 때는 한 40년 전의 일이지요. 좀 긴 내용이지만, 누가 한번 읽어 볼까요?

(한 사람을 지목하여 읽게 한다.)

간도 얘기는 간도에 있을 때엔 이야깃거리가 안 된다. 그곳을 떠났을 때 그곳과 인연이 있는 사람과의 사이에서 이야기꽃이 피게 마련이다. 이런 인연으로 내가 처음으로 간도 얘기를 나눈 사람은 시인 윤동주 형이다.

동주는 나와 같은 중학교의 삼 년 선배였다. 그가 먼저 서울의 Y전문학교 문과에 입학했고, 뒤를 이어 내가 그 전문학교 문과에 입학했다. 자연스럽게 그와 일 년 동안 서울에서 함께 생활하게 되었다. 동주와는 중학교 운동장에서 농구를 같이했고 동주가 전문학교를 다닐 때, 방학 중 용정에 오면 교회에서 함께 어린이 성경학교를 지도했다. 그러다가 서울 하늘 아래에서 둘이 만났으니 화제는 자연히 간도, 용정일 수밖에 없었다.

"용정의 해란강가가 산책 코스로서는 좋았어!"

동주의 말이다.

"난 좋은 줄 모르겠소. 강기슭엔 돌 하나 없고 강물은 흐리고 돛단배 한 척 떠 있지 않은 삭막한 그 해란강이 무엇이 좋아요?"

이것은 나의 말이다.

해란강의 이름은 아름답다. 그러나 이름처럼 아름답지 못한 강이다. 동주가 좋아하는 이유는 그가 시인이었기에 그 마음속으로 이미 승화시켜 놓았기 때문이라고 생각한다. 그리고 방학 때 용정에 오면 나와 함께 종종 이 강기슭을 산책도 했으나, 그는 당시 이화여전에 재학 중인 여학생과도 거닐었던 것으로 기억한다. 오히려 여학생과 거닐던 추억이 동주로 하여금 해란강을 미화시켰던 것이리라.

해란강 옆에는 통칭 '연애 공원'이란 숲이 있다. 버드나무와 비수리나무가 제법 우거진 그윽한 숲이다. 그곳은 '버들방천'이라고도 불렀는데, '방천'이란 말이 어디서 연유된 낱말인지 지금도 풀리지 않는다. 보통 숲이 우거진 곳은 이렇게 불려졌다. '연애 공원'이란, 요새 말로 젊은 '데이트족(族)'이 곧잘 이 숲에 모여들기 때문인데, 그 이름이 퍽 저속하다고 내가 얘기했더니, 동주는 제법 선배답게 그것을 시정해줬다. '연애가 아니라 여래(如來)여야 한다.'고.

과연 그 숲속엔 고풍이 깃든 중국인의 사찰이 하나 있었다. 석가여래의 '여래'를 따서 '여래 공원'이, '연애'로 와전된 것이라는 이 이름은 점잖게 수긍이 된다. 그러나 용정 시민들은 한결같이 '연애 공원'이란다. 여래보다는 연애가 역시 매력이 있어서인 것 같았다. (장덕순의 『암행어사의 회포』, 우석, 1981, 152~153면.)

보다시피, 국문학자 장덕순은 살아생전에 윤동주에 관한 중요한 전기적인 정보 하나를 남겼습니다. 그가 해란강변의 소위 '연애 공원'에서 이화여전 학생과 데이트를 했다는 것. 이 시점은 연희전문학교 1, 2학년 때였어요. 장덕순이 5년제 중학 3, 4학년 때의 일이에요. 윤동주와 공원을 함께 거닐던 그 여학생은 누구일까? 궁금하지 않아요?

윤동주 전문 연구자인 가톨릭대학교 유양선 명예교수는 개인적으로 잘 아는 분인데, 이 분은 강처중·정병욱이 말한 이화여전 여학생과 장덕순이 증언한 또 다른 이화여전 학생이 동일 인물이 아닌가 하고 조심스레 내게 말한 적이 있었으나, 나는 이럴 가능성은 전혀 없다고 봅니다.

이화여전에 재학하고 있는 여학생 얘기는 두 사람의 입에서 전해지고 있었는데, 두 사람 모두 윤동주의 연희전문학교 후배들이었습니다. 장덕순(1921~1996)은 윤동주의 동향 후배요, 중학교 후배이기도 했고, 정병욱(1922~1982)은 룸메이트로서 그와 함께 2년 간 하숙을 함께 한 사이였습니다. 장덕순과 정병욱은 비슷한 삶을 살아온 사람들이었습니다. 나이는 장덕순이 정병욱보다 한 살 많았지만, 정병욱이 장덕순보다 연희전문학교를 일 년 먼저 입학했습니다. 이 두 사람은 연희전문학교 문과와 서울대학교 국문과를 함께 재학을 하고, 교수로서의 재직 경력도 부산대·연세대·서울대에서 재직한 사실이 서로 겹쳐지고 있습니다. 특히, 서울대학교 국문과에서 동료 교수로서 오랫동안 함께 재직했습니다. 그들은 1940년 이래 40여년을 동기, 동문, 동학, 동료로서 지근의 위치에서 한 시대를 공존해 왔습니다. 이들은 1970년대에 국문학계 고전문학 분야의 쌍두마차였지요. 시가(詩歌)와 판소리의 정병욱, 서사(敍事)와 설화의 장덕순 하면, 한때 최고의 전문가였습니다. 이 두 사람은 윤동주의 절친한 지인(후배)이었습니다.

두 사람 모두 윤동주와 이화여전 여학생과의 관련성을 얘기했으나, 일치하는 점은 없었습니다. 장덕순은 이화여전 학생을 두고 해란강변을 함께 거닐었던 추억 속의 여자라고 했고, 정병욱은 이화여전 학생을 가리켜 (자신이 아는 한) 단 둘이 바깥에서 한 번도 만난 적이 없는 짝사랑의 대상인 여자임을 강하게 암시하였습니다. 두 여자가 서로 일치하는 점이 조금이라도 있었더라면, 절친한 두 사람이 윤동주 선배가 좋아했던 여학생이라는 중대한 문제를 놓고 왜 퍼즐 맞추듯이 맞추어보지 않았겠는가 싶습니다. 하물며 두 사람 모두 여학생의 얼굴을 보았다고 하지 않았던가요?

정병욱이 말한 이화여전 학생은 윤동주가 3, 4학년 때 속으로만 서로

애를 태우던 연모의 대상인 학생이요, 장덕순이 말한 이화여전 학생은 그가 1, 2학년 때 해란강변의 소위 연애 공원을 함께 거닐던 고향 처녀인 것 같습니다. 윤동주가 1938년에 쓴 작품인 「사랑의 전당」은 후자의 여인에 대한 시적인 반응물로 보아야 할 것이 아닌가 생각됩니다. 그 해란강변의 여학생은 순(順)이라는 극화된 기표를 비로소 얻게 된 것 같습니다. 그 여학생의 실제 이름도 '순(이)'인지도 모르겠습니다.

순(順)아 너는 내 전(殿)에 언제 들어왔든 것이냐?"
내사 언제 네 전(殿)에 들어갔든 것이냐?

우리들의 전당은
고풍한 풍습이 어린 사랑의 전당

순아 암사슴처럼 수정눈을 나려감어라.
난 사자처럼 엉크린 머리를 고루련다.

우리들의 사랑은 한낱 벙어리였다.

청춘!
성스런 촛대에 열(熱)한 불이 꺼지기 전
순아 너는 앞문으로 내달려라.

어둠과 바람이 우리 창에 부닥치기 전
나는 영원한 사랑을 안은 채
뒷문으로 멀리 사라지련다.

이제

네게는 삼림 속의 아늑한 호수가 있고,

내게는 험준한 산맥이 있다.

─「사랑의 전당」 전문

이 시 어때요. 참 좋지요. 윤동주가 남긴 소중한 연시입니다. 극히 시적인 아취가 감돌고 광채 있는 문장(紋章)의 경인구(에피그램)가 보이네요. 우리들의 사랑은 한낱 벙어리였다. 이 시구로 보아 아직 사랑을 고백할 단계에 이르지 못했나 봅니다. 이 시와 관련해 전문가가 아니면 놓쳐버릴 수 있는 미묘한 이야깃거리 하나 소개할게요.

단국대학교 일문과 교수 왕신영은 1996년 2월, 윤동주의 장조카인 윤인석(성균관대 건축과 교수)을 통해, 온몸에 전율이 흐르는 것을 느끼면서, 누렇게 빛이 바랜 수제(手製) 원고집을 열람하게 됩니다. 이를 계기로 같은 해 8월 말에 이르기까지 윤동주 시의 원문을 검토하는 작업에 들어가게 되는데요, 그는 윤동주가 원고를 첨삭하고 퇴고하는 과정에서 숨어 있을 시인의 마음을 읽는 것이 매우 중요한 작업임을 감지하게 됩니다. 그는 이상의 작업에서 시인 윤동주의 마음이 가장 잘 드러나 있는 원고를 「사랑의 전당」으로 꼽습니다. 다시 말하면, 이 원고야말로 시인의 마음이 가장 격동하는 드라마틱한 사례로 꼽힐 수 있다는 겁니다. 소녀의 이름인 '순(順)'은 새까맣게 지워져 있었다고 합니다. 지워진 흔적 속에서, 그는 '글씨를 지울 때의 시인의 감정의 흔들림이 얼마나 격렬했는지 마치 어제 지운 것처럼 흔적이 생생하게 남아 있었'(왕신영, 「글쓰기─『윤동주 자필 시고 전집』에 관한」, 『다시올문학』, 2013년, 겨울호, 244면.)음을 종이의 배면에 전등불을 비추어 확인해내기에 이르게 됩니다. 윤동주가 소녀의 이름을 최초의 본디 원고에서 새까맣게 지웠다는 사실은 자신의 비밀스런 사생활을 애써 감추려는 마음의 방증으로 보입니다.

순, 혹은 순이로 가리키고 있는 시편들이 펼쳐진 행간의 여백에는 반드시 '고유명사라기보다 일종의 보통명사로 사용되어 있다.'라고만은 볼 수 없는 전기적인 사실의 여지가 남아 있다는 거죠. 현존하는 자료만으로 볼 때, 그 이름은 장덕순이 증언한 바, 해란강변의 이화여전 학생일 가능성이 가장 높습니다.

5. 성악 전공의 동경 유학생 박춘혜와의 우정

윤동주의 또 다른 여자 얘기는 그가 동경에서 릿쿄(立教)대학을 재학할 때 만난 것으로 짐작되는 한 여자와의 일입니다. 이 얘기는 윤동주의 여동생인 윤혜원의 증언에 전적으로 의존할 수밖에 없습니다. 이처럼 그의 여자관계에 관한, 좀 새로운 얘기가 있다면, 전기 작가 송우혜가 그의 여동생 윤혜원으로부터 들은 동경 유학생과의 혼담 정도에 그칩니다.

윤동주가 릿쿄대학에서 한 학기를 마치고 여름방학을 보내기 위해 집으로 돌아 왔을 무렵이었습니다.

그는 여동생 혜원에게 사진 한 장을 보여 줍니다.

"얘, 이 사진의 여자 어떠니."

윤혜원이 보기엔 예쁘다기보다는 지적인 인상의 여인이었습니다.

"괜찮은데. 그 사람, 누군데?"

이야기를 들어보니 함북 온성에 사는 박목사의 막내딸 박춘혜라는 여자랍니다. 그녀는 동경에서 성악을 전공하는 엘리트 여성이었고, 그녀의 오빠는 윤동주의 친구였다고 합니다. 그 오빠는 윤동주를 여동생의 남편감으로 생각하여 사진을 건네주었다고 해요. 윤동주가 이 여자에게 호감을 갖고 있었던 건 사실인 것 같습니다. 서로가 만남을 가지면서 우정을 쌓아갔는지도 모릅니다. 윤혜원에게 그 후 오빠가 편지로 소식을 전해왔을 땐 매우 실망스런 내용이 있었다고 해요. 편지로 적힌 윤동주의 말. 실제의 말이라면, 풀이 죽은 말이겠죠. 그 여자, 지난 여름방학 때 집에 가서 약혼하고 왔다더라……. 윤혜원이 해방 이후에 우연히 알게 되었다는 사실은 박춘혜는 북한에서 법관의 부인이 되어 있었다는 것. 이 이야기는 송우혜의 『윤동주 평전』에 나와 있는 내용입니다. 송우혜는 살아생전의 윤혜원을 만나 이 같은 정보를 얻었던 것입니다.

봄이 혈관 속에 시내처럼 흘러
돌, 돌, 시내 가차운 언덕에
개나리, 진달래, 노란 배추꽃

삼동을 참아온 나는
풀포기처럼 피어난다.

즐거운 종달새야
어느 이랑에서나 즐거웁게 솟쳐라.

푸르른 하늘은
아른아른 높기도 한데……

ㅡ「봄」 부분

이 시는 윤동주가 잠시 동경에서 생활할 때 쓴 시입니다. 그가 동경에서 절친한 벗인 강처중에게 편지를 보낼 때 다섯 편의 신작시를 함께 보낸 적이 있었죠. 그때 이 시가 포함되어 있었습니다. 이 무렵에, 강처중은 조선어로 된 친구의 시를 소지하다가 발각이 되면 신변에 큰 문제가 생길 것 같아 종이 일부를 버렸는데 버린 것에 딸려 버려짐으로써 이 시의 마지막 부분은 사라집니다. 즉, 아쉽게도, 인용한 시의 부분만이 전해지고, 마지막으로 시상이 갈무리된 부분은 영원히 사라졌습니다.

윤동주의 시는 대체로 어둡게 가라앉는 분위기로 일관하고 있는데, 이 시는 상당히 예외적인 시인 것으로 판단됩니다. 보다시피, 사랑의 기쁜 감정에 충만해 있는 것이 잘 드러나 있지 않습니까? 모르긴 몰라도, 박춘혜라고 하는 여인과의 인간적인 상호관련성이 매우 있어 보이는 부분입니다. 우정이나, 사랑의 감정이 충만한 상태에서 노래했기 때문일까요. 가장 '윤동주스럽지' 아니한 시가 있다면, 바로 이 인용시가 아닐까요? 윤동주의 여자들은 모두 이루어지지 못한 사랑의 대상이었습니다.

하지만 박춘혜와 관련된 후일담은 여동생 윤혜원의 기억 속에 아스라이 남아 있었습니다.

윤동주의 남동생인 윤일주는 만주에서 동북대학 의과를 다니다가 학업을 접고 형의 흔적을 찾아 미리 서울에서 정착하였습니다. 그리곤 신생 서울대학교 건축과에 입학합니다. 여동생인 윤혜원은 1947년에 오형범과 결혼한 직후에 남하하죠. 윤일주가 누나 혜원에게 형(동주)의 시집 간행을 앞두고 습작 노트를 가지고 서울에 오라는 편지 내용을 전했기 때문이에요. 윤혜원 부부는 용정에서 두만강을 건너 청진과 원산에서 머물고 있었어요. 기회를 엿보고 있다가 삼팔선을 넘어야 하기 때문이었지요. 이 부부가 서울에 오기까지 1년 2개월이 걸렸는데요, 이들이 서울에 도착했을 땐 윤동주의 유고 시집 『하늘과 바람과 별과 시』는 한참 전에 공간되어 있었습니다.

1981년이었지요.

중앙일보 신춘문예에 제목은 잘 기억이 나지 않지만 '윤동주론'을 투고해 당선한 남송우―지금 부산 부경대학교에 교수로 재직하고 있는 이분은 나와 잘 아는 사이입니다―는 당시 부산에서 건축업에 종사하던 윤동주의 매제 오형범을 만납니다. 두어 시간에 걸친 대화가 오가던 중에 그는 이런 말을 남겼다고 해요.

우리 부부가 1947년에 남쪽으로 내려오던 중 청진에 머물다가 윤동주의 일본 유학생 친구들인 박춘애와 김윤립을 만났는데, 그들이 윤동주가 후쿠오카 감옥에서 보낸 엽서를 갖고 있었죠. 그런데 해방공간의 혼란이라서 다시 만날 수 없었죠. 그 때 그 시를 전해 받았다면 그게 마지막 작품이 됐을텐데……

윤혜원 부부가 청진에서 만난 박춘애는 바로 그 박춘혜입니다. 오형범이 발음을 정확히 했다고 해도 남송우가 잘못 들을 수도 있었을 것입니다. 김윤립은 박춘혜의 남편이 아닌가 추정됩니다. 윤동주는 죽기까지도 성악하는 여인 박춘혜와 우정을 나누고 있었음이 분명합니다. 그 우정은 참 순수해 보이지 않나요? 윤동주는 박춘혜에게 구애한 적이 한 번도 없었지요. 늘 그렇듯이, 사랑의 감정이 윤동주 마음속 깊이 감추어져 있었던 까닭이에요. 윤동주가 후쿠오카 감옥에서도 박춘혜에게 시를 써 보냈다는 사실은 매우 흥미로운 증언이 아닌가 싶네요. 앞으로 이 문제는 섬세한 추론이 뒤따라야 한다고 봅니다.

최근에 송우혜는 자신의 『윤동주 평전』에 없는 내용을 『주간조선』과의 인터뷰에서 공개합니다. 수십 년 전에 들었던 윤혜원의 이야기 말입니다. 그가 해방기에 청진에서 거주할 때 교회에 나간 적이 있다고 해요. 그때는 북조선 치하에서도 교회는 나갔나 봐요. 아무리 분단이 되었어도, 남북한이 편지 왕래는 이루어졌던 때이니까요. 교회에서 만난 여자가 어디에선가 많이 보았다는 거예요. 곰곰 생각해보니 오빠가 건네준 사진 속의 여자 같았대요. 그래서 조심스레, 물어 보았답니다.

저, 죄송하지만, 혹시 윤동주 씨를 아세요?

그러니까 그 여자가 무척 반가워하더래요. 청진의 한 교회에서 만난 이 여자가 바로 박춘혜였던 거예요. 그래서 가까이 지냈는데, 하루는 박춘혜 씨가 그러더래요. 윤동주 씨가 친오빠 맞느냐고 말입니다. 옛날에는 배다른 형제가 많았거든요. 오빠는 무척 잘생긴 얼굴인데, 하면서 말이죠. 윤혜원 씨는 젊었을 때 그다지 미인이 아니었던가 봐요.

6. 쪽나래의 영혼은 외롭지 않다

오늘 수업은 미지의 유무(幽霧)에 싸인 윤동주의 여인이 도대체 누구인가, 하는 문제제기로부터 시작했습니다.

그의 결벽증적인 순수함에 가려진 그의 마음속 여인에 대한 정보를, 나는 최대치로 드러내 보려고 노력하였습니다. 이 노력이 문화콘텐츠로 활용되어 더 구체화한다면 대중에게 윤동주에 관한 감각적이고도 유익한 인상을 확장하는 데 기여하게 되리라고 보입니다. 두루 알다시피, 윤동주의 여자(들)에 관한 스토리텔링은 무한하고도 무궁한 잠재력을 지니고 있는 것이기 때문이죠.

윤동주에게는 혼인한 아내도, 사실상의 연인도 없었습니다.

지금까지 남아 있는 자료를 토대로 추정하자면, 이 글에서 살펴본 바와 같이 그에게는 이화여전 문과에 재학하던 두 명의 여학생들과, 성악을 전공하던 박춘혜라고 하는 유학생이 있었습니다. 이성적인 깊은 사귐보다는 다들 마음속의 여인으로, 연인이래야 마음속의 연인으로 남아 있을 따름이었지요. 그가 숭실중학교에 재학하던 1935년 평양 시절에 쓴 시 가운데 이런 표현이 있습니다.

> 어린 영(靈)은 쪽나래의 향수(鄕愁)를 타고
> 남쪽 하늘에 떠돌 뿐—
>
> —「남쪽 하늘」 부분

윤동주는 '날개'라는 시어를 사용한 적이 없습니다. 그에게 있어서의 날개는 어디까지나 '나래'입니다. 나래는 지금에 있어서 비표준어로 푸대접을 받고 있지만, 누구나 공감하듯이 매우 시적인 정감을 환기시켜 주는 시어이기도 합니다. 그가 이 시에 표현한 '쪽나래'는 외날개, 즉 한쪽 날개이에요. 그의 생애에 뚜렷한 여자 한 명 없었던 전기적인 경험의 사실을 적시하고 있는 것 같아서, 이 수업을 마무리하면서, 왠지 내 가슴은 불현듯 먹먹하고 울울해지고 있습니다.

이상입니다. 오늘 수업, 마칩니다.

죽는 날까지 하늘을 우르러
한 점 부끄럼이 없기를,
잎새에 이는 바람에도
나는 괴로워했다.
별을 노래하는 마음으로
모든 죽어가는 것을 사랑해야지
그리고 나안테 주어진 길을
거러가야겠다.
오늘밤에도 별이 바람에 스치운다.

제4강 **윤동주의 시에 나타난 공감과 예감에 대하여**

공부할 순서

1. 세대를 이어주는 문화적인 재보

자, 지금부터 강의를 시작하겠습니다.

강의에 앞서 윤동주의 이미지를 한번 봅시다. 이것은 사진을 확대한 것이 아닙니다. 윤동주의 사진을 보고 그림을 그린 것인데, 대구와 그 주변에서 주로 활동하는 화가에게 부탁을 했습니다. 두 달에 걸쳐서 그린 것이에요. 이 분은 10여 년 전에 전북 고창에서 우연히 만나 알게 되었는데 지방의 무명작가이지만 목탄화가 일품이에요. 내가 한 문학 월간지의 편집위원을 맡아 다달이 기획특집의 안(案)을 내고 있어요. 작년 어느 달에 '광복 70주년, 윤동주 70주기'라는 안을 냈어요. 잡지의 표지에 윤동주의 이미지가 필요해서 사진보다는 그림이 좋을 것 같아서, 그 아는 화가에게 부탁을 했습니다. 물론 그림의 수고비는 내가 지불했어요. 그래서 내가 이 그림의 소유주가 되었어요. 이 그림은 앞으로 괜찮은 자료가 될 것 같아요. 나중에 쉬는 시간 때 이 그림을 스마트폰으로 촬영해도 좋습니다. 잘 그렸죠? 잘 그리기 이전에 또 잘 생겼죠. 이 모습은

저자의 요청에 의해, 2015년에 경북 청도에 거주하고 있는 화가 이일훈 님이 그린 윤동주의 모습.

그가 연희전문학교 3학년에 재학할 때의 모습입니다. 옆에 하숙생이자 후배인 정병욱 씨의 모습이 있었지만 반으로 잘라 화가에게 화본을 보냈습니다. 윤동주의 잘 생긴 모습을 그린 그림. 비록 그가 살았던 시대가 궁핍한 일제강점기였지만, 모습만은 귀공자와 같습니다.

나와 윤동주가 태어난 연도는 정확히 40년 차이예요. 만약 그가 오래 살아서 대학 교수가 되었으면, 인연에 따라 나와 사제지간이 될 수도 있었겠지요. 그런데 입학과 졸업이 빠르지도 늦지도 않고 정상적인 과정을 거쳤다면, 여러분은 또 나하고 정확히 40년이 차이가 나요. 시인 윤동주는 1917년 생, 그를 가르치는 나는 1957년 생, 내게 배우는 여러분의 대부분은 1997년 생. 나는 윤동주와 여러분 사이에서 앞의 40년과 뒤의 40년을 이어주는 다리 역할을 하는 거야. 이것도 인연이예요. 교육이란 게 말이죠, 딴 게 아니에요. 과거의 문화재를 다음 세대에게 이어주는 것이 그게 바로 교육이야. 눈에 보이는 조형 예술만이 문화재가 아니거든. 윤동주와 관련된 시의 세계, 정신의 세계도 일종의 문화재야.

(학생 의견 : 교육이 과거의 문화재를 후학들에게 이어준다는 말씀이 참 인상 깊었습니다. 정말 맞는 말입니다. 내가 이 교육을 받지 않았다면, 그저 윤동주는 익숙하기만 했던 시인이었을 것이고, 그의 시들은 내가 공부해야 했던, 그냥 스쳐지나가는 시에 불과했을 것입니다.)

윤동주를 한때 저항시인으로 보기도 했습니다. 하지만 나는 윤동주를 저항시인으로 보는 것에 불만을 가지고 있습니다. 윤동주 시인은 저항을 했기보다는 자신이 살던 시대가 문제가 있다는 것을 인지하면서 이에 대한 시적 반영을 불러일으킨 것은 사실이라고 생각합니다. 물론 윤동주의 저항시는 얼마 되지 않지만 전혀 없다고 말할 수는 없지요. 이것이 있다고 하더라도 소위 그 저항시들은 절대적인 것이 아닌 상대적인 조건의 저항시라고 보아야 합니다. 저항시의 상대 조건을 전제로 삼아 보자면 윤동주 시인이 가지고 있는 감정의 상태가 이를테면 '공감'과 '예감'인 것으로 보이며, 또한 이 두 가지가 그의 시 작품 속에 잘 드러나고 있지요.

공감과 예감이라. 오늘 강의의 두 기둥 말이 되겠습니다.

결론적으로, 먼저 미리 말하자면, 윤동주는 공감 능력과 예감 능력이 매우 뛰어난 사람임을 알 수 있습니다. 물론 그 자신의 시 작품을 통해서 말이지요. 공감은 다른 사람과 어떤 감정적인 소통을 이루는 겁니다. 교감이라는 말과 비슷하다고 볼 수 있겠지요. 예감이란 앞으로 나의 삶에 어떠한 일이 일어날 거라는 막연한 짐작감이라고 볼 수 있지요. 공감과 예감, 이 두 감정을 통해 윤동주 시에서 저항적인 상대 조건을 살펴볼 수가 있습니다.

공감이라는 건 느낌을 함께 하는 것. 비슷한 말로는 교감이 있죠? 동감이란 말도 좀 비슷하긴 합니다. 예감을 한다는 것은 미리 좀 느끼는 것, 짐작해서 느끼는 것, 기미를 알아서 기미를 느낌으로 수용하는 것. 기미란 말은 알죠? 앞으로 있을 일을 기미라고 해요. 기미가 있다, 혹은 기미가 없다. 병의 기미가 있다, 혹은 병의 기미가 없다. 이런 말을 간혹 하잖아요. 옛날에 왕과 왕비가 밥 먹기 전에 암살의 기미를 살펴서 먼저 밥하고 국을 떠먹는 사람이 있죠? 사극에 보면 상궁이 떠먹죠? 암살의 기미가 있는가를 알아보는 상궁이죠. 음식 속에 독약이 있으면 상궁이 먼저 죽습니다. 무슨 상궁?

(학생들 : 기미상궁요!)

그런 말 들어봤죠? 기미상궁. 잘 아는 것을 보니 여러분도 TV 사극을 보나 보네요. 기미를 느낌으로 받아들이는 것을 우리는 예감이라고 합니다. 알겠죠? 과거에는 윤동주 시가 윤동주의 삶이 독립운동가적인 삶을 살았기 때문에, 대체로 저항시라고 보는 사람들이 많았는데, 뒤로 오면 올수록 저항시가 아니라고 보는 사람들이 더 많아져요. 지금도 저항시냐 아니냐를 두고 하나의 쟁점이 되고 있는데, 앞서 이미 밝혔습니다만 나도 윤동주의 시를 저항시라고 보는 데는 좀 주저하는 입장입니다. 그러나 저항시의 조건은 갖추어져 있다고 보지요. 저항시의 조건이 되는 것이 두 가지가 있는데, 하나는 '공감'이고, 또 하나는 '예감'이지요. 저항시라고 보기는 좀 그렇지만 저항시의 조건은 갖추어져 있다. 이 조건은 절대 조건이 아니라, 무슨 조건? 상대 조건이다. 보기에 따라서 절대적으로 이것은 맞다, 라고 하기보다는 상대적으로 좀 맞는 것 같다, 기울어진 것 같다, 이렇게 볼 수가 있다는 겁니다. 이런 점에서 볼 때 저항시인이냐, 아니냐를 둘러싼 쟁점은 무의미하다고 볼 수 있습니다. 세상의 사물은 두부 자르듯이 잘라지는 게 아니거든요.

2. 식민지 청년, 시대의 아픔에 공감하다

자, 윤동주의 저항시의 조건에 대해 공부하기 위해서는 윤동주 시의 텍스트를 먼저 봅시다. 그가 졸업을 앞두고 연희전문학교 학생 시절에 간행하려고 한 자선 시집에는 열여덟 편의 시편들이 기획되어 있었어요. 여러분들이 잘 아는 「서시」는 이 열여덟 편에 포함되어 있지 않고, 서문을 대신하여 써 놓은 거예요. 그가 1학년 재학 중에 쓴 시가 있어요.

유인물 속에 있는 첫 번째 시편이 바로「슬픈 족속」입니다. 이 시는 1938년 9월에 썼습니다. 윤동주가 여름방학 중에 북간도에 있을 때 쓴 시예요. 9월은 그 당시에 여름방학이었어요. 아마도 북간도에서 일하는 (특정의) 젊은 여인을 지켜보면서, 그 '슬픈 족속'의 이미지를 투사한 것이지요. 검은 머리와 가는 허리로 보아선 젊은 아낙인 것이 분명해 보입니다. 어디, 봅시다. 다 같이 한번 읽어볼까요.

(학생들 또박또박 읽는다.)

흰 수건이 검은 머리를 두르고
흰 고무신이 거친 발에 걸리우다.

흰 저고리 치마가 슬픈 몸집을 가리고
흰 띠가 가는 허리를 질끈 동이다.

먼저 시의 형식적인 면을 살펴보죠. 두 번째 행의 시어인 '걸리우다'를 주목해 볼까요? 사실은 '걸리다'라고 해야 할 것을 '걸리우다'를 한 까닭이 어디에 있을까요? 선어말 어미 '우'는 (선어말어미 이야기 들어봤죠?) 사동이나 피동을 나타내는데, 여기서는 사동도 피동도 아닙니다. 사동은 '하게 하다'이며, 피동은 '하게 되다'인데, 여기에서 '걸리우다'의 경우는 문법적인 의도나 의미가 나타나 있지 않습니다. 문법적인 의도나 의미가 없는 이런 경우는 옛날 사람들이 '아름답다'를 '아름다웁다'로, '곱다'를 '고웁다'라고 표현하듯이, 윤동주의 '걸리우다'와 '스치우다' 등의 시어는 이건 어디까지나 내 견해입니다만 말을 조금 부드럽게 하기 위한 그런 효과와 관련이 있다고 봅니다. 말을 우아하게 하는, 뭐 그런 요소가 아니겠느냐? 굳이 이름 붙인다면, 아어(雅語)형의 시적인 효과랄까……

시편 「슬픈 족속」은 매우 간명하게 쓰인 시예요. 특별한 비유도 수사도 없는 객관적인 정황의 묘사. 하지만 시의 행간에는 의미 있는 시인의 의도가 깔려 있습니다. 슬픈 족속이라. 족속이란 말은 민족인데, 문제는 왜 슬프냐 하는 겁니다. 식민지 백성이기 때문에 슬프고, 약소민족이기 때문에 슬프다는 거죠. 잘 알다시피, 흰 수건, 흰 고무신, 흰 저고리 치마, 흰 띠는 식민지 백성이요 약소민족인 백의(白衣)의 우리 민족을 상징하고 있습니다. 어쨌든 이 같은 흰색의 색채 이미지는 그 시대의 한 무명의 청년시인에 의해 민족정신으로 승화되고 있는 거지요.

윤동주의 4행시 「슬픈 족속」을 창작하게 된 동기의 유발을 스승의 구속에서 찾은 견해도 있습니다. 즉, 청년 윤동주가 가장 존경한 스승인 한글학자 최현배 선생이 조선어학회사건으로 감옥에 가게 됨으로써 쓴 것이라는. 하지만 이 견해는 사실 관계가 맞지 않아요. 최현배 선생이 조선어학회사건으로 감옥에 가게 된 시점은 1942년입니다. 최현배 선생은 1926년부터 1938년까지 12년 동안 연희전문학교에 재직할 때 『조선민족갱생의 도』(1926)와 『우리말본』(1937)을 저술하면서 젊은 학생들에게 조선어를 가르칩니다. 윤동주는 일제강점기에 있어서 그의 마지막 제자입니다.

시편 「슬픈 족속」은 홍업구락부 사건과 관련이 있어 보입니다. 독립비밀 결사인 홍업구락부는 1925년에 기독교계 명사들을 중심으로 결성되었는데, 그 정점에는 미국에서 독립운동을 하던 이승만이 있었던 단체였어요. 일본 제국주의자들이 단체의 성격을 비로소 간파한 것은 1937년이었나 봅니다. 국내에 대대적인 검거 선풍이 불어왔고, (내가 가지고 있는 자료에 의하면 1938년에 100명 이상이 검거되었다고 합니다.) 홍업구락부의 간부회원 다수가 친일전향서에 서명을 할 때 최현배 님은 끝까지 민족적인 신념을 지킵니다. 이 때문에, 그는 일제에 의해 연희전문학교에서 쫓겨나게 됩니다. 그가 파면된 시점은 1938년 9월. 윤동주는 북간도에서 방학을 보내고 있다가 이 소식을 듣고 「슬픈 족속」을 쓴 것이라고 보입니다. 시기나 동기를 살펴볼 때 이 나의 추정은 매우 개연성이 높습니다.

지난 시간에 잠시 말했지만, 20년 전에 KBS와 NHK에서 윤동주에 관한 다큐멘터리를 공동으로 제작한 바 있다고 했죠. 이것의 제목은 「윤동주, 일본 통치 하의 청춘과 죽음」(1995)입니다. 시작되는 부분을 감상하도록 할까요?

(동영상 제시)

윤동주는 1938년 4월에 서울의 연희전문학교에 입학했다. 강해져가는 일본의 압력 속에서 미국인 선교사가 경영하는 기독교학교, 연희전문학교에는 아직 자유와 민족정신이 남아 있었다. 중학교에서의 조선어 수업이 폐지되는 등 조선어에 압력이 강해졌지만 이곳 연희전문학교에서는 의연하게 조선어 수업이 행해지고 있었다.

여기 이 교실이 제일 넓은 교실이었어요. 여기는 그 35명의 학생들이 쭈욱 앉아있고, 여기 칠판이 있고 여기서 교수가 강의를 하고. 그런데 최현배 선생이 그 당시에는 우리에게 인기가 있고 또 의미가 있었죠. 왜냐하면 그 당시 한국이 꺼져가는 참이었으니까. 우리말을 지키고 한국의 문화를 지키는 역할을 했었거든. 그러니까 학생들은 열심히 들었죠. 다 눈이 반짝반짝하고. 그중에서도 특히 윤동주가 이 맨 앞자리에 앉아서 열심히 공부를 했어요. (윤동주 동기생 유영의 증언 인터뷰)

조선어학자 최현배, 일본 식민지 지배 하에서도 꿋꿋하게 조선어를 연구해온 언어학자. 최현배는『우리말본』이라는 책을 펴내 한글의 근대 문법을 연구했다. 그러나 윤동주가 입학해서 반년도 채 안되어서 최현배는 민족운동에 가담했다는 이유로 체포되어 학교를 퇴직당했다. 존경하는 한글학자의 체포. 그 직후 윤동주는 한편의 시를 썼다.

(나레이터, 시편「슬픈 족속」을 낭독하다.)

윤동주가 연희전문학교에 다닌 4년간 조선문화를 부정하는 움직임이 날이 갈수록 강해져가는 시기였다. 연세대학교에 나오는 윤동주의 성적표. 입학한 초에 최현배가 가르치던 조선어 과목은 반년 만에 없어지고 2학년이 되면서 새롭게 교련이 추가되었다. 일본군인이 교내에 출입할 수 있게 되면서 결국 교가와 교기까지 강제로 변경되어야만했다.

어때요. 잘 보았어요? 모두에 나온 특고형사란, 특별 고등 형사의 준말입니다. 일제 말에 치안유지법에 따라 독립운동가를 검거하면 공무 능력을 인정받았던 악명 높은 기관원들이었습니다. 우리의 1970년대 유신 시절에 중앙정보부 내지 보안사의 요원에 해당합니다. 다큐멘터리는 1938년에 최현배 선생이 흥업구락부 사건으로 체포되었다고 하였는데, 정확히 말하면 조사를 받고 학교의 퇴직을 강요당했다고 해야 할 것 같습니다. 요컨대 우리가 본 시편「슬픈 족속」이야말로 식민지의 청년 학도인 윤동주가 1938년에 시대의 아픔에 공감해 창작한 것임에는 틀림없습니다. 참고로 한 가지 밝힙니다. 북한에서 윤동주를 바라보는 비평적 자료는 극히 적습니다. 다만, 북한은 이 시를 가리켜 '일제의 폭압 속에서도 굴하지 않는 인민의 정신과 기상'(1994)이라고 평가한 바 있었습니다.

다음에 살펴볼 시편은 「아우의 인상화」입니다. 내가 읽어볼게요.

붉은 이마에 싸늘한 달이 서리어
아우의 얼굴은 슬픈 그림이다.

발걸음을 멈추어
살그머니 앳된 손을 잡으며
"늬는 자라 무엇이 되려니"
"사람이 되지"
아우의 설은 진정코 설은 대답이다.

슬머시 잡았던 손을 놓고
아우의 얼굴을 다시 들여다본다.

싸늘한 달이 붉은 이마에 젖어
아우의 얼굴은 슬픈 그림이다.

시편 「아우의 인상화」입니다. 윤동주가 1938년 9월 15일에 쓴 시입니다. 방금 우리가 본 「슬픈 족속」이 1938년 9월이라고만 되어 있는데 이보다 더 구체적으로 날짜까지 적어놓았군요. 두 작품은 같은 시기에 썼다고 보면 되겠습니다. 이 시 역시 그가 여름방학 중에 고향에 가 있을 때 쓴 시입니다. 그러니까 그가 아우를 만났지. 그의 아우는 윤일주입니다. 훗날에 동시(童詩)를 주로 쓴 시인이면서, 동시에 부산대·동국대·성균관대의 건축과에서 교수로 재직한 건축사학자이기도 했습니다. 시 속에 그려진 아우는 지금의 초등학교 5학년에 해당하는 나이의 11세 소년입니다. 첫째인 윤동주는 세 명의 동생들을 무척 사랑한 것으로 잘 알려져 있지요.

　아우의 인상화 할 때의 '화' 자는 '그림 화' 자인데 이때는 '그림 화'라기보다는 '묘사하다'는 뜻이 적확하다고 봐야겠어요. 거기 밑에 보면 '붉은 이마에 싸늘한 달이 서리어 아우의 얼굴은 슬픈 그림이다.'라는 시구가 있죠. 이것은 이렇게 해석해야 한다고 봐요. 아우의 얼굴에는 슬픈 그림자가 어린다. 그림자라고 해야 돼요. 이 그림자라는 말밑(어원)도 결국은 '그림'이라는 낱말에서 왔거든요. 지금 우리가 보고 있는 시는 다 공감에 해당합니다. 윤동주의 공감 능력에 관한 이야기입니다. 그는 「슬픈 족속」의 흰 옷을 입은 조선 여인을 보고 공감을 하였죠. 공감을 한다는 건 연민의 감정을 느낀다는 것과 같죠. 자, 보세요. '발걸음을 멈추어 살그머니 앳된 손을 잡으며'에서 앳된 손을 잡는다는 것은 공감을 의미합니다. '늬는 자라 무엇이 되려니?' 하고 형이 아우에게 묻습니다. 아우는 천진난만하게 '사람이 되지, 뭐.'라고 합니다. 이 말이 무슨 말입니까? 너는 앞으로 식민지 백성으로서 어떻게 살아가겠니? 하지만 어린 아우는 이 뜻을 알 리가 없죠. '사람이 되지 뭐. 보통사람으로 살아가지 뭐.' 이렇게 철없이 대답을 합니다. '아우의 설은' ……'설은' 하면 '섧다'에서 왔으니까, 요즘 표준적인 표기 같으면 '설운'으로, 이렇게 되어야겠죠. '설은' 하면, 안 됩니다, '섧다'가 기본형이니까. 이 'ㅂ'이 '오'나 '우'로 바뀝니다. 여기는 '우'로 바뀌어서 이렇게 되죠. '설운' 하고 말이죠. '아름답다'가 '아름다운'으로, '곱다'는 '고운'으로 음운이 변동되는 것처럼 말이죠. 무슨 말인지 알아듣겠죠? 근데 어떻게 돼있습니까? 여기는 '설은'이라고 돼 있네요. '슬며시 잡았던 손을 놓고' 아까는 잡더니 이번엔 놓았죠. 손을 났다는 것은 '공감'이 아니라 현실로 돌아와 처해진 삶을 직시하겠다는 이야기예요. 그러고 나서 현실로 되돌아와서 아우의 얼굴을 다시 봅니다. 역시 아우의 얼굴은 마찬가집니다. '싸늘한 달이 붉은 이마에 젖어 아우의 얼굴은 슬픈 그림이다.' 즉, 아우의 얼굴에는 슬픈 그림자가 진다.

그 옛날에 내가 젊었을 적에 신념이 넘치고 강단 있는 문학평론가 한 분이 있었어요. 마산 사람인데 임종국이란 사람입니다. 아주 오래전에 낸 『친일문학론』이라는 책이 유명해요. 친일 문학을 했던 작가들의 행적들을 가려서 책으로 묶은 게 있었습니다. 이 분이 어린이용 위인 전기도서 중에서 윤동주 편을 집필한 적이 있었어요. 책이 오래됐어, 1980년대니까. 이 책이 어린이 도서용이니까, 그림도 많이 있었어요. 그림은 그 당시 최고의 만화가였던 신동우 씨가 그렸어요. 나도 어릴 때 신동우의 그림을 보고 자란 거야. 역사물이 대단했지. 우리 만화의 고전이라고 할 수도 있는 '홍길동'과 '만화 삼국지' 같은 거. 내가 어릴 때 무척 좋아했던 사람이야. 신동우 님이 그린 것 때문에, 윤동주 전기 도서인 그 책을 산 거야. 최근에 헌책을 산 거야, 만원을 주고 말예요. 사실은 한 2천원, 3천원밖에 안 되는 책을, 만원이나 주고 산 이유가 신동우의 그림(삽화)이 있어서 산 거야. 이 책을 대충 보니까, 윤동주의 시편 「아우의 인상화」 밑에 이런 글이 있어요. 한번 적어보세요. 임종국 씨가 말하기를…… 철없고 깨끗한 아우의 얼굴에서 나라 없는 백성의 슬픈 그림자를 보고 가만히 한숨을 쉽니다. 이런 식으로 해석을 하고 있습니다. 자, 제목을 한 번 더 봅시다. 아우의 인상화. 아우의 인상을 시심으로 묘사했음을 말하는 그러한 제목이라고 할 수 있겠습니다. 아우의 인상을 시심으로, 시의 정신으로 묘사하고 있다는 이야기입니다. '화' 자가 그림이라기보다는 묘사라고 하는 의미로 보아야 할 것이다, 내가 이런 이야기를 이미 했었죠?

3. 젊은 나이에 병원에 입원한 경험의 시

또 그 다음을 봅시다. 시의 제목이 '병원'이네요. 윤동주가 병원에 입원한 이야기입니다. 젊은 그가 정말로 병원에 입원했을까 하고 의문을 표하는 전문가들도 없지 않아요. 그의 시 대부분이 자전적이라면, 또 그의 전기적인 생애의 맥락에 견주어볼 때, 그는 정말 입원했었다고 보아야 합니다. 시부터 읽어볼까요.

(지정된 학생이 읽는다.)

살구나무 그늘로 얼굴을 가리고, 병원 뒤뜰에 누워, 젊은 여자가 흰옷 아래로 하얀 다리를 드러내 놓고 일광욕을 한다. 한나절이 기울도록 가슴을 앓는다는 이 여자를 찾아오는 이, 나비 한 마리도 없다. 슬프지도 않은 살구나무 가지에는 바람조차 없다.

나도 모를 아픔을 오래 참다 처음으로 이곳에 찾아왔다. 그러나 나의 늙은 의사는 젊은이의 병을 모른다. 나한테는 병이 없다고 한다. 이 지나친 시련, 이 지나친 피로, 나는 성내서는 안 된다.

여자는 자리에서 일어나 옷깃을 여미고 화단에서 금잔화 한 포기를 따 가슴에 꽂고 병실 안으로 사라진다. 나는 그 여자의 건강이—아니 내 건강도 속히 회복되기를 바라며 그가 누웠던 자리에 누워 본다.

병원에 입원해 있는 이 여자. 윤동주가 아는 여잡니까, 모르는 여잡니까? 모르는 여자에 대한 이야기입니다. 자기도 지금 병원에 입원해 있고. 이 여자에 대한 공감을 나타내고 있죠. 더욱이 이 공감은 여자가 누윘던 소파에 자신도 누워봄으로써 확인을 하기도 합니다. 그러면서 그 여자가 빨리 회복되기를 바라고, 자신도 회복되기를 바란다고 하고 있어요. 윤동주가 입원한 병원은 세브란스 병원이 아닐까요? 연희전문학교와 세브란스 병원, 또 세브란스 병원에서 의사를 양성하는 학교인 세브란스 의전은 기독교 감리교에서 운영하였습니다. 해방되고 나서 연희전문대학와 세브란스의대가 가만히 보니깐 거리도 멀리 안 떨어져 있고, 재단도 같은데 굳이 이렇게 분리할 필요가 있겠느냐, 하면서 통합할 생각을 가지고 연희전문학교의 '연' 자와 세브란스의대의 '세'가 합쳐져 오늘날의 연세대학교가 된 겁니다.

어쨌든 윤동주는 세브란스 병원에 입원을 했던 것 같아요. 의사가 아픈 데가 없다는데, 난 자꾸 아픈 거야, 일종의 신경증이야. 왜 이렇게 의사가 아픈 데가 없다는데 윤동주는 아프다고 입원했느냐? 뭐가 많았기 때문일까? 스트레스가 많아서 그래요. 그의 룸메 후배인 정병욱 씨의 증언에 보면 윤동주가 2년간에 걸쳐 함께 하숙을 했는데 상당히 스트레스가 많았다고 해요. 졸업반 시절엔 더 심했다고 해요. 시국 문제도 그렇지만, 자기의 진로 문제에 대해서도 생각이 많았어요. 내가 생각할 때 윤동주는 잘못 생각했어요. 일본에 가는 게 아니에요. 가지 말아야 할 일본에 가서 비극을 당한 거야. 그리고 선생을 하려고 하면 일본말을 해야 하는데, 아무리 윤동주가 수재라고 해도 일본말은 좀 서툴 거란 말이에요. 어릴 때부터 학교에서 조선어로 교육을 받았으니까. 또 선생이 되면 친일파가 돼야 하거든. 조선말 하는 조선인 학생에게 뺨을 때려야 하고, 항상 저들의 천황 폐하를 위해 만세를 외쳐야 하고……. 그래서 가장 좋은 것은 그가 고향에 돌아가서 농사를 지어야 했어요. 난세를 피하면서, 때를 기다려야 했어요. 실제로, 그가 일본에서 유학할 때 어른들에게 편지를 보낼 때 '그냥 학업을 그만두고 집에 가서 농사를 짓는 것이 차라리 낫겠다는 생각이 듭니다.'라는 말을 여러 번 보냈대요. 결과론이지만, 가만히 있으면, 2, 3년 후에, 해방이 되니까 말이죠. 그땐 해방이 되는지 몰랐지. 해방이 될 때 다시 서울대학에 재입학하든지 편입해서 들어가든지 해야 했었는데, 판단을 잘못했기 때문에 비운을 당했어요. 그의 사촌 형인 송몽규도 마찬가지야.

어쨌든 윤동주가 병원에 입원할 무렵에 자신의 진로문제, 시국의 불안은 말할 것도 없고, 또 아버지의 가세도 좀 기울어졌어요. 아버지가 사업이 잘 안 되니까, 잘 살던 윤동주 집안이 가세가 기울어져가고 있었어요. 또 어머니도 병약하였기 때문에 가정 문제에 대한 고민도 많았다고 합니다. 이 모든 포괄적인 문제가 윤동주에게 무엇을 가중시켰다? 요즘 말로 스트레스를 가중시켰다. 이렇게 봐야 해요. 그래서 그에게는 정신과적인 치료가 필요한데, 이때 병원에 무슨 과에 들어가야 하겠는가? 정신과에 들어갔는지, 안 들어갔는지, 세브란스 병원에 정신과가 있었는지 알 수가 없어요. 내가 아내한테 물어봤어요. 내 아내가 이화여대 의과대학을 나와서 세브란스 병원에서 정신과 전공의 과정을 거쳐서, 내용을 조금 아는 거야. 내가 물어보니까, 이런 책을 줘요. '세브란스 정신과의 탄생과 초석'이라는 제목의 책 말이에요. 해방 이전에 한정한 세브란스 병원의 정신과의 역사입니다. 세상에 이런 책도 다 있네, 하면서 이걸 보니까 일제강점기 사진 자료도 많아요. 이 책을 지은 사람도 보니까, 내가 아는 사람이야. 여인석이라고 연세대학교 의대 (의사학 전공) 교수입니다.

그 당시 조선에서는 이미 엄청나게 신경쇠약증이 만연했답니다. 이때의 윤동주도 신경쇠약증이라고 나는 봅니다. 신경쇠약증 원인도 다양한데, 그 중의 한 가지가 이민족의 지배에 따른 고통 때문이라고 나와 있어요. 다른 민족의 지배 때문에 생겨난 정신적 고통, 이게 신경쇠약증의 원인이 될 수 있었다니까요. 그 책을 보니까, 정신과가 비교적 잘 운영되고 있었어요. 선교사이면서 정신과 의사인 '맥레이'는 1939년에 세브란스 병원을 빠져나와 진주로 내려갔어요. (진주의 대동병원은 그 당시에 호주사람들이 만든 병원입니다. 진주의 병원 역사에서 굉장히 중요한 병원이라고 합니다.) 어쨌든 그는 2차 세계대전 때, 일제가 백인들을 몰아내자고 해서 15일간 경찰에 잡혀 있다가 호주로 추방된 사람이야. 잘 운영되던 정신과가 없어졌기 때문에, 윤동주는 내과로 간 거야. 그러니까 이 늙은 의사가 누군가 하고 궁금해서, 오늘 아침에 여인석이란 의사학 교수에게 전화로 질문했어요. 의사(史)학이 뭐냐? 치료의 역사, 병원의 역사, 의료 제도의 역사에 관한 학문이죠. 사실은 의학과 역사 분야의 융합인문학이죠. 여인석 교수는 실제 연세대학교 의과 대학을 나오고, 의사자격증도 있지만 진료는 안보고 이런 일을 해요. 내가 그를 언제 만났느냐 하면, 1997년이었어요. 나는 그 당시에 8년 동안 보따리 장사를 했어요. 박사학위를 받고도 장기간 시간강사를 했는데, 그때는 좀 절망적인 상태에 빠져 있었지요. 사람이 절망의 늪에 빠지면 새로운 길을 모색하자는 생각이 들어요. 그래서 될 대로 되라 하는 생각에서, 새로운 길을 찾았어요. 그때부터 고대 그리스어와 라틴어를 공부하기 시작했습니다. 무슨 학교에 가서 공부하는 게 아니라, 개인 교습으로 사무실에서. 어떤 할아버지가 거기에 대한 박식한 지식을 가지고 있어서 그 밑에서 15명 정도가 모여서 적잖은 돈을 내고 공부를 하는데, 철학하는 사람도 있고, 의사학하는 사람도 있고, 나같이 국문학 하는 사람도 있고, MBC 피디도 있고, 뭐 각종의 사람들이 모여서 학문 공동체를 이루었지요. 그런데 나는 중간에 공부를 하다 그만뒀어요. 우리 학교에 발령이 나서 진주로 내려왔죠. 한 1년 4개월 정도 그런 공부를 했지요. 그런데 여인석이란 분은 나와 달리 한 3년간 한 모양인데, 아마 서양의 고대 언어를 제대로 공부했을 겁니다.

아침에 내가 10년 만에 모처럼 전화를 했어요. 잘 있느냐 하면서 서로 인사하다가, '윤동주가 세브란스에 1941년에 신경쇠약증으로 입원을 했다는 정황이 있는데, 기록을 찾을 수 있느냐?'라고 말하니까 '어휴, 도저히 못 찾습니다. 세월이 엄청나게 흘렀는데, 그걸 어떻게 찾습니까?' 하고 말해요. 하기야 그 사이에 한국전쟁도 있었는데. 그러면 그의 시에 나온 대로 '나의 늙은 의사'의 정체가 누군지는 알 수 있느냐고 물었어요. 대답이 이랬어요. '그거는 내가 알아봐 드릴게요.' 오후에, 수업 시작 전에 문자가 왔어요. 문자에 이렇게 돼 있어요. '당시 내과의 가장 나이가 많은 선생님은 오한영이라는 분인데 그래도 아직 나이는 40대이네요.' 만약 그 늙은 의사가 오한영이라는 분이라면, 윤동주가 20대 초반이니깐 40대 보고도 늙은 의사라고 한 거죠. 추리소설 같은 얘기지만, 윤동주의 시편 「병원」에 등장하는 늙은 의사는 아마 오한영이라고 하는 분일 거라고 생각합니다. 내가 '네, 잘 알았습니다.'라고 하는 문자의 답장을 보내주었어요.

윤동주가 「병원」이란 시가 무척 맘에 들었던지, 본래의 계획으론 자선 시집의 제목을 '병원'으로 삼으려고 했어요. 그런데 만약에 그의 시집의 제목이 '병원'이었으면 온전히 엉망진창이 되었을 거예요. 황폐하기 이를 데 없죠. T. S. 엘리엇의 시집 제목이 '황무지'인 것과는 성격이 다릅니다. 내가 여러분에게 직설적으로 물어볼게. '병원'이 좋습니까? '하늘과 바람과 별과 시'가 좋습니까?

(학생들, 이구동성으로 '하늘과 바람과 별과 시'라고 한다.)

그의 시집 제목이 '병원'이었으면 참 아찔한 느낌이 들죠? 처음에는 병원이라고 했는데 참 잘 바꾼 겁니다. 하여튼 뛰어난 공감 능력을 보여준 시편 「병원」…… 건강한 세상에 대한 희망을 담고 있는 시라고 할 수 있겠죠. 세상은 환자로 그득하다. 바로 병든 세상임을 암시하고 있는 그런 시입니다.

아울러, 윤동주는 입원할 무렵에 정신과적인 치료를 받아야만 했던 극심한 스트레스를 받고 있었는데, 이것을 잘 보여준 작품으로서, 정신과적 치료를 받지 않으면 안 되는 그러한 내면 상황을 잘 나타내는 시가 바로 옆에 있는 「무서운 시간」입니다. 이 시편은 상당히 정신병리적인 내면풍경과 강박적인 내용 및 상황을 잘 제시하고 있습니다. 왜 윤동주에게 정신과적인 치료가 필요했는지를 알 수 있는 시가 바로 「무서운 시간」입니다. 윤동주의 병명은 뭐라고 했죠? 신경쇠약증이라고 했어요. 저 유명한 프로이트는 뭐라고 했다? 모든 예술가는 본질적으로 신경증 환자라고 했습니다. 시인도 예술가입니다. 윤동주도 시를 썼으니까 예술가이기도 하겠지요? 그래서 자, 모든 예술가는 본질적으로 신경증 환자다. 누가 한 얘기다? 프로이트가 한 말이에요.

4. 윤동주의 시편에 나타난 예감의 정서

지금까지 윤동주 시에서 공감의 문제를 살펴보았는데, 지금부터는 그의 시 예감의 문제를 살펴보겠습니다. 예감, 아까 이야기했지요? 기미에 대한 느낌을 가리켜 우리는 예감이라고 합니다. 어떤 기미가 있을 것이라는 느낌. 즉, 이제는 자아의 분열상과 윤동주 자신의 예감 능력을 우리가 짚어보면서 시를 읽자는 얘기입니다. 지금 먼저 볼 시는 제목이 뭐죠? (학생들 : 무서운 시간요!) 윤동주의 시편 「무서운 시간」을 읽읍시다.

(지정된 학생이 읽는다.)

거 나를 부르는 것이 누구요,

가랑잎 이파리 푸르러 나오는 그늘인데,
나 아직 여기 호흡이 남아 있소,

한 번도 손들어 보지 못한 나를
손들어 표할 하늘도 없는 나를

어디에 내 한 몸 둘 하늘이 있어
나를 부르는 것이오.

일을 마치고 내 죽는 날 아침에는
서럽지도 않은 가랑잎이 떨어질텐데……

나를 부르지 마오.

자, 시간이 무섭다 했으니깐, 화자는 지금 뭔가에 쫓기고 있습니다. 뭔가 근원적인 공포감에 사로잡혀 있죠. 이 시는 정신병리적인, 어떤 강박의 내면 상황이 잘 나타난 시예요. 이런 점에서 이상의 시가 연상됩니다. 이상의 시는 여러분도 잘 알다시피 자아의 분열상이 극심하죠. 일종의 정신분열증(적)이라고 이야기할 수도 있겠습니다. 이에 비하면 윤동주의 시는 정신분열적인 상황까지는 아니지만 그래도 뭔가 내면적으로 쫓기고 있는 그러한 마음의 상태, 신경증의 상태를 보이고 있습니다.

나를 부르는 것이 누구요? 누구란, 누굽니까? 다름 아닌 죽음입니다. 의인화된 죽음이 시의 화자인 나를 부르고 있어요. 여러분은 아직 젊기 때문에 (아주 젊다는 뜻의 애젊기 때문에) 죽음하고는 아득히 멀리 떨어져 있다고 생각할 겁니다. 죽는 걸 생각할 필요도 없죠. 윤동주는 젊은 나이에 벌써부터 죽음을 생각해서 되겠냐 하는 겁니다. 나 같은 사람이 되면, 나이가 될 만큼 된 사람은, 죽음에 대한 생각이 일상화돼요. 나는 하루에도 죽음을 다섯 번 이상은 생각하는 사람이야.

(학생들, 크게 웃는다.)

그래 생각해야 마음이 도리어 편해져. 항상 죽음을 곁에 두고 생각하면서, 죽을 때 잘 죽는 것이 잘 사는 거야. 웰빙(well-being)은 다름 아닌 웰다잉(well-dying)입니다. 죽는 것 중에서도 최선의 것은 자기가 죽는 지도 모르고 죽는 것, 내 생각으로는 심장마비가 최고입니다. 오래 살다가 심장마비로 저녁 먹고 자다가 죽는 게 최고의 성공이야. 치매 같은 게 제일 안 좋아. 20년 동안 고생해. 가족도 골치 아프고, 자기도 그렇고. 어떻게 하면 잘 죽느냐? 웰다잉하느냐? 이런 것을 생각하면서 말이죠, 살아갈 나이야, 나에게는. 여러분들이야 생각지도 않겠지만. 수업 시간에 내 인생관 밝힌 적은 있는데, 지금처럼 내 사생관—삶과 죽음에 관한 자기 견해—을 밝힌 것은 처음이네요.

(학생들, 다시 웃는다.)

사람에게 죽음하고 가장 관계가 깊은 게 뭡니까? 인간의 죽음이 있기 때문에, 생겨난 것이 뭐죠? 그게 바로 종교야. 종교가 왜 생겨나는데? 인간의 죽음에 대한 공포, 두려움 때문에 생겨나는 거예요. 여러분은 이제 죽음을 생각할 필요 없지. 아득히 멀게 느껴지니까요.

근데 벌써부터 스무 살 나이에 종교에 빠져 하나님, 부처님을 찾고 하는 젊은이는 적어도 내 관점에서는 문제가 있어요. 종교를 아예 믿지 말라는 거하고, 젊어서 종교에 빠지지 말라고 하는 것은 다른 얘기입니다. 나이 마흔이 되어서 종교에 빠져도 충분합니다. 기간이 많이 남아있어요. 요즘은 백세 시대라고 하잖아요? 만약 백 살까지 산다면, 마흔 살부터 종교에 빠져도 60년은 더 본격적인 신앙생활을 할 수 있지 않아요? 여러분의 나이라면, 할 일이 얼마나 많은데, 처음부터 하나님, 부처님을 찾고 해서는 안 된다는 얘기입니다. 신앙생활을 하되 세속적인 일도 고려하면서 당분간 적당히 거리를 두는 것도 좋습니다. 그래서 종교에 빠지는 것은 마흔 넘어서 빠져도 늦지 않다는 것입니다. 물론 내 종교관이 반드시 옳다는 건 아니고, 한낱 주관적인 가치판단에 지나지 않습니다.

다만 여러분은 항상 안전에 주의하세요. 안전이 제일이에요. 얼마 전에 서울에서 전철에서 보니깐 서른네댓 살 정도 되어 보이는 아줌마가 뭐가 그리 급한지 전철 출입문이 닫히고 있는데 무리하게 타려고 손을 문 안으로 집어넣더군요. 이게 웬일입니까. 손을 집어넣으니까, 이번엔 손이 안 빠져요, 안 빠져. 나는 가까운 데서 어, 하고 있는데, 역시 미국 사람들은 프랙티컬(practical)해, 실제적이고 실천적이야. 바로 옆에 서있는 미국 처녀 두 명이 '오 노(oh no)!'를 되풀이하면서 양쪽을 잡아당겨. 한국 사람들은 다 눈만 크게 뜨고 있는데 말예요. 역시 미국 사람들은 우리와 달라. 실제 상황에서 막 양쪽에서 잡아당기니까, 끼인 손가락들이 슬그머니 빠지더라고. 유리창 너머의 여자 얼굴을 보니까 온전히 사색이 되어 있어. 손가락이 빠지자마자, 전철이 출발했어요. 왜 그렇게 어리석으냐? 참 어리석은 사람이다. 5분 빨리 가려고 하다가, 50년은 족히 빨리 가죠. 5분하고 50년을 바꾸려고 해요, 5분하고 50년을 말예요.

(잠시 사이를 두면서)

그래서 여러분도 안전에 유의하고, 또 유의해야 합니다. 이 경험담이 수업보다 실제적인 공부예요. 무슨 말인지 알아듣겠지요? 서두를 필요가 없잖아. 뭐가 급해서. (붕대 감은 한 학생을 가리키면서) 자네처럼 붕대를 감고 있는 모습이 어쩌다 한 번이면 몰라도 자주면 곤란해. 안 돼. 운동선수도 아니잖아?

어쨌든 죽음이라는 게 있기 때문에 종교가 있습니다. 죽음이 없으면 종교도 있을 리가 없죠. 지금 이 윤동주는 아주 예민한 사람이기 때문에 젊을 때부터, 즉 여러분의 나이 때부터 벌써 죽음을 생각하고 있는 거예요. '한 번도 손들어 보지 못한 나를 손들어 표할 하늘도 없는 나를 어디에 내 한 몸 둘 하늘이 있어' 이 하늘이라는 것은 의지하는 곳을 뜻합니다. 하늘은 기댈 언덕이다, 뭐 이렇게 생각하면 되겠죠. '일을 마치고 내 죽는 날 아침에는' 일을 마친다, 생을 마친다. 그러니까 운명이 지시한 어떤 삶을 마치고 내 죽는 날 아침에는 '서럽지도 않은 가랑잎이 떨어질 텐데……/나를 부르지 마오.' 왜 서럽지 않습니까? 죽으면 뭐가 서러워. 죽음의 세계는, 죽음의 시간은 무서운 시간이 아닙니다. 살아있을 때, 죽음 앞에 있는 시간이 무섭지, 죽음을, 죽음이란 경계를 넘어서면 무서운 게 없죠. 일종의 초월이다. 죽음의 세계에 진입하면 모든 것이 평온해지고, 공포도 사라진다구요. 이 비슷한 얘기는 불경의 말씀에도 있고 성경의 말씀에도 있어요.

자, 정리합시다. 희로애락이 없는 시간대에 들어서는 게 바로 죽음의 세계지요. 자, 이 시를 보면 1941년 2월 7일인데 기가 막히게도 자기 4년 후를 예감하고 있는 듯합니다. 끔찍한 운명의 예감. 그 기미를 느끼는 듯합니다. 4년 후 같으면 1945년 2월 7일인데, 윤동주가 죽기 10일 전의 시점입니다. 그가 마치 후쿠오카 형무소에서 죽기 직전에 쓴 시 같은 느낌이 듭니다. 그가 죽기 직전에 쓴 절명시 같은. 안 그래요?

이제부터 윤동주의 창씨개명과 관련된 이야기를 좀 해야겠는데, 그의 자아의식에 큰 변화를 준 사건이 자신의 창씨개명입니다. 그의 주변 사람들은 모두가 한동안 이것에 대해 쉬쉬했어요. 특히 유족들은 더 했죠. 그의 아우 윤일주는 누가 윤동주 선생도 창씨개명한 거 아니에요, 라고 하면 화를 내면서 이에 관해선 더 이상 말하지 말라고 했어요. 또 윤일주가 강처중 얘기만 나와도 화를 냈어요. 윤동주의 절친인 강처중이 6·25를 전후로 좌익분자가 되었거든. 이 사람과 괜히 우리 형님이랑 엮으면 우리 형님의 사상도 이상하게 될까봐, 하면서 노심초사했지요. 하지만 윤동주는 친일파도 좌파도 될 사람이 전혀 아니었어요.

윤동주의 현존하는 시는 모두 백 열 몇 편 정도가 되는데, 아마 이 중에서 반은 습작으로 볼 수 있습니다. 여기에 어릴 때부터 쓴 시도 적잖이 포함되어 있기 때문이죠. 나에게 누가 윤동주 시 한 편을 고르라고 한다면 주저하지 아니하고 「별 헤는 밤」을 꼽겠습니다. 그의 시가 백 편이 넘지만 이 한 편의 시가 한 마디로 압권이요, 백미입니다. 이 한 편의 시가 없다면 윤동주는 시인으로서의 이름값은 반감됩니다, 반으로 뚝 떨어진다 하는 것이 문학평론가인 나의 견해에요. 이 시가 전체적으로 볼 때 굉장히 산문적이긴 하거니와, 그의 시 중에서도 가장 보기 드물게 호흡이 긴 시입니다. 시상의 흐름이 유려한 것은 두말할 필요도 없거니와, 편지글과 같은 산문적인 느낌에도 불구하고, 언어의 율동이 마치 파도치는 것 같은 그러한 매력적인 시라고 할 수 있습니다.

  자, 보세요. 어머니를 부르면서 별 하나에 아름다운 말 한마디씩 불러
보는 시인의 순정한 시심을. 그가 고향에서 조금 벗어난 중국인 소학교
를 한 해 다닐 때 책상을 함께 했던 아이들의 이름과, 패(佩), 경(鏡), 옥
(玉) 이런 이국 소녀들의 이름과, 벌써 애기 어머니 된 계집애들의 이름
과, 가난한 이웃 사람들의 이름과, 비둘기, 강아지, 토끼, 노새, 노루, 프
랑시스 잠, 라이너 마리아 릴케, 이런 시인의 이름을, 아름다운 과거가
자리한 추억의 공간으로 소환하면서, 미래의 세계로 향해 기미의 촉수
를 점차 더듬어가고 있습니다. 이 시의 후반부를 살펴볼까요.

  어머님,
  그리고 당신은 멀리 북간도에 계십니다.

  나는 무엇인지 그리워
  이 많은 별빛이 내린 언덕 위에
  내 이름자를 써보고,
  흙을 덮어 버리었습니다.

  딴은 밤을 새워 우는 벌레는
  부끄러운 이름을 슬퍼하는 까닭입니다.

  그러나 겨울이 지나고 나의 별에도 봄이 오면
  무덤 위에 파란 잔디가 피어나듯이
  내 이름자 묻힌 언덕 위에도
  자랑처럼 풀이 무성할 게외다.

시인의 어머니가 계시는 곳은 북간도. 독립운동가들의 성지이기도 합니다. 그는 이 시를 1941년 연희전문학교 졸업반 4학년 때 썼습니다. 때는 늦가을입니다. 이 시를 쓰고 두 달 후에 졸업을 합니다. 원래는 다섯 달 후에 졸업을 해야 하는데 전쟁이 일어나는 바람에 빨리 졸업을 한 겁니다. 동경(憧憬)이란 말이 그리움이란 뜻의 한자말인데 그냥 그리움이란 말을 썼으면 얼마나 좋았을까요? 윤동주는 그리움이란 낱말을 몰랐을지도 모릅니다. 그에게 그리움이란 시어는 없는 것 같고 '그리워'라는 시어는 있어요. 그의 시어 중에서 정말 그리움은 없을까? 눈여겨 찾아봐야 겠네요.

그의 어머니의 이름은 김용. 용 용(龍) 자로 쓰는 것으로 보아 아마도 어머니가 아무래도 용띠에 태어난 분 같아요. 사진을 보면 여름에 피죽 하나 못 먹는 사람처럼 아주 말라서 병약해 보입니다. 반면에 윤동주의 부계는 건장했어요. 무인 기질로, 장군처럼 생겼어요. 다 머리가 벗겨져 민머리예요. 윤동주도 오래 살았으면 민머리가 됐을지도 모릅니다. 어머니 김용의 오빠는 아버지 같은 나이 차가 나는 유명한 독립운동가입니다. 김약연 선생. 얼마 전에 독립운동가 김약연 세미나가 있었어요. 세미나까지 열릴 정도로 유명한 사람입니다. 그러니까 윤동주의 외삼촌입니다. 이 분은 윤동주에게 민족의식을 심어주었습니다.

마지막 3연이 시편 「별 헤는 밤」의 주요한 부분입니다. 이 시의 마지막 부분을 읽을 때 이 시가 저항시 같다는 느낌을 줍니까, 안 줍니까? 뭐, 엄마 찾고 별 찾고 하는 데 무슨 저항시야, 하는 사람들이 있을 것입니다. 근데, 그 나머지 부분의 숨은 뜻을 잘 살펴보면 하나의 저항시의 퍼즐을 갖출 수가 있어요. 좀 전에 내가 윤동주에게 집요하게 따라다닌 것이 뭐라고 했지요? 창씨개명이라고 했지? 연희전문학교는 굉장한 민족 학교입니다. 기독교 학교이고, 신사 참배도 하지 않고. 학교의 설립자인 언더우드도 일제에 의해 쫓겨나게 됩니다. 이때 일본이 미국하고 전쟁할 무렵인데, 총독부는 연희전문학교 교장에 친일파 윤치호를 임명합니다. 교장인 윤치호가 앞장서서 창씨개명을 했어요. 윤(尹)을 이동(伊東)으로 바꿉니다. 그의 이름을 일본어로 읽으면 '이토 치코', 우리말로 읽으면 '이동치호'인데, 연희전문학교 학생들은 '이 똥 치워!'라고 하면서 조롱했대요.

반면에 윤동주 집안인 파평 윤씨 시조 할아버지가 넓은 연못에 있는 잉어였대요. 그 잉어가 사람이 되었다는 거야. 이걸 믿을 수 있나, 없나? 하지만 파평 윤씨 집안의 사람들은 아직도 잉어탕을 안 먹어요. 왜? 시조 할아버지가 잉어니까. 그래서 파평 윤씨는 잉어의 후손이다. 일종의 토테미즘이야. 믿을 순 없죠. 여하간 넓은 연못에 있는 잉어에서 비롯되었다고 해서, 그 집안에서는 일제강점기의 창씨(創氏)를 '히라누마'로 정합니다. 넓은 연못을 가리키는 한자어가 바로 '평소(平沼)'이거든요. 궁색하지만 그래도 파평 윤씨는 자신의 정체성은 지키는 거죠. 동주(東柱)라는 한자는 그대로 쓰면서 일본식 발음의 '도츄'로 바꿉니다. 윤동주의 일본식 이름의 발음은 '히라누마 도츄'입니다.

아무튼 이 창씨개명이 윤동주의 삶에 큰 영향을 끼쳤는데 한동안 주로 논의조차 하지 않았어요. 이 사실과 함께 이 시를 읽어야 한다는 거예요. 나는 그렇게 생각해요. 나는 무엇인지 그리워 이 많은 별빛이 내린 언덕 위에 내 이름자를 써 보고……. 내 이름자에다 펜으로 동그라미를 해보세요. 이게 바로 '윤동주'입니다. 흙으로 덮어버렸습니다. 딴은, 이는 '하기야'를 뜻합니다. 하기야 벌레가 밤을 세워 우는 이유는 부끄러운 이름을 슬퍼하기 때문입니다. 이 부끄러운 이름 부분에다, 줄을 쳐보세요. 이게 바로 '히라누마 도쥬'입니다. 창씨개명된 이름입니다. 자, 벌레들은 어떻게 웁니까? 매미는 맴 맴 맴, 귀뚜라미는 귀뚤 귀뚤 귀뚤, 쓰르라미는 쓰르르 쓰르르 운다고 합시다. 자기 이름이 부끄럽기 때문에, 자신의 부끄러운 이름 때문에, 부끄러운 이름을 슬퍼하기 때문에 벌레가 밤을 새워서 운다고 보는 겁니다. 윤동주 자신도 마찬가지야. 일종의 감정이입이야. 자기도 자신의 부끄러운 이름을 슬퍼하기 때문에, 벌레처럼 밤을 지새워 웁니다. 우는 소리도 도쥬, 도쥬, 도쥬 하는 것처럼 말이에요. 요컨대, 부끄러운 이름이란, 두 달 후에 학교에 가서 신청할 '히라누마 도쥬'라는 창씨개명될 이름을 말합니다. 윤동주의 창씨개명될 이름은 자신의 의지와 상관없이 미리 정해져 있었습니다. 윤이 '히라누마'가 되는 건 파평 윤씨의 집안에서 이미 정해놓은 거고요, 동주가 '도쥬'가 되는 건 일본식 발음으로 전환한 것에 불과해요. 이렇게 일본식으로 바꾸지 않으면, 일본 유학을 할 수 없었어요.

철학의 오래된 한 흐름 가운데 유명론(唯名論)이라고 하는 게 있어요. 유명이란 '오로지 이름뿐'이란 말이에요. 그것을 이른바 '노미날리즘(nominalism)'이라고도 칭하지요. 라틴어로 이름을 '노멘(nomen)'이라고 하니까, 이 두 단어는 같은 어원에서 비롯된 것이라고 보이네요. 유명론은 사물의 실재를 부정하는 철학이에요. 이것과 상대되는 철학이 실재론(實在論)인데, 이것의 시각에서 보면 유명은 사실상 허명(虛名)이니 명목이니 하는 말에 지나지 않아요. 이름은 이름일 뿐이에요. 사물의 이름이란, 단순한 이름에 지나지 않습니다. 윤동주면 어떻고, 히라누마 도쥬면 또 어떻습니까? 존재(성)의 심연이 종요로울 따름이에요. 그래서는 윤동주는 비애금물, 즉 현실의 조건을 슬퍼하지 말자고 스스로 다짐했어요. 저 부끄러운 이름을 승화하면서 극복하기에 이른 거지요. 이런 관점에서 볼 때, 그는 사상적인 면에서 볼 때 보편적인 이름을 거부한 개별적인 실재

론자, 감상을 초월한 엄정한 리얼리스트라고 말할 수 있어요.

일제강점기에 윤동주만큼 조국을 사랑한 사람은 많지 않았어요. 대한제국이 멸망한 때부터 대한민국이 건국한 때까지 무려 40년 가까이 지금의 국제 난민에 해당하는 무국적자로 살아온 이승만도 애국자였습니다. 이승만을 비난하는 사람들은 창씨개명을 빙자해 윤동주도 앞으로 부정할 소지가 있는 사람들이에요.

그러나 겨울이 지나고 나의 별에도 봄이 오면……. 이 대목에 숨은 뜻이 있죠. 잃어버린 내 나라의 땅에도 봄이 찾아오면, 우리 조국이 광복을 맞이하면, 이런 뜻이 강하게 내포되어 있겠지요. 무덤 위에 파란 잔디가 피어나듯이 내 이름자……. 이 대목의 내 이름자는 윤동주입니다. 일본식 이름인 히라누마 도츄에서 진짜 내 이름인 윤동주로 다시 돌아오는 것은 부활입니다. 그는 다시 올 봄을 통해 부활을 예감하고 있습니다. 내 이름자 묻힌 언덕 위에도 자랑처럼 풀이 무성할 게외다. 풀이 다시 돋아나서 이만큼 잘 자랐소, 마치 자랑이라도 하는 것처럼. 이 시를 창씨개명과 관련해 부활의 예감을 노래한 시라고 해석한 경우는 이때까지 없었습니다.

그런데 이 시의 내용을 보면 앞서 말했듯이 마지막 3연이 이 시의 핵심인데, 이 시만 보더라도 자신의 사후(死後) 세계와 딱 맞아떨어져요. 마치 사후 세계를 예감이라도 하듯이, 죽고 난 다음에 무덤이 생기고, 무덤에 '시인윤동주지묘'란 비가 세워지고, 겨울이 지나고 봄이 오고, 조국이 광복되면서 거기에 무성한 풀이 돋아나고……. 꼭 자기의 죽은 다음의 상황을 그대로 예감하는 것처럼 보여줍니다. 이걸 볼 때 그는 뛰어난 예감 능력을 발휘하고 있다고 볼 수 있어요. 다 같이 「별 헤는 밤」 전문을 한 번 더 읽어봅시다.

(학생들, 모두 낭랑하게 읽는다.)

별 헤는 밤, 이제는 너무 익숙한 말이 되었습니다. 표준어인 별 세는 밤이라고 하면 오히려 더 이상합니다. '헤다'는 옛말(고어)입니다. 지금은 '세다'거든요. 하나, 둘, 셋, 넷. 숫자를 '세다' 하지 '헤다'라고 하지 않거든요. 근데 옛날 사람들은 거의 다 '헤다'라고 했어요. 조선시대에도 그렇게 썼으니까. 요즘은 이게 비표준어가 됐는데, 그 당시 사람들은 비표준어라고 생각하지 않았어요. 'ㅎ'이 'ㅅ' 되는 것도 일종의 구개음화야. 'ㅎ'보다 'ㅅ'이 발음이 편하거든. 음운론적으로 보아서 'ㅎ'은 'ㅅ'이 되려고 많이 노력합니다. 그래서 세월이 지나다 보면 'ㅎ'이 'ㅅ'이 되는 거죠. 경상도 사람들이 '형님'보고 '성님'이라고 하거든. 발음하기 편하게, 구개음, 즉 입천장소리가 되어버리는 거야. 여러분은 구개음화 하면 'ㄷ'이 'ㅈ'으로 되는 것만을 생각하는 모양인데 'ㅎ'이 'ㅅ'으로 변하는 것도 구개음화야. 영어에도 구개음화가 있어요. 원래 고형대로 읽는다면, 영어의 station을 '스타티온'이라고 했겠죠? 세월이 흐르고 흐르면서 '스테이션'으로 발음이 바뀌게 된 거예요. 구개음화는 우리말보다 일본어에서 더 많이 일어납니다. 일본 사람들은 라디오를 두고 '나지오'라고 발음할 정도예요. 왜 구개음화가 일어나느냐? 답해볼 사람은……. 없어? 구개음화는 왜 일어나지, 쓸데없이? 발음을 편하게 하려고 일어나는 거야. 모든 소리는 발음이 편한 쪽으로 자꾸 바뀌어 가는 거야. 그 중의 하나가 구개음화라는 거야. '헤다'보다 '세다'가 더 발음이 편하니깐 '세다'가 된 거죠. 조선시대 사람들은 다 '헤다'라고 했어요. 그래서 별 헤는 밤인 거야. 윤동주의 먼 조상이 두만강 쪽의 변방으로 귀양을 가서 머물다가 뿌리를 내렸어요. 조선시대의 말을 그대로 쓰면서 자자손손 내려왔다, 이거야. 그래서 그의 말도 그 조선시대 양반들이 쓰는 말과 비슷하니까 굉장히 말이 부드럽고 우아했대요.

5. 시대의 아침과 어깨 너머의 사상

윤동주의 예감을 잘 나타낸 시 가운데, 현존하는 그의 시 중에서도 마지막의 것으로 추정되는 「쉽게 씌어진 시」의 마지막 부분도 이야기하지 않을 수 없어요. 시대처럼 올 아침을 기다리는 최후의 나……. 윤동주의 인간적인 절실함과 그의 언어적인 절묘함이 동시에 깃들여 있어요. 이 시구를 가리켜, 북한은 윤동주에 관한 최초의 비평문을 통해 '조국 광복을 위해 한 몸(을) 바치려는 결의의 높은 경지'(1991)라고 긍정적으로 평가했어요. 시대의 아침이 올 것을 기다리는 자아상. 이때 최후는 미래를 말하는 거예요.

윤동주는 결국 시대의 아침이 오는 것을 봤습니까? 못 보았습니까? 유감스럽고, 비감하게도, 그는 못보고 죽습니다. 대신에, 시인으로서의 그는 비 오는 새벽의 동경(도쿄) 하숙방에서 시를 쓰면서 뛰어난 예감 능력을 발휘하고 있습니다.

그가 최초로 도달한 데는 '최초의 악수'라는 화해의 자세였지요. 현재의 그는 과거의 그에게 작은 손을 내밀어 눈물과 위안으로 잡는 최초의 악수를 통해 현실을 공감하고 미래를 예감하려고 합니다. 내가 나를 스스로 달래고 위무하는 데는 미래의 비전이 제시되어 있는 거예요. 시대의 절망을 넘보는, 그 자신 만의 '어깨 너머의 사상'인 것입니다.

시인 윤동주는 한마디로 말해 공감 능력과 예감 능력이 매우 뛰어난 시인이었습니다. 그는 현실 속에서 자아의 분열상을 보여주면서도 자신이 뿌리를 내리고 입지를 넓히고 있는 현실에 대한 긴장과 충돌의 끈, 그 언어의 끈을 놓지 않았다고 보아야 해요.

오늘 수업, 여기에서 마칩니다.

죽는 날까지 하늘을 우르러

한점 부끄럼이 없기를,

잎새에 이는 바람에도

나는 괴로워했다,

별을 노래하는 마음으로

모든 죽어가는 것을 사랑해야지

그리고 나안테 주어진 길을

거러가야겠다.

오늘밤에도 별이 바람에 스치운다.

1941. 11. 20

제5강 **윤동주의 시에 나타난
자아이상과 부끄러움에 대하여**

공부할 순서

1. 시인이 되고자 한 자신이 부끄럽다?

자, 지금부터 강의를 시작하겠습니다.

내가 지난번에 상영 중인 영화 「동주」를 보라고 했는데 아직 이 영화 안 본 사람, 손들어 봐요? (여기저기 둘러보면서) 이 반 학생들은 다 봤네요. 내 말을 잘 따라주어서, 고맙게 생각해요. 지정된 날짜에 이르기까지 영화감상문을 잘 써서 제출해 주세요. 그러면, 지금 상영되고 있는 영화를 통해 윤동주에 관한 이야기를 시작할까 합니다.

영화 「동주」는 저예산으로 만들어졌어요. 얼마 들었느냐? 6억 원 정도 들었다고 하는데 사실은 6억도 안 들었대요. 작년에 일제강점기를 배경으로 삼은 영화가 있었죠. 제목이 「암살」이라고 하는 영화, 여배우 전지현이 '헤로인'으로 나오는 영화 말예요. 헤로인은 여주인공, 여자 영웅을 의미하는 말입니다. 마약의 한 종류인 헤로인과 발음이 같기 때문인지 보통 '히로인'이라고 발음합니다. 그 반대말은 히어로. 어쨌든 이 영화는

요, 제작비가 무려 180억 원이나 투입되었어요. 이에 비하면 영화 「동주」는 상대적으로 푼돈 들여 만든 영화이죠. 「동주」 역시 시대의 배경이 일제강점기이죠. 특정의 시대를 배경으로 하는 시대극 영화는 대체로 세트를 만들어야 하기 때문에 예산이 많이 듭니다. 그렇죠? 그렇기 때문에 영화가 일제강점기를 배경으로 하면 돈이 많이 들 수밖에 없어요. 돈을 적게 들이기 위해서 여러 가지 머리를 짜내면서 저예산으로 만들어 낸 겁니다.

영화 속의 시대는 대체로 1935년에서 1945년까지 한 10년 정도입니다. 일제강점기 마지막 10년을 시대적 배경으로 잡고 있다고 생각하면 됩니다. 윤동주의 10대 후반에서 20대 후반까지예요. 영화 속의 시대는, 윤동주의 시대입니다. 윤동주가 고향 용정에서 4년제 은진중학교를 다니다가 평양에 소재한 5년제 숭실중학교로 전학을 합니다. 전문학교를 가려면 5년제 중학교를 나와야 하기 때문이죠. 그가 숭실중학교 다닐 때 일제가 신사참배를 강요합니다. 학교 측도 윤동주도 이를 거부하겠다고 해서, 학교는 폐교가 되고 윤동주는 고향으로 다시 돌아옵니다. 그는 어쩔 수 없이 친일학교인 광명학원 중학부에 다니면서 2년을 더 채워서 중학교를 졸업합니다. 하여튼, 그는 그때부터 시대와의 불화가 시작됩니다. 그때부터 윤동주의 시대라고 할 수 있습니다. 그에게 주어진 시대가 시작이 되고 그때부터 살아온 10년간이 그의 시대다, 그 10년이 영화 속의 시대라고 보면 되겠습니다. 이 10년은 자아와 세계가 격돌하는 난세입니다.

오늘, 내가 영화 이야기를 먼저 하는데, 영화 「동주」는 흑백영화입니다. 왜 영화는 흑백으로 되어 있을까. 첫째 돈이 안 들어가니깐. 흑백영화는 돈이 좀 적게 들어갑니다. 그리고 그 시대상을 반영해야 하니까. 그 시대 사진이 흑백 시대였으니까요. 그땐 칼라 사진이 없었거든. 윤동주 사진은 거의 흑백사진이거든. 그 시대상을 반영하고 있어. 또 다른 이유는, 흑백이 다른 어떤 색깔의 다채로운 이미지에 정신이 팔리지 않으니깐 몰입이 잘 돼요. 흑과 백밖에 없으니까 말예요. 흑과 백, 그 사이의 색인 회색밖에 없잖아요? 오늘 참 몰입이라는 말을 많이 하게 됩니다. 언젠가 내가 말했죠. 수업이나 영화는 다 몰입이라고. 물론 애절하게도 내 수업에 몰입하는 학생들이 그다지 많지 않겠지만. (일부 학생들, 웃음) 몰입보다 조금 더 이미지가 약한 게 감정이입이야, 감정이입. 지난번에 제출한 읽기 감상문 중에서 잘 쓴 사람으로 뽑힌 세 학생은 감정이입이 잘 되었다는 것이야.

(학생 의견 : 저는 흑백 영화로 만들어짐으로써 영화가 얻는 또 다른 효과는 없을까 하고 생각해 보았어요. 그것은 바로 윤동주의 철학이라 할 수 있는 부끄러움을 보여준다는 것 말예요. 색깔이 화려한 것보다는 흑백 영화처럼 단정하고 간결한 색이 겸손함을 보여준다고 생각합니다. 그 겸손함은 곧 윤동주에게 있어서 부끄러움이라는 단어로도 볼 수 있다구요.)

(학생 의견 : 중학교를 졸업할 무렵부터 시작된 그의 세계. 그가 그의 세계를 만든 것일까, 그의 시대가 그를 그렇게 만든 것 일까. 하지만 '중학교를 졸업한 지 많은 시간이 흐른 지금, 나의 시대는 시작되긴 한 것일까.'라는 생각을 하자, 쳇바퀴처럼 돌아가던 생각이 멈추어 섰다. 난 윤동주의 시대에 태어나도 그처럼 살 수 없다. 시대가 윤동주를 우리가 알고 있는 윤동주로 만든 것이 아니라, 그 스스로가 그렇게 살도록 결정하고 그의 시대를 만든 것이었다고 본다.)

그때가 어떤 시대일까요? 윤동주 영화에 나오는 특고경찰은 일반 순사하곤 차원이 달라요. 특고경찰은 특별고등경찰의 준말이야. 엄청난 훈

련을 받은 놈들이야. 우리나라 1970년대 유신시대 때 중앙정보부의 요원이나, 저 보안사 대원들과 같은 막강한 녀석들이야. 그때는 신문기사가 마음에 안 들거나 박정희 대통령을 비아냥대거나 하면, 녀석들이 불쑥 찾아와서 기사를 쓴 신문기자들에게 폭행을 가하던 시대였어요. 일제강점기의 특고경찰도 막강한 권력을 행사하긴 마찬가지의 인간상이에요. 주로 독립운동을 하는 젊은이들과 의식이 있는 학생들을, 마치 토끼몰이를 하듯이 걸핏하면 사상범으로 몰았어요. 몰면 몰수록, 녀석들의 업적이 점차 누적되고, 또 그럼으로써 승진도 하고…… 그런 특고경찰들 앞에서, 영화 마지막 부분에. 여러분들도 영화를 봤으니깐, 다 기억이 나죠? 이런 시대에, 어떤 시대를 말하죠? 일본 제국주의가 우리를 폭압적으로 지배하는 시대에 태어나서 시인이 되고자 한 자신이 부끄럽다고 울분을 쏟아내는 바로 그 장면 말이죠. 이런 시대가 윤동주 자신의 시대입니다. 물론 영화 속의 허구에 지나지 않아. 실제로 그런 말 했는지 안 했는지 모르겠지만, 뭐 이 말을 실제로 했겠어요? (학생들 모두의 웃음소리) 영화적인 과장의 대사에 지나지 않아요. 이런 시대에 태어나 시인으로 살고자 했던 내 자신이 부끄럽다고 토로하면서 오열하는 윤동주에게, 영화는 최대한의 도덕적인 순결성을 부여합니다.

그렇지만요, 영화 만드는 사람들이 말이죠, 이런 시대일수록, 이를테면 난세일수록 시인의 삶이 빛이 난다는 사실을 모르고 한 소리예요. 그의 시대는 만주 사변에서 중일 전쟁을 거쳐 아시아-태평양 전쟁으로 이어지는 난세예요. 난세는 광기의 시대, 미쳐버린 시대입니다. 그런데, 예로부터 난세에 시인들이 많이 태어났어요. 중국의 역사에서 가장 유명한 시인이었던 두보(杜甫)라는 시인의 이름, 들어봤지요? 그는 당나라 말기의 난세 속에서 작란과 피난 속에서 살았던 시인입니다. 애국시인이었던 육유(陸游)라는 시인도 있었는데, 송나라 때에 가장 위대한 시인입니다. 만주족인 금나라가 쳐들어와 북중국을 지배함으로써 중국이 분단됩니다. 그는 지금의 우리처럼 분단 시대에 늘 통일을 생각하면서 살았어요. 시의 내용도 시대의 아픔을 노래하는 것이 중심을 이루었지요.

영화 「동주」를 연출한 이준익 감독은 영화 속의 사실과 허구는 7대3의 비율이라고 했어요. 사실이 7할이고, 꾸며낸 이야기가 3이란 것. 내가 보기에는 그게 아니야. 사실을 중시하는 나 같은 전문가의 눈으로 보면, 이 영화의 사실과 허구의 비율은 거꾸로 3대7이라고 볼 수밖에 없어요. 단언해 말하자면, (확신에 찬 목소리로) 사실이 3이고 7이 허구입니다. 아무리 생각해도, 거의 다 허구야. 정지용 선생을 만나서 이야기한 것도 허구이고, 뭐 일본 헌병이 수업시간에 들어와서 냅다 머리카락 깎는 것도 허구이고, 가장 문제가 되는 허구는 윤동주와 관련된 여자들의 이야기야. 조선 여자와 일본 여자 할 것 없이 죄다 허구입니다. 물론 윤동주 실제의 삶 속에 두 명의 이화여전 학생이 꽃 그림자처럼 슬몃 투영되어 있어요. 하지만 영화 속에 등장하는 이화여전 학생인 이여진은 이 두 명의 실존 인물과는 아무런 상관이 없어요. 또, 어릴 때 이미 도회지(용정) 집으로 이사를 간 윤동주네의 집이 시골(명동촌) 집으로 잘못 고증된 것부터 줄거리나 시점이 뒤죽박죽인 게 한두 가지가 아니에요. 이 영화를 둘러싸고 사실이냐, 허구냐를 일일이 따지자면, 한도 끝도 없어요.

이 영화가 나로 하여금 고개를 갸웃거리게 하거나, 때로 헛웃음을 짓게 하거나, 또는 불쾌감을 느끼게 하기도 했습니다만, 사실과 어긋난 허구는 진실을 드러내는 데 효과적으로 작용하기도 해요. 물론 창작의 진지함 및 신뢰성이 전제되어야 하겠지요. 문학이란 본질적으로 허구와 상상의 소산이 아닌가요? 영화 「동주」가 한 개인의 일대기, 한 시대의 연대기를 다룬 전기적인 산물이기 때문에, 객관적인 팩트에 충실하면서 허구와 가공을 재구성하면 더 좋았으리라고 봅니다. 이런 점에서 볼 때, 나는 문학의 전문가로서 윤동주의 삶에 관한 이번 영화가 아쉬움의 여지를 다소 남겼다고 봅니다. 문제는 여러분처럼 그의 시를 조금 알지만 그의 삶에 관해선 잘 모르는 젊은이나 비전문가가 사실 아닌 내용을 사실로 믿어버릴 수도 있다는 데 있어요. 사실이 아닌 것을 허구라고 인식하는 비평 능력이 있는 사람에게는 영화 「동주」가 그런 대로 의미가 있는 영화 텍스트라고 봅니다.

(학생의 의견 : 영화 「동주」를 보면서 많이 가슴 아파했고, 울기도 했다. 영화를 보면서 영화가 허구라는 걸 알았지만 내 마음은 나도 모르게, 이미 그 영화를 사실로 인정하고 있었다. 하지만 허구가 진실을 드러내는 데 효과적이라면 텍스트 수용에 있어서 문학과 영화라는, 또 사실과 진실이라는 두 마리 토끼를 한꺼번에 잡을 수 있게 되리라고 본다.)

영화 「동주」에서 '이런 시대에 태어나서 시인이 되고자 한 자신이 부끄럽다.'라고 한 대사로 돌아가 봅시다. 시인이 어때서요? 윤동주에게 있어서 시인은 그의 말마따나 '천명(天命)'이에요. 현실적으로는 슬프지만 하늘이 부여한 어쩔 수 없는 운명 말이죠. 그가 가야 할 길은 하늘이 준 운명의 길인 시인의 길이 아니겠어요? 그에게 시인이란 혼신의 존재감 그 자체예요. 만약 그가 시인이 아니었다면 어땠을 것 같아요? 일제강점기에 독립운동을 하다가 죽거나 살아남은 수만 명의 애국청년 중에서 이름 없는 한 사람에 지나지 않아요. 시인이 되려고 한 자신이 부끄럽다. 이런 대사는 애최 잘못된 설정이에요. 영화를 만드는 사람들이, 실제로 하지도 않았던 윤동주의 말을 최대한 부각시켜 놓은 사실은 그의 자아이상을 지나치게 높게 설정해 다소간 과장스럽게 드러냄으로써 소기의 극적인 효과를 거두려고 한 데 있다고 봐요. 이 영화적인 오버 액

션으로 인한 얄팍한 극적인 효과 때문에, 어떤 측면에서 보면 영화가 윤동주의 정체성을 도리어 혼란의 늪에 빠지게 한 게 아닌가 하고, 나는 생각해요.

2. 자아이상의 추구와 인간 조건의 은유

윤동주와 관련된 이야기는 대부분 드라마틱합니다. 드라마나 영화를 만든다면, 그의 삶 속에 극적인 요소가 적잖이 있어요. 뭐 그에 관한 이야깃거리가 드라마로 만들어도 좋고, 영화로 만들어도 아주 좋은데 결정적으로 드라마틱한 것이 빠졌어요. 뚜렷한 연애 경험이 없다는 것. 잘생긴 얼굴에, 괜찮은 집안에, 또 당시에 조선의 수재였는데 왜 그렇게 연애를 하지 않았느냐? 물론 연애를 하고 싶게 하던 시대가 아니었죠, 뭐. 본인의 성격이 너무 까다롭기 때문에, 즉 자기 자신에게 엄격하였기 때문에 연애를 하지 않았던 것 같아요. 연애도 일종의 인간관계이기에 외향적이라면, 자기에게 스스로 엄격하다는 건 내성적이라고 하겠죠. 물론 줏대가 없는 건 아니지만 평소에는 남이 하자는 대로 따르던 그가 자신이 나서서 연애를 하려고 하지 않았다는 겁니다. 세속적인 연애 감정도 그에게는 자아이상에 잘 맞지 않다는 거예요. 그의 내면풍경에는 이 젊은 날에 연애나 하면서 허송세월을 보낼 수 없다고 하는 분명한 지표가 세워져 있었다는 겁니다. 이를 잘 보여주는 것이 그의 시 가운데서 가장 잘 알려진 「서시」입니다. 다 같이 읽어 봅시다.

(학생들 낭랑하게 읽는다.)

죽는 날까지 하늘을 우러러

한 점 부끄럼이 없기를

잎새에 이는 바람에도

나는 괴로워했다.

별을 노래하는 마음으로

모든 죽어가는 것을 사랑해야지.

그리고 나한테 주어진 길을

걸어가야겠다.

오늘 밤에도 별이 바람에 스치운다.

자, 이 시의 해석은 인터넷 같은 데 잘 나와 있어요. 당장에 스마트 폰으로도 참고할 수 있지요. 이런 내용들은 여러분이 고등학교 시절에 배운 내용과 별 차이가 없어요. 하지만 이런 일반론을 넘어서 한결 높은 수준으로까지 도약해야 합니다. 여러분이 교양 과목을 수강하는 1학년 학생이 아니고, 국어교육과 4학년 학생들이니까요.

여러분 앞에 놓인 「서시」 첫 연을 먼저 볼까요. 죽는 날까지 하늘을 우러러 한 점 부끄럼이 없기를. 이건 맹자의 저서인 『맹자』에 나오는 맹자 자신의 어록입니다. 윤동주는 어릴 때 그 자신의 외삼촌이자 북간도 조선인 사회의 정신적 지주라고 할 수 있는 김약연 선생으로부터 『맹자』와 『성경』을 배웠어요. 그는 자신의 할아버지보다도 예닐곱 살 많은 연로한 외삼촌으로부터 동서양의 교양을 두루 섭렵했던 것입니다. 맹자는 인생삼락이라고 해서, 즉 인생에서 누릴 수 있는 세 가지 즐거움이 있다고 했어요. 그 첫 번째가 부모와 형제가 함께 살아계시거나 있어 다들 무탈한 것. 두 번째가 뭐라고? 하늘을 우러러서 한 점 부끄럼이 없고, 땅을 굽어서 미안해할 일이 없는 것. 이게 두 번째고. 세 번째 즐거움은 천하의 영재들을 모아서 교육을 시키는 것이라고 했지요. 이 세 가지를 인생삼락이라고 했는데, 이건 아무나 누릴 수 없을 뿐더러, 군자만이 누릴 수 있다고 해서 군자삼락이라고도 합니다. 거기에서 나온 말이야. 그러니까 윤동주가 옛날에 사서(四書) 정도는 읽었으니까, 이 정도의 내용을 아는 거야. 그래서 거기에서 따온 말이야. 이때 하늘을 기독교적인 유일신 관념으로 이해하는 사람이 더러 있는데, 표현의 원천을 살펴보자면 동양적인 문맥의 '천(天)'의 개념에 가까워요. 윤동주에게 있어서의 모든 사상 가운데 가장 밑자리에 놓인 것이야말로 바로, 맹자가 말한 이 '앙부괴어천(仰不愧於天)'의 사상인 거예요.

전문의 의미론적인 비중이 3분의 1을 차지하는 첫머리에는, 내가 죽는 날까지 하늘을 우러러 한 점 부끄럼이 없기를 바라는 마음을 가지고 앞으로 살아가겠다는 삶의 설계와 같은 시상(詩想)이 제기되어 있습니다. 그렇기 때문에 비표준어적인 표현이자, 문학적인 표현인 '잎새'에 이는 바람에도 나는 괴로워했다고 말합니다. 이 바람은 부끄러움이 없는 순정(純正)한 마음에 대한 장애 조건이 되는 것을 말해요. 첫째 연에서 '괴로워했다'의 목적어가 빠진 느낌이 있죠. '잎새에 이는 바람에도'라는 행의 개입으로 인해서죠. 자, 그러면 구문을 문법적으로 정리해 봅시다. 죽는 날까지 하늘을 우러러 보면서, 한 점 부끄러움이 없기를 바랐지만, 잎새에 이는 바람에도, 나는 한 점 부끄러움이 없기를 괴로워했다. 이게 일단 완성된 구문이에요. 물론 의미론적으로는, '나는 한 점 부끄러움이 없기를 바랐지만 그렇지 않아서 괴로워했다.'의 뜻이 되지요. 만약 이 구문이 시라면, 중복적이고 잉여적인 표현 때문에, 전혀 시적인 맛을 잃게 되죠.

죽는 날까지 하늘을 우르러

한점 부끄럼이 없기를,

앞새에 이는 바람에도

나는 괴로워했다.

별을 노래하는 마음으로

모든 죽어가는 것은 사랑해야지

그리고 나한테 주어진 길을

거러가야겠다.

오늘밤에도 별이 바람에 스치운다.

1941.11.20.

윤동주의 「서시」 육필 원고.

두 번째 연을 봅시다.

별을 노래하는 마음으로, 모든 죽어가는 것을 사랑해야지. 이것을 산문적으로 풀이하자면, 이렇겠죠. 별처럼 빛나는 순수한 시심으로써 죽어가는 모든 것, 즉 시대의 고통을 서럽게 보듬고 안타까워해야지. 시인 윤동주에게는 시대고(時代苦)의 원인적인 조건이 따로 있어요. 그게, 뭘까요? 신사참배와 창씨개명을 강요하는 것, 평화의 가치보다 전쟁을 찬미하는 것, 우리 말글을 박탈하고 기독교를 탄압하는 것이 아닐까요? 그리고 나한테 (문어적인 표현으로는, 나에게) 주어진 길을 걸어가야겠다고 했어요. 내가 걸어가야 할 길, 내 운명의 길, 자기 소명의 길. 이런 뜻입니다. 그가 걸어가고자 한 길은 독립운동의 길이 아니고, 시의 길이었습니다. 그래서 시집의 서문을 대신해서 쓴 시가 바로 이 「서시」가 아닙니까?

여기에서 별은 무엇을 의미할까요. 열 길 물속은 알아도 한 길 마음속은 모른다는 인간의 마음속을 과학적으로 조명한 정신분석의 생각 틀에 의하면 '자아이상'의 표상화로 볼 수 있어요. 프로이트의 언어인 독일어로는 '이히이데알(Ichideal)'…… 영어로 번역해 정착된 용어로는 '에고 아이디얼'입니다. 프로이트는 자아이상을 가리켜 자기 인격의 심역(마음속)에 존재하는 주체적인 모델로 보았구요, 그의 추종자인 하인즈 코헛 같은 정신분석가는 자아이상의 특징을 두고 '강렬하고도 도덕적인 완벽성'이라고 보았어요. 내가 자아이상이란 개념을 살펴보기 위해 몇 가지 전문적인 서적을 참고하였는데, 내가 정신분석학적인 전문 지식을 인문학적인 일반론으로 내 나름으로 재해석하자면 이래요. 자신에 대한 이상적인 관점을 형성하는 것. 자신의 삶과 가치관에 어떤 이상을 투사하는 것, 도덕과 양심의 코드 시스템을 만드는 것. 뭐, 이런 개념이 아닌가, 해요.

윤동주에게 자아이상을 실현하기 위해서는 부끄러움이나 죄책감이 전제되기도 합니다. 특히 그의 경우처럼 자기 내부의 이미지를 보호하기 위해선 부끄러움이란 개념이 이용되기도 합니다. 이러저러한 점들을 살펴볼 때 「서시」에서의 별, 별의 노래, 별을 노래하는 마음이란, 소위 '자아이상의 표상화(representation)'로 간주됩니다. 또한 죽어가는 모든 것을 사랑해야겠다는 것은 삶의 설계에 이어지는 일종의 자기 다짐이랄까, 소망에 대한 자기 검열과 같은 거예요.

자아이상의 개념을 다른 용어들과 헷갈려 하는 경우가 있어요. 자존심, 자만, 자신감, 자존감 등과 같은. 사람들이 흔히 자존심이 세다, 자존심이 상하다, 괜한 자존심만 내세우네, 하는 등의 말들을 사용합니다. 이 자존심은 덜 정직한 자기 평가라고 할 수 있어요. 자기 비하의 반증이란 점에서는 열등감과 통할 수도 있겠네요. 자만은 자신감을 지나치게 높게 평가하는 것. 반면에, 객관적이고 중립적인 자신감은 실생활에 긴요하겠죠. 자존감(self-esteem)은 1890년대에 그 당시의 저명한 심리학자인 윌리엄 제임스가 한 말이에요. 소설가 헨리 제임스의 형이면서 소설의 서술 기법이 되기도 한 '의식의 흐름'을 창안한 그 사람. 나는 세상에서 필요한 존재다. 그래서 나는 남으로부터 사랑 받을 수 있는 필요한 존재다. 이런 의식이 자존감이에요. 이를테면, 뭐랄까 '자아존중감'의 준말이에요. 요즈음 이 자존감이 시대의 화두로 떠오르고 있어요. 정신과 전문의가 낸 관련 서적이 불티나게 팔리고, 유명한 스님, 교수와 강사들이 이와 관련된 강의를 함으로써 사람들의 주목을 받고 있어요. 물론 전문적으로 파고들면, 자아이상과 자존감은 분명히 서로 다른 개념이겠지만, 자존심, 자만, 자신감보다는 자존감이 자아이상과 뭔가 통하는 게 있어 보이네요.

자, 다음으로 마지막 연을 보세요.

오늘밤에도 별이 바람에 스치운다. 이건 무얼까요? 좀 전에 말한 현실의 검증입니다. 현실은 자아이상의 표상인 별이 바람, 즉 부끄러움이 없는 순정(純正)한 마음에 대한 장애 조건이 되는 것에 의해 제약을 받고 있습니다. 그는 자신이 살고 있는 식민지 시대라는 것도 자아이상이나 이상적 자아를 실현하는 데 장애 조건이 되고 있음을 자각하고 있습니다. 정신분석학에서는 자아이상과 이상적 자아를 온전한 동일 개념으로 간주하지 않아요. 난 이에 관해 전문적인 설명을 해야 할 위치에 있지 않아요. 다만 내가 말할 수 있는 건, 그가 이 시대를 어떻게 견뎌내고 이겨내야 하는가, 양심을 지키면서 살아가야 하는가 하는 과제가 그의 삶 앞에 놓여 있다는 거예요.

이 대목에서 형식적인 문제 하나 처리합시다. 스치운다. 여기에서 '우'가 늘어져 있는 형태입니다. 윤동주 시에서는 이런 사례들이 굉장히 많아요. 윤동주 시에 안 넣어도 될 '우'가 많이 나옵니다. 옛날 사람들은 '우'뿐만 아니라 '으'도 적잖이 형태소로 넣기도 합니다. 예컨대 '아름답다'를 '아름다웁다'로, '곱다'를 '고웁다'로 말이죠. 거, 누구야? 김수영이 갑자기 생각나지 않네. 그의 시에도 이런 말이 있어요. '사납다'를 '사나웁다'로 표현된 게 있습니다. 그래서 이 '스치운다'도 윤동주의 말버릇이니 조어습관이니 개인방언이니 하고 치부할 수 있을까? 나는 이 점에 관해 의문을 품어요. 그 시대에는 흔히 쓰던 말이 아닐까 하고요. 이에 관한 문법적인 설명은 문법학자가 해야 할 것 같아요. 시적인 효과의 측면에서 볼 때는 '스친다'보다 '스치운다'가 더 아어적(雅語的)인 효과가 있는 것 같아요. 발음이 우아하게 울리는 건 사실이에요. 그런데 말이죠. 내가 일본어 텍스트의 윤동주 시집을 우연히 본 일이 있어요. 보니 뭐라고 되어 있느냐 하면 이 '스치운다'를 일본어 뜻으로 '스쳐서 운다.'로 번역되어 있어요. 번역자는 한국어에 능통한 재일교포인데도 불구하고. '오늘 밤에도 별이 바람에 스치어 운다.' 혹은 '……스쳐서 울고 있다.' 별이 운다고, 혹은 울고 있다고 했으니까 상당히 시적인 표현 같지? 시적인 표현인 건 사실이지만 윤동주가 그렇게 의도했을 리가 없다는 얘기입니다.

윤동주의 「서시」에 관해 마지막으로 한마디 할게요. 옛날 197, 80년대에 학생 운동을 하던 대학생들이 무슨 사건의 재판을 받으면, 판결이 있기 전에 최후진술을 할 기회가 주어집니다. 이럴 때 학생들은 딴소리를 하지 않고 윤동주의 「서시」를 낭송하는 경우가 더러 있었다고 합니다. 이 시야말로 규범과 금지의 기능을 함께 가진 양심의 소리이기 때문이죠. 이 시를 외면서 자신의 일은 도덕적으로 정당하다, 내 자신이 걸어가야 할 길은 운명의 길이다, 별이 바람에 스치는 오늘 밤은 반(反)민주적인 암흑의 시대다, 이런 것을 대신 진술하고는 했습니다. 자, 그런 법정의 분위기를 떠올려보고, 정치적으로 어려운 시절에 대한 감회에 한번 젖어보면서 후속되는 세대에 포함되는 여러분이 다시 읽어보고 지나갑시다.

(학생들 진지하게 「서시」를 낭독한다.)

윤동주의 「서시」에서는 양심적 내지 이상적 자아에 의해 실현될 자아이상에 대한 '최적의(optimal)' 상태를 보여주고 있습니다. 반면에, 영화 「동주」에서 보여준 바, 이런 시대에 태어나 시인으로 살고자 했던 내 자신이 부끄럽다는 대사는 자아이상의 극한에 이른 것이라고 봅니다. 따라서 이에 비하면 시편 「서시」는 과장도, 왜곡도, 자조(自嘲)도 아닌 순수한 인간 조건, 최적의 인간 조건에 대한 은유로 가득찬 시라고 하겠습니다.

3. 쳐다보는 하늘은 늘 부끄럽게 푸르고

윤동주는 「서시」에서 자신에게 주어진 길을 걸어가야겠다고 했어요. 이 길이야말로 자아이상을 실현하는 길이 아닐까요? 그의 시에서는 길이 주요한 모티프로 작용하고 있습니다. 지금부터 살펴보려고 하는 두 편의 시 「새로운 길」과 「길」은 그 대표적인 사례라고 말할 수 있겠어요. 이 대목에서는 시편 「길」을 살펴볼까요?

사람마다 인격 형성의 과정에는 갈등이 있습니다. 여러 가지 갈등 중에는, 이를테면 규범과 금지의 갈등이라는 게 있지요. 이렇게 살아야 해, 그래야만 아버지로부터 사랑을 받을 거야. 이것은 규범에 해당되어요. 이렇게 살아선 안 돼, 그러면 아버지에게 처벌받을 거야. 이것은 금지에 해당되지요.

윤동주에게 있어서의 길은 나쁜 길이 아니라 좋은 길을 찾아서 헤매고 있다는 점에서 자신의 인격 속에 남겨놓은 자아이상의 특수한 형성물이 되고 있어요. 그는 끊임없이 현재의 자아를 관찰하고, 이상과 현실을 저울질합니다. 이러한 저울질의 대리적 형성물이 바로 새로운 길이 아닐까요? 윤동주의 시편 「길」은 그 마지막 학기인 제8학기 시작의 하루를 앞두고 쓴 시입니다. 이 시는 내가 읽어보겠습니다.

(교수가 직접 낭독한다.)

잃어 버렸습니다.
무얼 어디다 잃었는지 몰라

두 손이 주머니를 더듬어
길에 나아갑니다.

돌과 돌과 돌이 끝없이 연달아
길은 돌담을 끼고 갑니다.

담은 쇠문을 굳게 닫아
길 위에 긴 그림자를 드리우고

길은 아침에서 저녁으로
저녁에서 아침으로 통했습니다.

돌담을 더듬어 눈물짓다
쳐다보면 하늘은 부끄럽게 푸릅니다.

풀 한 포기 없는 이 길을 걷는 것은
담 저쪽에 내가 남아 있는 까닭이고,

내가 사는 것은 다만,
잃은 것을 찾는 까닭입니다.

　4학년 2학기 개강하기 하루 전날에 쓴 이 시의 첫 번째 문장이 완전합니까? 어때요? 주어도 없고 목적어도 없지? 이럴 때 독자의 주의를 환기시킬 수 있습니다. 뭔가 사태가 심각합니다. 무얼 어디에다 잃었는지 몰라 두 손이 주머니를 더듬어 길에 나아갑니다. 자, 그 다음을 보세요. 담은 쇠문을 굳게 닫아 길 위에 긴 그림자를 드리웁니다. 돌과 돌담과 쇠문은 유사한 이미지로 연결되지요 돌, 돌담, 쇠문. 어때요 뭐 방해하고 가로막고 불길한 것을 상징하겠지요. 돌은 방해하고, 돌담은 가로막고, 쇠문은 금지하는 것의 상징…… 아주 폭압적이고 공포를 유발하는 그런 것이에요. 돌, 돌담, 쇠문과 반대되는 위치에 놓인 시어가 무엇입니까? 바로 길입니다. 금지에서 규범으로 자리가 옮겨져요. 돌과 돌담과 쇠문은 제약과 억압의 상징인 반면에, 길은 자유와 소통을 상징하고 있습니다. 소통하기 때문에 저녁에서 아침으로 아침에서 저녁으로 이어지고 있는 거지요.

돌담을 더듬어 눈물을 짓다가 하늘을 쳐다보면 부끄럽게 푸릅니다. 참 아름다운 표현이지요. 자신이 부끄러운 걸 느낄 만큼 하늘이 푸르게 보인다. 윤동주는 부끄러움도 참 많습니다. 그만큼 그는 결벽증이 많아요. 결벽증이 많으니까, 또 여자도 없는 거야. 윤동주하고 나하고 비슷한 게 있어. 여자가 없었어. 나는 그래도 늦게나마 집사람을 만났지만. 윤동주는 빨리 죽는 바람에 아내도 못 만나고 죽었죠. 그렇다고 내가 결벽증이 있다는 건 아니에요. 나도 윤동주처럼 죽고 난 다음에 유명해지는 건 아닐까 하는 생각이 들 때가 간혹 있어요. 현실적으로는, 내 무수한 글들을 아무도 인정해 주지 않아서 그래. 죽고 나서 유명해지는 거. 아무 소용없어. 살아 있을 때 유명해져야 좀 재미있게 살지. 그래서 요즘 기분이 좀 안 좋아. 나도 윤동주처럼 죽고 난 다음에 유명해질 것 같아서. 음…… 저 끝에서 미소 짓는 여학생, 뭐가 그리 좋은지? (사이를 두고) 내가 윤동주에 관해 강의를 하다 보니 그와 동일시되는 면이 없지 않아요. (학생들의 웃음) 어쨌거나, 프로이트가 「나르시시즘에 대하여」(1914)에서 '인간이 자기 앞에 이상으로 투사하는 것은 그의 어린 시절에 잃어버린 자기애(나르시시즘)의 대리물이다.'라고 했듯이, 윤동주가 잃어버린 것도 자기 자신, 혹은 자기애의 대리적 형성물이라고 하겠지요. 그는 잃어버린 게 무언지를 끝내 밝히지 않습니다.

자. 그 다음에 한번 보세요. 풀 한 포기 없는 이 길을 걷는 것은…… 이 길은 어떤 길입니까? 현실에 처해 있는 삶의 조건이지요. 현실에 놓여 있는 길이야. 담 저쪽에 내가 남아있는 까닭이요, 담 너머에 또 내가 있습니다. 지금 현실의 길 풀 한 포기 없는 이 길을 내가 걷고 있고…… 이게 현실의 나이지요. 담 너머에 또 내가 있는데 담 너머의 나는 이상적 자아의 모습이에요. 마지막 연을 보세요. 내가 사는 것은 다만 잃은 것을 찾는 까닭입니다. 처음부터 잃었다고 하는데 잃은 것이 과연 무엇이겠느냐? 잃은 것은 바로 담 너머의 나예요. 나를 잃어버린 거야. 자아이상의 상실. 잃은 것은 본래 순수한 자아이상입니다. 내 삶의 의미가 잃어버린 자기를 찾는다는 데 있다는 것. 윤동주의 의도와 상관없이 내용이 상당히 불교적입니다. 불교에서는 잃어버린 자신(자아, 자기)을 찾아라, 라고 가르치고 있습니다. 심우도(尋牛圖)라고. 소를 치는 아이가 잃어버린 소를 찾는다는 얘기의 그림, 들어보았어요? 불교에서 소를 찾는 것은 본래의 자기 모습을 찾는 것의 상징입니다. 지금 윤동주가 잃어버린 것을 찾는다는 것은 자아이상을 찾는 것입니다. 잃어버린 나를 찾는 것은 담 저쪽의 나를 찾는 것. 담 저쪽의 나는 다름 아니라 참 자기입니다. 이러한 모습을 보이는 것은 윤동주 자신이 스스로 자아이상의 형성을 실현해가고 있다고 볼 수 있어요.

그런데 말이죠. '잃은 것' 하는 부분에 줄을 긋고 조국이라고 적어 넣으면 참 수준이 낮은 거야. 무슨 말인지 알아듣겠지요. 여러분이 고등학교 시절에 시를 배울 때 걸핏하면 교과서에 줄을 긋고는 '조국 광복의 염원'이라는 글을 적어 넣었잖아요? (학생들, 큰 소리로 웃는다.) 자, 이때 잃은 것은 본래의 자기 모습. 순수한 자기 모습. 조국? 조국 말고도 우리말글도 잃었지. 이런 말 하면 좀 나아요. 이 시는 쉽게 쓰였죠? 한자어가 있어요, 없어요? 없지요.

자, 그럼 정리를 해봅시다. 윤동주는 우리의 말과 글을 쓰지 못하게 하는 시대의 돌과 돌담과 쇠문의 상징성에, 무엇보다 사회적 규율이 강고한 시절에, 조선의 정체성에 관해서라면 모든 걸 금기시하는 그 시대에, 금기를 깨면서 자신을 지키며 사랑하고, 또 우리말을 지키며 사랑하는 삶의 자세를 보여주었습니다.

4. 우물에 비친 나 : 자기애의 거울효과

우리는 원초적인 욕구, 목이 마르면 물을 마시고 싶은 욕구, 배가 고프면 음식을 먹고 싶은 욕구 등이 있습니다. 원초적인 욕구. 그게 바로 이드(원본능)입니다. 여기에는 성욕도 포함되지요. 대체로 남자의 성욕은 훔쳐보는 성욕이고, 여자의 성욕은 보여주는 성욕이에요. 훔쳐보기와 보여주기는 음양의 하모니를 빚습니다. 지나치면 관음증과 노출증이라는 병적인 증후가 생겨 음양의 건강한 조화는 깨집니다. 자아는 대체로 현실적 자아이고, 초자아의 일부는 양심적 자아입니다. 윤동주 시에서는 대부분 현실적 자아와 양심적 자아가 대립과 갈등을 일으키고 있습니다. 자아는 하나만 존재하는 것이 아니고 여러 가지 자아가 존재합니다. 양심적 자아, 지각적 자아, 이상적 자아 등등의.

심리학이나 정신분석학에서는 자아와 자기를 구별해서 사용합니다만, 우리 인문학에선 이 두 가지를 일반적으로 같은 개념으로 사용합니다. 내가 굳이 구별해서 사용해야 할 이유가 없는 듯해서 나 역시 그래요.

문학과 철학, 심지어 예술비평에 있어서도 참 자아니 거짓 자아니 하는 용어를 자주 사용합니다. 사실상 이 용어는 '참 자기(true-self)'와 '거짓 자기(false-self)'라는 말에서 가져온 말입니다. 가장 쉽게 설명하면, 현존의 상태 그대로 살아가는 자기의 모습을 가리켜 참 자기라고 하고, 환경 등으로 인해 어쩔 수 없이 적응해 사는 자기의 모습을 두고 거짓 자기라고 이해합니다. 나는 윤동주의 시과 삶에 관한 한, 우선 자아의 개념부터 적용해 말하려고 해요. 다만 앞으로 참 자아와 거짓 자아의 개념은, 참 자기와 거짓 자기의 개념으로 수용하려고 합니다.

윤동주는 부끄럽지 않게만 살았을까요? 우리가 모르는 소소한 부끄러움을 가지면서 살았어요. 이 말은 윤동주가 죽은 다음에 해방이 되고, 전쟁을 겪고, 분단이 되고, 경제적으로 성장을 추구하고, 민주화를 이룩해 나아가면서 오늘날까지 온 한국인들에게 큰 울림을 주었습니다. 우리나라 근현대시에서 이 시만큼 큰 울림을 주는 시는 많지 않습니다. 별을 노래하는 마음으로 모든 죽어가는 것을 사랑해야겠다. 그리고 나한테 주어진 길을 걸어가야겠다. 자, 부끄러움을 가지고 있었지만 그 부끄러움이 있음에도 불구하고 나한테 주어진 길을 걸어가야겠다고 했으니 윤동주는 건강한 자아를 가지고 있었다고 볼 수 있을 거예요. 어느 심리학자는 자아를 두 개로 나눕니다. 건강한 자아와 병든 자아 말이죠. 병든 자아라고 해서 불필요한 것은 아니지요. 윤동주는 전형적으로 건강한 자아에 해당합니다. 앞으로 여러분도 '나'의 자아상을 정립해야 할 것입니다. 물론 아직도 진행 중이라고 볼 수 있겠지요. 여러분도 정말 중요한 시기에 처해 있습니다. 앞으로 여러분은 진정한 자기 모습을 여러분 스스로 만들어갈 것입니다. 여러분이 건강한 자아를 가지는지, 병든 자아를 가지는지는 여러분이 인식하는 대로 될 것입니다. 그 건강한 자아가 뭐냐 하는 것입니다. 여러분도 살아가는 데 위기가 여러 번 올 것입니다.

삶의 고비가 위기를 통해서 더욱 성숙해지는 자아, 이런 게 건강한 자아입니다. 변화에 대응하면서 도전의 위기를 기회로 만드는 자아가 건강한 자아입니다. 병든 자아는 상상과 현실을 구분 못하는 자아, 분열된, 쪼개진, 망가진 자아라고 볼 수 있습니다.

　20년 전에 이런 일이 있었어요. 지나친 자기애, 나르시시즘, 병적 자기애를 가진 한 소녀가 있었죠. 교회에 늘 나가는데 교회 성경학교 대학생 선생님을 짝사랑했어요. 자기가 사랑하면 그 사람도 자기를 사랑할 것이라고 집착하게 되었죠. 살아가면서 무수히 만나는 게 남자인데, 그 남자가 아니면 안 된다는 생각에 사로잡혔죠. 이를 망집이라고 하죠. 현실을 착각했던 거지요. 그 소녀는 남자 앞에서 이런 모습을 해도 당신이 하나님의 사제라면 나를 사랑할 것이라고 해서 옷까지 벗었어요. 그래도 남자의 반응이 냉랭해 소녀는 끝내 종탑 위에 올라가 투신자살을 감행하였어요. 이 이야기는 꼭 옛날 그리스 신화에 나오는 나르키소스 신화랑 똑같습니다. 또 고대나 중세의 무슨 연극도 아니고. 이게 바로 병든 자아예요. 상상과 현실을 구별하지 못하고 상상이 곧 현실이라고 생각하는 것.

　이런 점에서 볼 때 윤동주는 부끄러움에도 불구하고 자신에게 주어진 길을 묵묵히 걸어서 가야겠다고 마음을 가다듬었다는 것은 굉장히 주체적이고 건강한 자아라고 볼 수 있어요. 대체로 보아서 이 부끄러움을 아는 사람은 자기를 아는 사람입니다. 현실적 자아와 이상적 자아 사이의 큰 괴리가 생깁니다. 자기를 안다는 것은 자기의 한계를 안다는 것입니다. 윤동주는 자기의 한계, 또 인간의 한계를 알았습니다. 인간은 불완전하고 유한한 존재이며, 신은 완전한, 영원한 존재라고 생각했습니다. 윤동주는 신 앞에 선 인간의 겸허한 마음으로서 부끄러움을 가졌습니다.

윤동주는 기독교적으로 부끄러움을 아는 사람이었습니다.

　윤동주가 건강한 자아를 가졌다는 사실은 그 다음 시편인 「자화상」을 보아도 알 수 있습니다. 산모퉁이를 돌아 논가 외딴우물을 홀로 찾아가선 가만히 들여다봅니다. 우물 속에는 달이 밝고 구름이 흐르고 하늘이 펼치고 파란 바람이 불고 가을이 있습니다. 그리고 한 사람이 있습니다. 이 사람은 자기 자신입니다. 어쩐지 이 사나이가 미워져 다시 돌아간답니다. 돌아가 생각해 보니 그 사나이가 가엾어집니다. 이 부분을 보면 자기혐오에서 자기 연민으로 바뀌는 부분입니다. 일종의 정화가 된 것이지요. 자기혐오를 지속하지 않았습니다. 도로 돌아가 들여다보니 그 사나이는 그대로 있습니다. 다시 그 사나이가 미워져 돌아갑니다. 도로 자기혐오에 빠집니다. 여기에 머물면 건강한 자아가 아니라고 할 수 있겠지요. 자기의 성장을 차단시키고 방해하는 겁니다. 그러다가 돌아서 생각하니 그 사나이가 그리워진다고 했습니다. 마침내 자아(자기)를 긍정하는 것이지요. 건강한 자아로 회귀한 거지요. 이런 점에서 윤동주는 건강한 자아의 소유자라고 평가할 수 있겠어요.

　　산모퉁이를 돌아 논가 외딴우물을 홀로 찾아가선
　　가만히 들여다봅니다.

　　우물 속에는 달이 밝고 구름이 흐르고 하늘이 펼치고
　　파아란 바람이 불고 가을이 있습니다.

　　그리고 한 사나이가 있습니다.
　　어쩐지 그 사나이가 미워져 돌아갑니다.

돌아가다 생각하니 그 사나이가 가엾어집니다. 도로 가 들여다보니
사나이는 그대로 있습니다.

다시 그 사나이가 미워져 돌아갑니다.
돌아가다 생각하니 그 사나이가 그리워집니다.

우물 속에는 달이 밝고 구름이 흐르고 하늘이 펼치고
파아란 바람이 불고 가을이 있고 추억처럼 사나이가
있습니다.

이 시는 연희전문학교 문과 학생들의 교우지인 『문우(文友)』(1941)에
「우물 속의 자상화(自像畵)」로 발표된 것이 텍스트 변이를 일으켜 정착한
시입니다. 이 시의 내용을 보면 심리학 내지 정신분석학에서 말하는 용
어 가운데 성반되는 두 개념이 개입될 수 있습니다. 하나는 이른바 '이
인(離人) 현상(depersonalization)'이란 개념이요, 다른 하나는 '거울 효과
(mirror-effect)'라는 개념입니다.

자기 자신을 미워한다? 자기 자신을 두고 '사나이'라고 하면서 남처럼
바라보고 있습니다. 이것을 가리켜 심리학적으로 '이인 현상'이라고 하
는데 증세의 심각성에 따라 이인성 장애, 이인증이라고도 합니다. 자신
이 낯설게 느껴지거나 자신과 분리된 느낌을 가지는 것. 윤동주 역시 이
시에서 자신을 두고 타인이라고 느끼고 있습니다. 나로부터 나를 떼어
놓고 있어요. 어린 아이가 처음에 거울을 바라볼 때면 스스로 거기에 비
친 자기 모습에 눈을 돌리고 고개를 돌릴 것입니다. 나로부터 나를 떼어
놓는다는 심리적인 현상이라고 할 수 있어요. 그러니까 스스로를 회피
하는 것, 나 자신을 직시하지 않고 회피하는 것입니다. 유아가 거울 속에

자기 모습을 두려워하며 '이것은 내가 아냐!'라고 하는 것과 똑같습니다. 자기혐오에 빠져서 지속이 되면 심각한 정신적 문제가 일어나게 되는 것입니다. 성장하여서도 익숙한 사람이나 사물이 낯설게 보이고 세상을 생소하거나 비현실적으로 지각하게 되면 문제가 됩니다. 그의 경우는 정신병리적이라기보다 하나의 심리 현상으로 나타나는 거라고 봐야겠지요.

(학생의 의견 : 내가 누구인지 또 내가 과연 진짜 내가 맞는지에 대한 숙고와 가슴앓이, 또 밝은 깨달음 등을 경험한 것은 비단 윤동주만이 아닐 것입니다. 저 역시 그런 생각을 물론 해보았습니다. 그렇게 경험을 해보았기 때문에 이번 강의는 더 잘 기억에 남고 정서적으로 와 닿았던 것 같습니다. 지금의 나, 과거의 나를 부정하는 사람이 있을 것이고 과거의 자신을 떼어내고 더 나은 자신으로 나아가는 사람도 있을 것입니다. 과거의 나를 생각해 보면 지금의 자신을 부정한다기보다 끊임없이 미래의 내가 이상적으로 생각하는 나를 항상 그려왔던 것 같습니다. 현실의 내가 어딘가 마음에 들지 않기 때문에 사람들은 끊임없이 무언가의 목표를 세우고 그것을 이루기 위해 다른 것들을 희생하면서 지금을 바치는 것 같습니다. 윤동주 역시 살아가는 시대 자체가 암울하고 현실에 만족할 수 없기 때문에 망연한 자신을 깨워줄 지조 높은 개나 흰 그림자를 물리치려고 시 속에 결국은 이겨내는 자아를 등장시키는 것 같습니다. 저 역시 과거에 지금의 통통한 몸보다 언젠가 살을 빼서 날씬해진 내 모습을 진짜 나라고 생각하고 지금의 나는 단지 준비과정이고 스쳐가는 과정이라고 생각하고 중점을 미래에 많이 두었습니다. 그렇게 생각하고 보면 그때의 순간도 늘 현재의 나고 진짜의 나였는데 그 사실을 그때는 몰랐기 때문에 무언가 잃어버린 느낌도 들기도 했습니다. 과거의 나를 부정하지는 않지만 그래도 나를 두 개의 자아로 나누어서 생각해 본 경험이 있었기에 이번 교수님 강의를 공감하면서 청강할 수 있었습니다.)

시편 「자화상」과 관련해 또 하나 제기되는 담론은 거울 효과예요. 사람은 자신의 상태에 따라서 다른 사람에게 좋게 보이거나, 혹은 나쁘게 보이거나 할 수도 있습니다. 또 사람은 거울을 보면서 잘못된 것을 알면 수정할 수 있습니다. 옛날에 해외여행을 가면 현지 사람이 비디오 촬영을 해주면서 돈을 받기도 하는데 비디오에 찍힌 자신의 모습이 부끄럽다는 생각도 할 수 있습니다. 사람이 반성적 사고를 할 수 있다는 근거가 되는 것. 말하자면, 이게 바로 거울 효과예요. 여러분이 일기를 쓴다면, 말할 것도 없이 좋은 거울 효과죠. 윤동주에게 있어서 우물 역시 거울입니다. 우물 속의 자신을 들여다보면서 자신을 발견하는 것. 이런 행위를 되풀이하면 세상의 유혹에서 벗어나게 하는 효과가 있어 언행이 항상 조심스러워지겠죠. 한자문화권 사람들은 예로부터 역지사지(易地思之)니 신독(愼獨)이니 하면서 일종의 거울을 비추어보는 자아의 반성을 생활 속에서 추구해 왔던 것입니다. 윤동주도 유교적 교양이 몸에 배여 있었기에 생활 속의 자기반성, 참 자기의 찾기가 가능했으리라고 보입니다.

5. 참회록을 쓴 건강한 자아의 부끄러움

윤동주의 거울은 초고(草稿)도 아닌 습작의 메모로 남아 있는 시편 「참회록」에서 파란 녹이 긴 구리거울로 형상화되어 있습니다. 구리거울 속에 내 얼굴이 남아 있는 것은 구리거울 속에 갇혀 있는 내 자아를 확인하는 것에 다름 아닙니다. 유아는 엄마의 얼굴을 거울로 생각한다고 해요. 엄마의 모습을 통해 자기의 모습을 발견한다는 것. 그러면서 자아를 형성해 나간다고 해요. 이를 두고 이른바 '미러링(mirroring)'이라고 해요. 따라서 이 시는 자신을 비추어본 또 한 편의 윤동주 시라고 하겠지요.

파란 녹이 낀 구리거울이 시의 소재네요. 구리거울이라는 시어를 쓴 것만으로도 그가 우리말에 대한 의식이 있었음을 보여줍니다. 그가 살던 시절만 해도 보통 구리거울이라 잘 하지 않고 동경(銅鏡)이라고 했어요. 그가 굳이 구리거울이라고 한 것은 우리말에 대한 애호의 감정이 엿보인다고 할 수 있어요. 박물관에 보면 청동거울 많이 있죠? 자기 얼굴이 비춰집니까? 안 비춰지죠. 녹이 슬었는데 무슨 거울 구실을 하겠어요? 그는 마음의 눈으로 청동거울에 자신의 모습을 비춰봅니다. 이를 가리켜 좀 어려운 표현이지만 심안(心眼)의 내관(內觀)이라고 할까요? 이것은 본디 불교 용어로 사용되었어요. 마음을 고요히 해 자신을 세밀히 관찰하는 것이라는 뜻인데 윤동주가 이를 의식한 것은 결코 아닙니다. 내가 그냥 갖다 붙여본 거예요.

여러분이 자료를 보는 바와 같이, 그는 먼저 참회의 글을 한 줄에 줄이자고 했고, 또 내일이나 모레나 그 어느 즐거운 날에, 또 다른 한 줄의 참회록을 써야 한다고 했어요. 그것은 바로 젊은 나이에 부끄러운 고백을 했다는 것에 대한 참회예요. 처음에 부끄러운 고백을 하고, 또 다시 부끄러운 고백을 하고 있어요. 처음에는 기쁨을 바라면서 살아오지 않았음에 대한 반성이요, 두 번째는 왜 또 그렇게 말하지 않으면 안 되었느냐 하는 반성에 대한 반성이라고 할 수 있겠습니다. 앞엣것은 제1차적인 자기반성이라고 한다면, 뒤엣것은 철학적인 용어 비슷한 메타적 자기반성이라고 언표해도 되겠어요. 이러한 반성에 대한 반성은 부끄러움에 대한 부끄러움이기도 해요.

시편 「참회록」에서도 현실적 자아와 이상적 자아가 나누어져 나타나는데 그는 죄의식에 사로잡혀 있어요. 이는 이 시의 배경이 윤동주 자신이 스스로 자신의 이름을 버리고 일본어 '히라누마 도츄(平沼東柱)'로 창씨개

155

명할 자신에 대한 반성이 되기 때문이에요. 이 시는 그가 창씨개명을 하겠다고 마음을 먹고 쓴 시입니다. 일본으로 유학을 가려면 도항증명서를 받아야 하기 때문이죠. 이 시를 쓴 메모지에 도항증명이란 낙서가 당시 그의 흔들리는 심경을 잘 나타내 주고 있습니다. 그는 이 시를 쓴 사흘 후에 학교에 가서 창씨개명을 신청했습니다. 그는 내일이나 모레나 그 어느 즐거운 날에, 또 한 줄의 참회록을 써야 한다고 했어요. 며칠 후에 창씨개명을 신청하거나, 먼 훗날에 해방이 되거나 하면, 또 다시 참회해야 한다는 것. 무얼 뜻할까요? 자신이 메모지에 '비애금물'이라는 낙서를 썼듯이 슬픈 현실을 지나치게 슬퍼하지 말자는 것. 즐거운 날이 찾아와도 자신의 부끄러움을 지나치게 부끄러워하지 말자는 게 아닐까요?

윤동주의 시 세계에서 하나로 꿰뚫고 있는 감정적인 심리가 존재하고 있다면, 이것은 부끄러움일 것입니다. 그가 자아이상을 추구하는 데 현실적인 장애 요인이 가로놓인다면 부끄러움을 통해 자신의 내부 이미지를 보호하려고 합니다. 그의 부끄러움에 관해서는 우리 세대의 선학(先學)들이 다각도로 이미 해석한 바 있었지요. 그에게 있어서의 부끄러움은 결코 가볍게 여길 수 없는, 시 창작의 긴요한 아이템이라고 할 수 있지요. 앞면의 화면에 적시되어 있는 내용을 바라볼까요. 이 네 분은 윤동주의 부끄러움에 관해 다르게 표현, 해석하고 있지만 그 골자는 보는 바와 같이 대동소이합니다.

김현 : 자기 혼자만 행복할 수 없다는 아픈 자각의 표현
김용직 : 이웃과 동포, 피를 나눈 민족에 대한 죄의식
오세영 : 저항하지 못함에 대한 의식의 갈등 및 내적 독백
김흥규 : 순수에의 지향에 대한 현실적 자아의 부끄러움

요컨대, 시대적 양심을 지키지 못한, 또 현실과 타협할 수밖에 없었던 자신에 대한 반성의 시편이 바로 「참회록」이라고 하겠습니다. 처음에는 아무런 기쁨이 없이 나는 이때까지 살아왔다고 단순히 반성만 했는데, 나중엔 왜 그런 식으로 반성했냐고 또 다시 반성하고 있어요.

여기에서 자기반성은 부끄러움이란 감정의 그늘을 동반합니다.

그러나, 부끄러움은 마냥 부정적인 것만은 아니에요. 마음에 귀를 기울이면 누구나 부끄러움을 가집니다. 귀 이(耳) 자와 마음 심(心) 자를 합하면 부끄러울 치(恥) 자가 되는 이치입니다. 공자는 『중용』에서 '지치근호용(知恥近乎勇)'이라고 했어요. 부끄러움을 아는 것이야말로 용기에 가깝다는 뜻이에요. 공자는 부끄러움을 아무나 행할 수 없다고 해서, 말하자면 용기로 본 것입니다. 윤동주의 부끄러움 역시 하나의 용기라고 할 수 있어요. 불교에서도 부끄러움을 긍정적으로 본 대목이 있군요. 『불설장아함경』 제9권에 의하면, '지혜와 범행을 의지해 머물되 부끄러워하는 마음을 이끌어내면서 사랑하고 공경하면, 이것이야말로 법(진리)을 이루는 첫 인연이다.'라고 했어요. 시편 「참회록」을 보면 현실적 자아와 양심(자아이상)이 서로 첨예하게 부딪치고 있습니다. 창씨개명에 대한 부끄러움. 부끄러운 것을 고백하는 것을 용기라고 한다면, 부끄러운 고백에 대해 또 다시 부끄러움을 가지는 것은 용기에 대한 참용기라고 할 수 있어요.

윤동주의 부끄러움은 현존하는 그의 마지막 시로 알려진 「쉽게 씌어진 시」에까지 이어지고 있습니다. 인생은 살기 어렵다는데 시가 이렇게 쉽게 쓰이는 것은 부끄러운 일이다. 우리 감정 중에는 양심에 미치지 못한 경우에 느끼는 부끄러움이 있고 잘못한 일에 대해 처벌받을 거라는 두려움이 있습니다. 존경하는 사람을 보면서 느끼는 선망도 있습니다. 루스 베네딕트라는 여성 문화인류학자가 있었습니다. 그녀는 청각장애자였고 동성애자였습니다. 동성애 애인은 마거릿 미드. 두 사람 모두 문화인류학자로서 굉장히 유명한 사람이죠. 이 루스 베네딕트는 일본 문화에 관한 책을 냈습니다. 『국화와 칼』. 여러분도 알죠? 책을 낸 지 70년이 넘었는데 아직도 잘 팔리고 있는 책이에요. 국화는 천황과 평화를 상징하고, 칼은 사무라이와 전쟁을 각각 상징합니다. 일본 문화를 가장 적

미국의 문화인류학자 루스 베네딕트(1887~1948)의 모습. 그는 2차 세계대전 중에 미국 정부의 지원을 받으면서 일본 문화에 대한 연구를 시작했고, 이 결과로 『국화와 칼』을 간행함으로써, 학자로서 세계적인 명성을 얻었다.

확하게 꿰뚫어본 이 책에는 문화의 유형에는 죄책감과 수치심의 문화가 있다고 말하고 있어요. 일본은 수치의 문화입니다. 죄의 문화가 아닙니다. 반면에 기독교 문화는 죄의 문화입니다. 원죄로 시작해서 원죄로 끝나는 게 기독교예요. 우리나라도 물론 '염치'를 중시하는 유교적 수치 문화권에 속하기도 하지만, 일본에 비해 상대적으로 죄의 문화권에 가깝게 포함될 수 있습니다. 한국인의 심성에는 처벌하는 아버지의 표상이라고 할 수 있는 염라대왕이 항상 자리하고 있죠. 농담 하나 할까요. 한국인의 마음에는 늘 세 명의 대왕이 존재해 있다고 해요. 세종대왕과 광개토대왕. 그리고 염라대왕. (학생들 웃음) 한국인에게 영향을 미친 죄의식은 염라대왕 때문이 아닐까요? 우리가 일본보다 훨씬 기독교화가 되었던 까닭도 이러저러한 죄의식과 관련되는 거예요. 전쟁 책임과 위안부 등의 과거사에 대해, 반성도 사과도 안 하는 대다수의 일본인을 볼 때 그들의 죄의식에 관한 한 낮은 수준을 엿볼 수가 있다는 겁니다. 일본 문화의 부끄러움은 처벌에 영향을 주는 문화입니다. 반면에, 윤동주가 말하는 부끄러움은 사랑과 존경심에 영향을 주는 문화입니다. 이런 점에서 부끄러움에도 서로 다른 특성이 있어요. 부끄러움에도 건전한 부끄러움이 있고, 또 불건전한 부끄러움이 있어요. 건전한 부끄러움은 자기를 계발시키고 도덕적 지침이 됩니다. 그러나 불건전한 부끄러움은 자기혐오로 발전합니다. 악화되는 것이지요. 그의 시편 「쉽게 씌어진 시」에 드러난 부끄러움은 상당히 건전한 부끄러움이라고 볼 수밖에 없습니다. 자기를 고양시키거나 계발시킵니다. 시적 화자 나는 최후의 나로서 시대의 아침을 기다립니다. 나는 나에게 작은 손을 내밀어 최초의 악수로써 함께 눈물짓고 위안합니다. 현실적 자아와 양심적 자아가 서로 공감과 유대감을 확인함으로써 스스로를 고양시키고 계발시킵니다.

6. 백골이 진토가 되는 한국인의 죽음

다음은 「또 다른 고향」을 살펴봅시다. 이 시에서도 두 개의 자아가 고민하고 있어요. 윤동주에게는 늘 두 개의 자아가 존재해 있습니다. 고향에 돌아온 날 밤에 내 백골(白骨)이 따라와 한 방에 누웠다. 그는 고향에 돌아왔습니다. 분명히 이 '나'는 현실적 자아일 것입니다. 그런데 '나'만 온 것이 아니라 백골까지 따라왔습니다. 이 백골은 무엇이냐? 존재의 박탈감, 죽음. 이런 것을 가리키죠? 백골은 심리적 혼돈 상태, 텅 빈 마음, 공허감, 미래에 대한 불확실성이에요. 백골과 대조되는 것은 아름다운 영혼이라는 거예요. 이것은 일종의 또 다른 자아, 양심적 자아라고 할 수 있겠지요. 군이 프로이트를 들먹이지 않아도 '나'는 현실의 자아이고, 자아와 영혼 사이에 존재하는 백골이 거짓 자기라면, '아름다운 혼'은 참자기 내지 '자아이상'이라고 볼 수 있어요. 다시 말하면, 백골은 자아라기보다, 자아의 박탈 상태라고도 할 수 있어요.

여기에서는 우선 백골을 중심으로 해 자아의 분열상이 보입니다. 이시에서 현실적인 자아와 양심적인 자아는 서로 분열되어 있습니다.

고향에 돌아온 날 밤에
내 백골이 따라와 한 방에 누웠다.

어둔 방은 우주로 통하고
하늘에선가 소리처럼 바람이 불어온다.

어둠 속에 곱게 풍화 작용하는
백골을 들여다보며,

눈물짓는 것이 내가 우는 것이냐
백골이 우는 것이냐
아름다운 혼이 우는 것이냐

지조 높은 개는
밤을 새워 어둠을 짖는다.
어둠을 짖는 개는
나를 쫓는 것일 게다.

가자 가자
쫓기우는 사람처럼 가자
백골 몰래
아름다운 또 다른 고향에 가자.

　아름다운 혼이라는 또 다른 나를 일깨우면서 끊임없이 자기의식을 각성시키는 것은 개가 짖는 소리입니다. 윤동주는 알다시피 독립운동이라는 현실 변혁에 참여하지 못하고 오로지 공부만 하였습니다. 독립운동 단체에 가입하려다가 일이 좀 잘못된, 필생의 지기(知己)이자 사촌 형인 송몽규와는 다르지요. 개가 짖는 소리가 끊임없이 양심을 일깨워 주고 있습니다. 그 개 짖는 소리는 자기를 비난하는 것 같습니다. 양심을 각성시키는 소리랄까? 동주야, 네가 공부만 하면, 다냐, 멍멍…… 너, 앞으로 일본으로 유학가려고 창씨개명할 거지, 멍멍멍…… 이 개야말로 바로 지조로 투사된 상징물인 거죠. (윤동주가 밤을 지새우면서 짖는 개를 가리켜 '지조가 높다.'라고 했는데, 영문학자로 유명하고 비평적 형식주의자로 잘 알려진 이상섭 연세대 명예교수는 개를 지사나 충성심의 상징이라고 엄숙하게 해석하는 것은 잘못이며, 이 대목에서 독자가 윤동주 특유의 아이러니를 이해해야 한다고 했어요.) **그래서 쫓기는 사람**

처럼 가자. 어디로? 아름다운 혼이 있는 또 다른 고향으로 가자는 겁니다. 윤동주는 자기 자신을 이상화시킨 겁니다. 그 시대에 자신과 자신의 이상화시킨 모습이 괴리감을 불러일으킬 때, 부끄러움이 생긴 거예요.

윤동주가 일본에서 쓴 시들이 대체로 「또 다른 고향」과 유사한 면을 보이고 있어요. 먼저 「흰 그림자」를 봅시다. 그림자 자체가 영혼이 없지요? 흰 그림자라고 하면 더 영혼이 없는 것처럼 보이죠. 이 흰 그림자는 「또 다른 고향」에서의 백골과 같은 개념이라고 보면 되겠어요.

윤동주는 일본으로 유학을 갔습니다. 그의 유학중인 현실적 자아는 거짓 자기일 가능성이 높습니다. 내가 제1교시에서 말했지요. 현존의 상태 그대로 살아가는 자기의 모습을 가리켜 참 자기라고 하며, 환경 등으로 인해 어쩔 수 없이 적응해 사는 자기의 모습을 두고 거짓 자기라고 한다고. 새로운 환경에 적용해야 할 자기의 모습이니까요. 이제 어리석게도 모든 것을 깨달은 다음에, 오래 마음 깊은 속에 괴로워하던 수많은 나를 하나, 둘 제 고장으로 돌려보내면…… 하면서 자아 분리의 상태를 경험하고 있습니다. 자기의 마음속에는 또 다른 무수한 자아들이 존재하니, 이 자아들을 돌려보내야 된다고 생각했습니다.

거리 모퉁이 어둠 속으로 소리 없이 사라지는 흰 그림자들은 거짓 자기와 참 자기의 중간 지대에 놓인 자아상일 터입니다. 아까 말했던 백골처럼 말예요. 이번에는 자기의식을 일깨우는 것이 지조 높은 개가 아니라 (시의 본문을 보면 알 수 있듯이) 신념이 깊은 의젓한 양이에요. 개 짖는 소리는 하루 종일 시름없이 풀포기나 뜯는 이미지로 변형됩니다.

현존의 자아만이 참 자기라고 볼 수 있는가? 현실적 자아를 참 자기로 보느냐, 아니면 양심적 자아를 참 자기로 보느냐 하는 것은, 보는 사람에 따라, 혹은 관점에 따라서 다릅니다. 내 생각은 다음과 같아요. 일단, 윤동주는 지금 여기의 나를 참 자기로 보지요. 사람들은 자신이 모르는 사람으로 변하는 것을 굉장히 두려워하죠. 이것 때문에 정신적으로 무너지기도 합니다. 이런 경우에는 과거의 이미지 속에 존재하는 나를 참 자기로 봅니다. 마찬가지로, 지금 현존하는 나를 거짓 자기로 보기 때문이겠지요. 이것이 자아의 분열입니다. 왜 그럴까? 그때가 좋았지. 옛날에 돈도 잘 벌고, 주위에 여자도 많았지. 술도 멋지게 마시고 말이야. 지금 이 모양 이 꼴이 난 너무 싫다구. 현재의 나를 부정하고 과거 속에 사로잡혀 매몰되기 때문이에요.

윤동주는 단호하게 과거의 나를 거짓 자기로 보고 현재의 나를 참 자기로 보고 있어요. 항상 거짓 자기와 참 자기는 서로 붙어있습니다. 떼려야 뗄 수 없는 관계입니다. 이것을 떼어내야 합니다. 많은 사람은 거짓 자기에 붙어있는 참 자기를 떼어내려고 노력하지만 잘 되지 않죠. 윤동주는 바람직하게도 참 자기에 붙어있는 거짓 자기를 떼어내려고 노력하고 있어요. 이 거짓 자기가 바로 백골이니 흰 그림자가 아닐까요? 양은 딴 데 나갔다 와도 풀만 뜯습니다. 굉장히 온순한 존재이지요. 살아가기 위해 풀만 뜯는 양을 보면서, 그는 스스로 반성을 촉구합니다.

윤동주가 동경 유학 시절에 쓴 시 중에 「사랑스런 추억」이 있습니다. 이 시는 과거 속의 나, 추억 속의 나를 애틋하게 기억하고 있는 시라는 점에서 「흰 그림자」와 조금 차이가 있습니다. 그는 동경(東京) 교외 어느 조용한 하숙방에서, 서울 시절의 추억의 옛 거리에 남은 과거의 '나'를 그리워합니다. 추억 속의 나를, 거짓 자기를 떼어내지 못하는 윤동주의 인간적이고 애틋한 시입니다. 앞의 시처럼 추억 속의 나마저 떼어내 버리려고 한다면, 윤동주는 좋게는 구도자적인 인간, 나쁘게는 독종의 인간이라고 볼 수도 있겠죠. 과거의 나에 대한 애틋함을 간직하고 있으니까요. 과거의 나, 현존하는 나의 맞섬을 설정하고 있는 시입니다. 이런 맞섬의 과정 속에서, 그의 시는 건전한 자아 형성에 기여하고 있다고 볼 수 있겠네요.

윤동주는 남 앞에 나서서 남을 리드하기보다는 남이 하자는 대로 따라가는 일이 많았어요. 그의 인생에서 거의 마지막에 해당하는 삽화예요. 일본 교토의 도시샤 대학에서 유학하던 시절에 동급생들과 야유회를 갔어요. 교토의 천변에서 식사를 하고 쉬고 있을 때 누군가가 제안합니다. '어이, 히라누마(平沼-윤동주의 일본식 이름) 군. 노래 한 곡 불러보지.' 이때 그는 일본인 친구들 앞에 주저하지 않고 조선어로 아리랑을 부릅니다. 이 장면을 기억하고 있는 그때의 한 여학생에게는 (지금도 백세 가까운 파파 할머니가 되어 살아계신데) 평생을 두고 잊지 못하는 감동의 순간으로 남아 있다고 해요. 그의 자아가 건전하고 건강했기 때문에 남이 하자는 대로 따라하면서도 주체적인 행동으로 반응할 수가 있었겠지요. 그에게 자아이상이 없었다면, 어찌 이런 삽화가 남아 있을까요? 어찌 하여, 동급생 일본 여학생의 기억 속에서 감동으로 평생토록 남아 있을까요?

(학생의 의견 : 윤동주 시인은 평소 과묵하긴 했어도 속으로는 항상 조국을 생각하셨던 분이라는 생각이 다시 듭니다. 보통 일본이라는 낯선 나라에서 썩 가까운 일본인 친구들이 많지 않으면, 불러볼 수 있는 일본 노래라도 없을까 하고 생각해 봤을 텐데, 그는 바로 제 나라 노래를 망설임 없이 선택해 일본인 벗들 앞에서 불렀으니 애국심이 대단했다고 하겠네요. 그것도 암울한 식민지 시대에 말이죠.)

다시 「또 다른 고향」로 돌아가 이번 강의를 갈무리하겠어요. 이 시에는 죽음에 대한 한국인의 관점이나 누대로 이어져온 상례 문화가 반영되어 있어요. 여러분은 고려 말의 충신이었던 정몽주 선생을 알고 있죠? 그의 유명한 시조도 잘 알죠? 이 몸이 죽고 죽어 일백 번 고쳐(다시) 죽어, 백골이 진토 되어 넋이라도 있고 없고……. 한국인의 죽음은 백골이 진토 되는 데 있습니다. 다시 말해, 한국인의 죽음은 두 번 죽는 죽음이에요. 윤동주는 이 시를 쓸 때 풍화작용이란 비시적인 시어를 마뜩찮게 생각했어요. 어쩔 수 없이 선택한 시어랍니다. 그런데 지금 우리가 생각하면 맞춤형 시어 같은 생각이 들어요. 나 역시 '풍화작용? 맞아, 딱이야!' 하는 생각이 듭니다. 자, 대조표를 만들어 볼까요. 화면을 보세요.

백골 : 진토

풍화 : 풍해

일차적 말소 : 최종적 말소

죽음의 과정 : 죽음의 완성

사후 : 사멸

한국인에게 있어서 백골이란 죽어도 죽은 게 아니라는 얘깁니다. 풍화(風化)되고 있는 중이에요. 여기에서 풍화는 지리학적인 개념으로서 지표를 구성하는 암석이 햇빛, 공기, 물, 생물 따위의 작용으로 점차 파괴되거나 분해되는 일(혹은, 그 과정)을 말합니다. 반면에 풍해(風解)는 화학적인 개념입니다. 물을 포함한 결정체가 공기 속에서 수분을 잃고 가루가 되는 것(혹은, 그 결과)을 가리킵니다. 우리의 상례 문화에 중장제(重葬制)가 있었던 것도 우리에게 지니고 있는 두 겹의 죽음관에 근거해요. 우리는 사람이 죽어서 백골로 남아있는 건 반 쯤 죽은 것으로 보고, 진토가 되어야 만이 온전히 죽은 것으로 간주합니다. 신장(身葬)에서 골장(骨葬)에 이르는 과정, 가(殯)장에서 본장으로 가는 과정을 거쳐야만 죽음의 의식과 절차가 완성되기에 이른다고 보는 거죠. 이 과정을 우리는 사후라고 하죠. 사후세계라고 할 때의 그 사후 말입니다. 하지만 백골이 진토가 되면 죽음이 남긴 그림자도 영혼도 할 것 없이 모든 게 사라져 사멸의 상태에 빠지는 거죠.

이 사실을 미루어볼 때, 윤동주는 기독교인이기 이전에 한국인이다, 라고 볼 수가 있어요. 문화의 습속은 어쩔 수가 없나 봅니다. 사람들이 교육을 통해 비록 개명(開明)이 된다고 해도 쉽게 버릴 수 없는 것이 전통 습속이요, 문화유산인가 봅니다.

긴 시간이었네요. 그럼, 오늘 수업을 마칩니다.

죽는 날까지 하늘을 우르러

한 점 부끄럼이 없기를,

앞새에 이는 바람에도

나는 괴로워했다,

별을 노래하는 마음으로

모든 죽어가는 것을 사랑해야지

그리고 나안테 주어진 길을

거러가야겠다.

오늘밤에도 별이 바람에 스치운다.

제6강 **점성술의 관점에서 바라본 윤동주의 시 세계**

공부할 순서

1. 뜬금없는 점성술의 문제 제기

자, 이번 시간도 열심히 공부합시다. 먼저 시 두 편을 볼까요? 하나는 동시이고, 다른 하나는 일반시예요. 앞엣것의 제목은 '별 하나'. 지은이 인 이준관은 동시 작가로 활동을 많이 하시는 분입니다. 초등학교 선생님과 중등학교 국어 선생님으로서 오랫동안 재직하다가 교직에서 퇴직하신지 오래 됐어요. 연세가 60대 중후반 정도 됐는데, 우리 학교와 이름이 비슷한 전주교육대학교를 나오셨습니다. 20대 초반에 발령을 받자마자 동시로 신춘문예에 당선되어서 오랫동안 동시(童詩)인으로서 활동을 해 왔습니다. 일반 시인으로서 활동도 했구요. 이준관의 「별 하나」, 그럼 어디 한번 읽어볼까요? 다 같이 낭독해요.

(학생들, 다 같이 읽는다.)

깊은 밤
혼자

바라보는 별 하나

저 별은
하늘 아이들이
사는 집의
쬐그만
초인종.

문득
가만히
누르고 싶었다.

하늘에는 별이 많습니다. 많은 별 가운데서도 그 중에 별 하나를 보고
있어요. 예를 들어 북극성이나 샛별이나 그런 게 되겠죠. 별 중에 가장
밝은 게 샛별(금성)이고, 그 다음으로 북극성 같은 것이죠. 이준관의 동시
「별 하나」는 동심에 의해 실현된 비유적 심상의 결과로 빚어진 주옥같
은 작품이다. 내가 이렇게 평을 했어요. 여러분도 동의하나요? 이 동시
는 별을 비유적인 심상의 결과로 빚어내고 있네요. 이때 비유적 심상이
라고 하는 것은 다름 아니라 시각적인 심상을 말하는 거예요. 마음속의
이미지, 이게 바로 심상인데, 감각에는 여러 가지가 있지만 시에서 가장
중요한 것은 시각적인 심상입니다. 이 시에서, 별을 초인종으로 지금 비
유하고 있습니다. 별은 초인종이다, 이런 표현 방식으로 은유의 형식을
갖추고 있습니다. 어떤 별이냐, 누구의 별이냐. 하나씩 본다면 어떤 별입
니까? 별은 초인종인데 어떤 초인종이며, 누구의 초인종이냐? 작은 초
인종이죠. 작다는 것보다도 더 작다는 것을 강조하기 위해서 '쬐그만'
초인종……. 그럼 누구의 초인종이죠? 하늘 아이들의 초인종인데, 좀 더

구체화하면 하늘 아이들이 사는 집의 초인종이란 말예요. 그래서 나도 가만히 누르고 싶었다, 라고 말합니다.

자, 이 시에 시적 화자가 생략되고 있죠. '나는'이라는 말이 없어요. '나는'이 있어야 하는데 이런 말을 생략한 것은 응축성을 지향하는 결과로 나타난 것입니다. 응축성이 뭐예요? 뻥튀기처럼 퍼석한 게 아니라, 똘똘 뭉친 것. 말을 축약한 것을 말해요. 시를 공부할 때, 함축이라는 말 자주 들잖아요. 함축과 응축은 비슷한 말입니다.

다음에 제시된 시는 젊은 시인의 작품이네요. 이름은 박준, 1983년생. 4학년인 여러분은 정상적으로는 몇 년 생입니까? (학생들, 1993년생이라고 대답한다.) 이 시인이 여러분보다 열 살이 많네요. 젊은 시인이니까, 내가 이름을 잘 모르지. 이름을 알고 모르고 하는 것에도, 세대차가 개입이 되나 봐요.

교수 : 저기, 키 작은 여학생. 읽어봐요.
한 학생 : (손을 들면서) 저요?
교수 : 넌 키가 크잖아? 그 앞에 있는 학생 말이야.
앞 학생 : (꺄르륵, 웃으며) 네~. (혼자, 시를 읽는다.)

그때 우리는
자정이 지나서야

좁은 마당을
별들에게 비켜주었다.

새벽의 하늘에는
다음 계절의
별들이 지나간다.

별 밝은 날
너에게 건네던 말보다

별이 지는 날
나에게 빌어야 하는 말들이

더 오래 빛난다.

　이 시는 박준의 '지금은 우리가'라는 제목의 시입니다. 앞서 본 이준관의 시가 동시라고 하겠는데, 이 시는 동시가 아니라, 일반 시라고 하겠죠. 여기에서 보면 이런 표현이 있어요. '별 밝은 날 너에게 건네는 말보다 별이 지는 날 나에게 빌어야 하는 말들이 더 오래 빛난다.' 마지막으로 시상이 갈무리되는 부분이 상당히 인상적이죠. 너에게 건네는 말이라는 것은 누가, 내가 너에게 건네는 말이요, 나에게 빌어야 하는 말이라는 것은 누가, 네가, 이 '네'를 요즘 보통 '니'라고 발음을 하는데, 니가 나에게 빌어야 하는 말. 이 빌어야 하는 말은 '싹싹 빌다.'라는 그 뜻이 아니에요. 빌려 간다는 뜻이에요. 빌려 간다는 말을, 가져간다는 말로 해석해야 되지 않겠느냐. 이 말이 결국에는 똑같은 말이야. 같은 말이지만 말의 뉘앙스가 사뭇 서로 다르다는 거야.

　별이 빛나는 밤하늘 아래, 여름은 아니고 가을이지. 지금 새벽 1시나 2시 정도 되었는데, 대화를 나누고 있어요. 이게 남자 친구끼리나, 여자 친구끼리 하는 대화 같으면, 좀 이상하겠죠. 연인끼리의 대화여야 의미가 있겠지. 똑같은 말인데 하나는 내가 너에게 하는 말이고, 다른 하나는 네가 나에게 하는 말인데, 즉 똑같은 말이지만 후자가 더 빛나는 것 같다고 했으니, 내가 일방적으로 너에게 건네는 말보다는 네가 나로부터 가져가는 말, 빌려가는 말들이 더 오래 빛난다고 진술하고 있어요. 누구의 관점에서 그 말을 중심에 세우느냐에 따라 상대방이 내 말을 가져가는 것이 더 소중하다는 이야기겠죠. 반짝, 시적으로 빛나는 그런 시가 아닌가 하는 생각이 드는데, 이 두 편의 시가 어디선가 본 듯한 느낌이 드는데 이것을 기시감이라고 하죠. 이런 말 들어 봤죠? 이걸 외국어로 뭐라고 합니까. 기시감. 어디서 본 것 같다. '데자뷰'라고 하죠. 프랑스 말입니다. 'deja vu'라고 쓰면 됩니다. 뭔가 모르게 어디선가 본 듯한 느낌이 있다, 그것이 바로 윤동주의 시편 「별 헤는 밤」이 아닌가, 우리는 이렇게 생각해 볼 수 있어요.

어쨌든, 이야기의 순서가 좀 안 맞았지만 첫 번째의 시, 별을 초인종으로 누르고 싶은 화자의 심정을, 우리가 좀 더 생각을 해 봅시다. 이 별은 하나의 이상적인 것인데, 현실과 벗어난 곳이죠. 이상 세계에 더 가까이 하고자 하는 바람의 마음이 아닌가, 이런 생각을 가져볼 수가 있겠죠.

별을 소재로 한 두 편의 시, 한 편은 동시이고 한 편은 일반 시인데 하나는 별 하나를 말하고, 그 다음의 하나는 무리지은 별, 즉 별무리라고 말할 수 있겠어요. 말하자면 박준의 시는 밤하늘에 가득 찬 별들, 즉 별무리를 노래하고 있습니다. 어때요? 공통점이 어때요? 별을 시에서 이야기한다는 것은 우리가 현실 세계를 이야기한다기보다는 현실세계를 벗어난, 우리가 알 수 없는 미지의 이상 세계와 관련해서, 시심(詩心)을 발동하는 것. 혹은 시심이 발동되는 것. 이런 게 아니에요? 여러분은 국어교육과 학생들이니까, 시심이라는 말 잘 알죠? 직해라면, 시의 마음. 표준국어대사전에는 시흥이 생기는 마음이라고 풀이되어 있는데, 이는 상당히 축소지향적인 의미예요. 누가 이런 식의 풀이를 달아놓았는지? 갈래의 성격인 서정시의 지닐성(속성)에서부터 시인의 시정신의 세계에 이르기까지 다 포함해요.

그건 그렇고 또 시심과 비슷한 말이 있는데, 시를 보는 눈이라는 것을 가리켜 시안(詩眼)이라고도 합니다. 시심과 시안이 창작과 비평을 가름하는 말인 것처럼 보이지만, 내 나름의 판단으로는 정신과 몰입의 세계, 물성을 초월한 유현함의 분위기라는 하나의 것으로 귀결하는 개념이 아닌가, 해요. 시심을 자극하고 시안을 확장시키는 것이 말예요. 요컨대 시를 바라보는 것, 어떤 사물을 시인의 마음으로 바라보는 것을 두고 시안이라고도 하는데, 그리 많이 쓰지는 않는 용어입니다. 자, 이상으로, 윤동주의 시를 이해하기 위해서, 또 다른 시인의 시, 지금 활발하게 활동하고 있는 시인의 시를 살펴봤습니다.

오늘 강의는 제목은 앞에 쓰인 대로 '점성술의 관점에서 바라본 윤동주의 시 세계'입니다. 윤동주와 점성술이라. 그에 관해 좀 아는 사람이라면, 무슨 뜬금없는 발상이냐, 라고 생각할 수도 있겠지요. 윤동주에 관한 글과 논문이 그토록 많아도 누구하나도 다루지 않은 것이 윤동주의 시와 점성술의 관계성이랄까, 관련성입니다. 따라서 이 주제는요, 호기심을 자극하는 독창적인 가설일 수 있어요. 남들이 해보지 않은 일에 도전하는 게 공부하는 사람으로서 독창성을 추구하는 거예요. 오늘날의 학문하는 인간상은 이래요. 자연과학이 뭔가를 창조하는 '메이커'라면, 인문학은 창의적인 '긱(geek)'이에요. 긱이 뭐냐? 괴짜예요, 괴짜. 나도 괴짜가 좀 되고 싶은데, 나이가 너무 많아. 젊었을 때 괴짜가 되었어야 했는데, 우리나라 학문의 풍토에서 내가 괴짜였다면, 교수가 되었을 것 같아? 앞으로는 창의적인 괴짜가 학계에서 존중을 받아야 합니다.

어쨌든 윤동주와 점성술이란 가설. 나 자신이 요즈음에 하는 일이 너무 많아서, 몇 년 후인 좀 한가해질 2020년 경 무렵에, 이 주제로 본격적인 논문 한 편 써볼까 해요. 그때를 위한 내 생각의 스케치나 소묘 정도가 오늘의 강의 내용이라고 보면 되겠습니다.

2. 서양과 동양의 점성술은 어떻게 다른가

점성술이란 도대체 무엇일까요? 오늘 강의 제목 자체가 점성술이 아닌가요? 점성술은 별을 보고, 혹은 별자리를 보고 미래를 예측하는 것. 길흉화복을 짐작하는 것. '점치다'라는 것은 미래를 가늠하여 본다는 바로 그 말이지요. 별을 보고 점치는 기술이 글자 그대로 점성술입니다. 점성학이라고 하기도 해요. 동양에서는 통상의 관례에 따르면, 동양에서는 점성술이라는, 이런 말을 쓰고, 혹은 글자를 바꾸어서 '성점술'이라고도 쓰기도 합니다. 서양의 경우에는 '어스트로로지(astrology)'라는 말을 써서, 우리말로 직역한다면 점성학이라고 이야기를 합니다. 라틴어 '-로지(logy)'가 보통 '-학'으로 번역되기 때문에 동양의 경우는 점성술이라고 하고, 서양에서는 점성학이라고 합니다.

또 이런 관점에서 볼 수도 있어요. 점성술이 발전해서 오늘날의 천문학이 된다는 것입니다. 점성술은 일종의 신비주의이고, 점성학은 여기에다 과학적 지식의 체계를 조금 갖춘 것이고, 나아가 천문학에 이르면 그 체계가 온전히 갖추어진다는 것입니다. 현대 화학도 마찬가지입니다. 현대

화학도 거슬러 올라가면 미신에서부터 시작됩니다. 그게 뭐죠? 연금술 이죠. 연금술이 있으니까, 현대 화학이 있고, 천문학 이전에 점성술이라는 것이 있었어요. 점성술과 천문학의 중간 단계에 과도기적인 단계로서의 점성학이 있었다는 거예요. 책마다 좀 다르게 표현되어 있지만 개략의 뜻은 하늘의 뜻을 엿보고 미래를 점치는 것. 미래를 예언하고 예측하는 것이다…… 술과 학의 차이가 이렇게 대조화된다는 것. 점성술이 천문 현상으로부터 인간 세상의 길흉화복을 알아내려는 기술, 관점이라면, 점성학은 사유와 존재에 대한 형이상학의 본질 문제와 관련된 학문 혹은 지식의 체계라는 것. 물론 이 부분에 관해 나 역시 문외한이지만, 내 말을 대충은 알아듣겠지요?

점성술은 기독교적인 관념에 의해서 서양에서는 끊임없이 배척되어 왔어요. 왜? 모든 것은 전지전능하신 하나님에 의해서 이루어지는 것이지, 별자리를 보고 미래를 알 수 있는 것은 아니다, 라고 해서 일종의 사술(詐術)로 여겼어요. 사술은 사기를 치는 기술이란 거지요. 중세에는 모든 것이 사술이었어요, 예술도 사술이었습니다. 그래서 기독교가 지배하는 중세에는 예술의 발전이 없었죠. 예술에는 문학도 포함되고, 건축·조각·회화·무용 등 모든 예술이 포함되었기 때문에, 신의 전지전능함을 드러내지 아니한 모든 것은 사술이었습니다. 철학도 신학의 시녀에 불과했어요. 요컨대 예술도 사술이었던 것처럼, 신비주의적인 그 모든 것, 점성술도 사술에 지나지 않았지요. 그렇기에 배척되었던 거예요.

윤동주의 시를 점성술의 관점에 맞추어서 이해해보자고 하면 모순이 생기죠. 윤동주야말로 독실한 기독교 신앙인이었는데, 기독교에서 배척한 점성술과 윤동주의 시 세계를 맞추어 본다는 것이 모순이 아닌가, 이런 생각이 들지만 윤동주가 가지고 있는 점성술의 세계에는 서양적인 점성술의 관점보다는, 옛날에, 그가 어렸을 때 한문 공부를 좀 했으니까, 동양 천문과 관계되는 관념이 분명히 전제되어 있다, 이렇게 이야기를 할 수가 있어요. 동양의 천문은 어디까지 거슬러 올라가느냐 하면, 주역 (周易)이라고 들어봤지요? 주역에까지 거슬러 올라갑니다. 밑에 보면 주역 '계사상'에 나오는 한자가 있는데, 좀 있다가 보기로 하고, 고대 점성술의 사상적 기반은 모든 일이 미리 정해져 있다는 데 있습니다. 반면에, 고대 중국에서의 천문 인식의 사유는 천인합일, 천인감응을 기반으로 한다는 것. 천인합일이라는 말이 뭐죠? 하늘과 인간이 하나가 되는 것을 의미합니다. 동아시아 사상의 본질이 천인합일이에요. 모든 동양적인 사상, 즉 주역, 풍수, 음양오행설, 불교, 도교, 유교, 노장사상 등 동아시아 사상의 본질은 천인합일을 지향하는 거예요. 거꾸로 말해, 서양은 (넓게 보아서 서남아시아까지 포함해) 천인합일이 안 되는 데서 사상과 종교가 시작됩니다. 하늘과 인간이 서로 갈라섰기 때문에, 문제가 생기죠. 기독교는 인간을 본질적으로 죄를 가진 존재로 인식하기 때문이지요. 서양은 신인의 합일이 아닌, 그 불일치라고 할 수 있어요.

내가 지금 1학년 학생들과 '영상문학'을 공부하고 있는데 여러분 중에서도 3년 전에 내 수업 들은 사람 있지요? 1학년 때 영상문학 수업을 들은 사람, 손을 들어 봐요. (몇몇 학생들, 손을 든다.) 저 정승재 학생은 앞에 앉아서 들었는데 열심히 수업을 들었던 게 아니고, 가장 눈 밖에 난 학생이었어. 하필 내 지도 분담 학생이야. 이 학생이 긱(괴짜)인지 아닌지, 긴 가민가해서 아무 말을 안했지만. 그런데 말이에요, 3년이 지나고 나니, 사람됨의 깊이가 있고, 품새가 제법 의젓해졌어요. 그리고 보면 교육의 힘이 참 대단한 거야. 안 그래? 승재. 그때 내가 수업 시간에 보여준 파졸리니의 영화 「오이디푸스 왕」 봤지? (예) 이 영화는 원작이 옛 그리스 비극입니다. 소포클레스의 위대한 고전이죠? 동양에는 비극의 개념이 없어요. 서양에만 있습니다. 이 비극은 신과 인간의 불일치에서 온 것이야. 저주받은 운명으로 태어난 오이디푸스가, 예언된 운명의 저주와 함께 아버지를 죽이고 어머니와 결혼을 했는데, 비극이라는 것이 무엇이냐 하면, 자기의 존재를 탐색하는 과정에 이르는 길이 비극이라는 것이야. 자기가 누군지 알아보면 알아볼수록 자기한테 불리한 증언들이 이어지고, 아버지를 죽이고 어머니와 결혼한 사실을 알게 되어 절망하게 되고, 결국엔 그가 스스로 눈을 뽑고 추방을 당하고, 천하를 유랑하게 되죠. 이게 바로 오이디푸스 왕의 이야기인데, 신인(神人)의 불일치라는 서양 사상의 기원을 여기에서 보게 됩니다.

동양의 전통에서는 신의 개념을 대신한 천의 개념이 있어요. 동양에서는 천인합일의 사상을 가지고 있다 보니 비극이라는 게 없죠. 최근에 오이디푸스 왕과 같은 비극을 소재로 한 영화가 상영되고 있습니다. '사도'라는 제목의 영화 말이에요. 이번 추석 연휴에, 본 사람 손들어 봐요. (몇 명, 손을 든다.) 교사 임용고시를 앞두고 영화를 보러 다녀도 되는지 모르겠네. 다른 학년의 학생들 같으면, 권하고 싶지만. 사도는 사도세자를 말하죠. 영화 「사도」는 사도세자의 이야기라기보다는 아버지 영조 이야기야. 역사적으로 존재하는 사실이거든. 자, 어떤 차이가 있어요? 오이디푸스는 아버지를 죽인 아들의 비극을 이야기하고 있고, 사도는 아들을 죽인 아버지의 비극인 거지. 비극 없는 우리나라 문화 현상 중에서 비극영화를 하나 탄생시킨 거죠. 서양적 관점에서 바라보면 충분히 이해할 수 있겠죠. 비극에 익숙한 사람들이 만약에 본다면 말이죠.

내가 이야기 하고자 하는 것은, 동아시아 사상의 본질은 천인합일이다. 천인감응이다. 하늘과 인간이 감응한 것. 이러한 사상을 기반으로 하기 때문에, 대우주와 소우주의 유비(類比) 이론에 기반을 둔 사고로서 동양의 점성술이 발전했다는 겁니다. 천문이란 말에서 문은 '글월 문(文)'이지만, 원래는 '무늬 문(紋)' 자입니다. 요즘 무늬만 어떻다, 이런 말을 많이 하죠. 영화 「사도」를 보면 중전이, 저는 무늬만 중전이지…… 이런 말을 합니다. 말로만 중전이지, 실제는 중전이 아니라는 얘기지요. 나는 옛날에는 좋아했는데, 그 뭡니까? 한의학이란 것. 요즘은 실망이에요. 좀 그래요, 자꾸 보약을 먹으라고 하니까. 먹어도 효과가 없는 것 같아. 매일같이 한 3년을 먹어야 효과가 있겠죠. 그 돈을 어떻게 감당해. 그럼에도 불구하고, 그것의 이론적 체계는 굉장히 좋아요. 인체를 소우주로 보기 때문이죠. 하필이면 인체도 365 가지의 원리로 그물망처럼 연결되어 있어요. 마치 우주 현상, 자연 현상의 축소판 같은, 작은 우주의 법칙이 우리 몸을 지배한다는 그 독창적인 가설이 놀랍습니다. 다시 말하면, 대우주와 소우주가 서로 조화를 이루지 못해서 몸에 병이 난다는 거죠. 감기란 말도 여기에서 비롯해요. 대우주(대기)에 의해서 소우주(몸)가 감응되었다는 거예요. 그 감응시킨 사악한 기운이 바로 감기예요. 올해 창궐한 '메르스'도 그 사악한 기운의 일종이에요.

　내가 먼 옛날에 중학교에서 선생 노릇을 했을 때였죠. 내가 학생들에게 엉뚱한 소리를 자주 하였는데, 저승 이야기를 한참 하다가 애들한테 물어봤어. 저승이 무서우냐고. 그러니까 다들 '예' 하고 대답하더군요. 왜 무섭냐고 하니, 죽음의 세계니까요, 하더라구요. 그래서 내가 그랬지. 아니, 우리가 사는 세상이 저승인지 어떻게 알아? 이승은 따로 있는 줄 어떻게 아느냐? 그런 식의 엉뚱한 이야기를 한 적이 있었는데, 똑똑한 애들 몇몇이 고개를 끄덕여요. 그래서 내가 이런 말도 물어봤어요. 너희한테 우주의 멸망이 더 중요한 문제니, 아니면 너희들 자신이 죽는다는 사실이 더 중요한 문제니 하니, 전부다 하는 말이 우주의 멸망이 더 중요한 문제래. 그래서 내가 이런 말을 했어요. 우주가 멸망하든 말든, 너희 죽고 나면 무슨 소용이 있겠니, 하고 되물었지. 우주 멸망이나 자기 자신의 죽음은 똑같은 거다. 무엇이 더 중요하고, 덜 중요한 건 아니다. 자기가 죽고 나면, 우주가 멸망이 되는지 안 되는지 알 수가 없으니, 개개인마다 나의 죽음은 우주의 죽음과 같은 것이다. 이렇게 얘들에게 말했어요. 이 말이 무슨 말이냐 하면 나 자신이, 개개인 여러분 자신은 하나의 소우주입니다. 그래서 그만큼 소중한 것이죠. 여러분 개인의 죽음은 여러분에게 있어서는 우주의 멸망과 똑같은 겁니다. 남의 죽음, 부모님의 죽음, 친구의 죽음은 슬프기는 하겠지만, 자기의 죽음에 비할 바가 못 되는 것이죠. 그래서 동양 사상은 대우주와 소우주. 우리가 생각하는 우주와 내 자신의 자아의 개념은 항상 일치되고 합치된다는 생각을 가지고 있습니다.

점성술도 마찬가지입니다. 우주의 원리와 운행 법칙을 조화적인 질서와 조응의 세계에 두고 있습니다. 점성술의 기본 개념도 이른바 유비 이론에 기반을 두고 있어요. 유비란, 사전적인 정의로는 사물 상호 간에 대응하여 존재하는 동등성 또는 동일성을 말합니다. 쉽게 말해, 유추하고 비교하는 이론을 두고 말합니다.

주역의 '계사상'에 보면 한자가 있는데 어디 한번 볼까요? 앙이관어천문(仰以觀於天文)이요 , 부이찰어지리(俯以察於地理)라. 이렇게 다 짝을 맺어 놓았습니다. 앙은 우러러 보는 것, 부는 굽어보는 것. 관은 바라보는 것, 찰은 살펴보는 것. 학문적인 개념에서 보면 관조하거나, 성찰하는 것. 하늘 위를 우러러보면서 천문을 관찰하고, 땅 아래로 굽어보면서 지리를 성찰하는 것. 천문지리라고 하는 말은, 사물의 궁극이에요. 옛날에는 지식의 가장 높은 경지야말로 천문지리야. 옛날에, 가장 최고의 스승은 다름 아니라 요즘의 지학 선생님하고, 지리 선생님이야. 천문이라는 것은 하늘 천 자와 글월 문 자로 구성되지만, 문의 원래 뜻은 무늬 문이야. 하늘의 무늬야. 지리란 말은 땅의 결이란 말이야. 땅이 어떻게 생겼는지, 물에도 물결이 있잖아요? 땅에도 결이 있는 거야. 하늘을 관찰하고, 땅을 성찰한다, 이렇게 대구적으로 표현되어 있어요. 요컨대 점성술은 천문을 다루는 것이다. 천문 현상을 관측해서 인간 세상의 일을 예측하는 것. 오늘날의 천문학은 그것과 다르지만, 맥락은 이어져 왔다는 것이지요.

3. 천문적인 관찰의 시와, 지리적인 성찰의 시

윤동주의 「서시」에서, 하늘을 우러러 한 점 부끄럼이 없기를…… 이런 말이 나오죠? 잎새에 부는 바람에도 나는 괴로워했다. 『맹자』에 나오는 구절, 하늘을 쳐다보면서 부끄러울 필요도 없고, 땅을 내려다보면서 미안해할 필요도 없다, 라는 말에서 앞의 것만 따오고, 뒤의 것은 버렸습니다. 이런 점에서 볼 때, 윤동주는 이를테면 천문적인 관조의 시인이라고 이야기할 수 있어요. 그러면 또 다른 유형의 시인이 있겠죠. 그 반대편에는 지리적 성찰의 시인이 있잖아? 무슨 말인지 이해할 수 있겠어요? 앞의 것에 해당되는 것은 천문적 성찰의 시인이고, 뒤의 것에 해당되는 것은 지리적 성찰의 시인인데, 윤동주는 전자에 포함됩니다.

그러면은 후자에 포함되는 시인도 있겠죠? 어떤 시인들일까 생각해봐요. 조금 어려운 이야기가 되니까, 여러분들이 따라오지 못하는 사람들이 많을 거예요. 선생 노릇을 오래하면, 학생들 눈빛만 봐도 알아요. 후자와 관련해, 요즘에 이런 시인들이 많습니다. 생태환경시를 쓰는 시인들 말이에요. 환경이 오염이 됐다고 많이 떠들고 있잖아? 그런데 집중적으로 떠들고 있는 시인들이 후자예요. 내가 작년에 한글 박물관 개관 기넘으로 누가 발표를 하라고 해서 발표를 했는데, 주역과 풍수 사상과 관련된 생태환경시에 관해 발표했었지요. 그 원고를 쓰는 과정에서 덕분에 주역에 관한 책들도 좀 읽었고, 풍수에 관한 책들도 좀 읽어서 얻은 게 있어요. 풍수적 직관의 시도 요즘 등장하고 있습니다. 풍수라고 하는 것은, 조상의 묘 자리를 잘 써야 후손이 복을 얻는다는, 우리 한국인들에게 끈질기게 영향을 미쳐온 기복신앙적인 풍수 관념이 있습니다. 이 풍수 관념을 좀 더 현대적으로 적극적으로 해석해서, 이를 새로운 사상의 결과로 이해하고 인식하려고 하는 분위기가 있는데, 그런 분위기의 시들을 가리켜 우리는 풍수적 직관의 시라고 할 수 있습니다. 이런 것들이 후자인 지리적 성찰의 시에 속합니다.

지리적 성찰의 시인은 장소 상상력이 풍부한 사람들입니다. 장소 상상력과 관계없는 것이 윤동주의 시이지요. 윤동주는 현실을 벗어난 별을 노래하고, 또 별을 노래하되, 자연의 아름다움은 노래하지 않았다고 할 수 있죠. 그가 별과 달을 노래하였다고 해도, 밤하늘의 아름다움을 결코 찬미하지는 않았어요.

철학자 카를 R. 포퍼. 이 이름을 들어 보았나요? 열린 사회 이론의 창시자래요. 이 사람이 어떤 책에서 "천문의 현상에 대한 인류의 관념 가운데 가장 오래된 관념은 예언의 몽상이다."라는 말을 했다더군요. 몽상은 꿈을 말합니다. 가장 원초적인 원래의 시인은 무당이에요. 어느 문화권에 가도 최초의 시인은 무당이나 주술사입니다. 신과 인간의 영혼을 매개해주는 신비로운 존재가 시인이니까요. 외국의 경우에 시인의 최초 모습은 주술사나 제사장이고, 우리의 경우는 무당이에요. 20세기의 석학인 후이징가 역시 최초의 시인은 '바테스'라고 했어요. 즉, 최초의 시인은 술사(術士)예요. 점성술사도 일종의 주술사이지요. 술사 속에 주술사, 점성술사, 연금술사 등 모두 다 포함돼요. 천명과 하늘의 뜻을 살피거나 밝히는 신비한 존재가 바로 시인이에요. 이 관념은 고대뿐만 아니라 중세까지 계속되어 왔어요.

한때는 아랍 문명이 세계의 가장 발달된 문명일 때가 있었어요. 그때 이슬람교가 생겼죠. 『아라비안나이트』를 보면 황금 궁전이 나옵니다. 문학이 왕성하게 발달한 시기도 아랍 문명이 발달한 시기였어요. 이 시기는 대체로 8세기에서 10세기까지를 가리킵니다. 이 당시에는 시인도 굉장히 많이 있었는데, 그 중에 '루바이야트'라고 하는 4행시를 쓴 최고의 시인이 '오마르 카이얌'이라는 사람입니다. 이 사람의 시가 유럽에 번역되고 전파되면서, 근대 유럽의 서정시를 촉발합니다. 그는 시인이면서 동시에 점성술사였죠. 우리나라에도 그의 책이 번역된 국역본이 적지 않아요. 이 책들은 바로 아랍어에서 번역된 것이 아니라, 영어로 한번 거쳐서 이중 번역된 책들이어 가치가 덜합니다. 이 사람이 시인이자 곧 점성술사이기 때문에 별이나 달을 소재로 한 시가 많을 것이라고 생각하고 접근하였더니, 별로 없어요. 윤동주와 비교할 거리가 있는가, 해서 찾아보았더니, 조사 결과가 실망스럽네요.

윤동주는 하늘의 무늬를 보는 시인입니다. 하늘의 무늬를 한자로 바꾸자면 '천문'입니다. 땅의 결을 보는 시인이 아니라 하늘의 무늬를 보는 시인이란 거죠. 땅의 결이 바로 '지리'이죠. 전자와 후자, 천문적 관조의 시인과 지리적 성찰의 시인 중에서 어떤 것이 현실주의에 더 가깝나요? 아마도 후자이겠죠? 하늘을 우러러 한 점 부끄러움이 없다는 그 자체가 바로 땅의 이치보다는 하늘의 법칙을 중요시하는 시라는 것을 알 수 있겠고, 그가 「서시」에서 별을 노래하는 마음으로 모든 죽어가는 것을 사랑해야지, 하는 부분이 바로 천문적 상상력, 천문적인 시심이라고 볼 수 있습니다. '모든 죽어가는 것'은 한국의 지금 독자에게는 좀 부자연스러운 표현이지요. '죽어가는 모든 것'이라고 해야 자연스럽죠. 그렇죠? 근데, 일본인인 이부키 고는 '모든 죽어가는 것'을 일본어로 '모든 살아있는 것'이라고 번역했어요. 어찌 보면 정반대의 뜻 같지만, 깊이 들여다보면 결국 같은 말이에요. 죽어가는 것은 아직 살아있다는 것, 아니에요? 일본어의 아름다운 울림과 청각적인 이미지를 고려했다나요.

어쨌든, 천문적이라는 것은 바로 예언적이라는 말과도 통합니다.

예언 바로 다음에 나오는 시의 내용은 '그리고 나에게 주어진 길을 걸어가야겠다.'라는 부분입니다. 시의 예언적 기능이 확장된 경우라고 할 수 있죠. 자기에게 주어진 길은 바로 운명의 길입니다. 이미 점지된, 점쳐진, 예측된 길이라고 하죠. 하늘이 점지했다는 말 많이 쓰죠? 특히 처녀 총각이 만나는 것은 하늘이 점지했다는 표현을 쓰지 않아요? 하늘이 운명적으로 맺어준 커플이라는 그런 뜻이에요. 하지만 실제로 하늘이 운명적으로 맺어준 커플은 없어요. 다들 그렇게 생각하고 싶은 거지. 믿고 싶은 대로 믿는 거지. 나도 지금 우리 집사람하고 사이가 좋은 편인데, 물론 천생연분이라고 생각해. 근데, 과학적인 패러다임으로 증명되는 천생연분은 존재하지 않아요. 여기에 있는 남학생들 중에 여자 친구가 없는 사람도 있을 것이고, 여학생들도 물론 마찬가지일 거라고 생각되는데, 여러분이 앞으로 한창 사랑에 빠진다면 하늘이 점지해준 것이라고 다들 착각하여, 점지해준다는 말을 많이들 쓰게 될 거예요.

이미 점지된 운명의 길, 윤동주도 「서시」에서 이미 하늘이 자신에게 운명적으로 점지를 해줬다고 믿게 되었던 거죠. 점지된, 점쳐진……. 똑같은 말입니다. '점지된'은 한자어이고 '점쳐진'은 우리말이에요. '점치다'는 국어사전의 표제어로도 등재되어 있어요. 예측하다, 길흉화복을 판단하다, 이런 뜻인데, 반드시 점(占)을 본다는 뜻이 아니에요. 짐작하다, 이런 말도 '점치다'에 해당되는 의미입니다. 윤동주의 「서시」는 시적 천문 현상을 잘 보여준 시편임을 함께 생각해 둡시다.

　천문적인 관찰의 시인 중에서 윤동주를 꼽을 수 있다면, 지리적인 성찰의 시인은 누구라고 봐요? 내게 한 사람을 꼽으라면 김지하를 들겠어요. 장모인 박경리의 산천(山川) 사상과 사위 김지하의 생명 사상은 지리적인 성찰의 대가로 평가되는 토대가 됩니다. 시인 김지하는 서구의 생태학적 상상력에서부터 우리의 풍수 사상에 이르기까지 지적 역량을 두루 섭렵한 분이에요. 그는 최근 10년 이래에 풍수를 바탕으로 한 시를 적잖이 발표했어요. 우리 시에서, 풍수의 패러다임은 지(地)의 공간적인 사유를 특히 강조합니다. 풍수에 있어서의 공간의 '공(空)'은 관념적인 진공(vacuum)이 아니라, 기(氣)로 가득한 생명력이 미치는 역장(力場)이라고 적극적으로 해석됩니다. 박경리의 대하소설 「토지」에 지리산과 북간도와 진주로 이어지는 거대한 장소성이 드러나 있듯이, 시인 김지하의 시도 장소성의 개념으로 점점이 서로 이어지고 있어요. 그의 시집 『유목과 은둔』(2004)을 보니, 시 작품의 대부분이 (윤동주의 시에서는 보기 어려운) 장소성, 장소 상상력과 관련이 되어 있어요. 딱 하나 천문 현상의 소재로 보이는 것은, 하필이면 천문적인 관찰의 시인인 윤동주를 소재로 해서 쓴 시뿐예요. 시편 「윤동주 앞에서」가 바로 그것입니다. 그러면, 이 시의 한 연(聯)을 살펴볼까요.

　　지구 중력권의
　　직녀성(織女星)과
　　태양계의

남두육성(南斗六星)과

은하계의

북두칠성(北斗七星)이

작렬했던 만 사천년 전

지구와 우주만물의 근원적인 평화에로

돌아가는 다물(多勿)

　물론 윤동주의 시에 나타난 천문 현상을 염두에 두고 쓴 것은 아니겠죠. 시인이 이 시를 윤동주의 모교인 복원된 명동학교에서 윤동주의 사진을 보고 쓴 것이라고 하니까, 시의 내용은 윤동주라는 이름이 지닌 영원과 불멸의 이미지를 나타낸 것이라고 보입니다. 하지만 김지하는 윤동주 역시 어느 날 갑자기 연기처럼 사라질지도 모른다고 했어요. 그에게 있어서 중요한 것은 하늘의 무늬가 아니라, 땅의 결인 거죠. 시인 김지하가 우리 시대의 대표적인 지리적인 성찰의 시인으로 남아 있는 이유입니다.

　참고로 할 말이 있어요. 중국 송나라 때 사마광(司馬光)이 지은 『자치통감(資治通鑑)』에 따르면 '여어위복구토위다물(麗語謂復舊土爲多勿)'이라고 했어요. 즉, 말하자면 고려가 고구려의 옛 땅을 회복하는 것을 가리켜 고려 말로 '다물'이라고 한다는 것이지요. 지금의 분단 체제를 극복하고 남북한의 땅이 합해져 본래의 상태로 되돌아간다는 것도 이 '다물'의 정신인 거예요. 시인 김지하는 여기에서 다물의 개념을 공간의 개념이라기보다 시간의 개념으로 사용하고 있네요.

4. 윤동주의 시와, 간적(間的) 존재론의 시학

점성술에서 이 동양 천문학, 동양 점성술에서 가장 기본이 되는 것을 우주라고 봅니다. 이 우주는 하늘과 땅과 사람으로 이루어져 있습니다. 다음 주에 한글날이 있는데, 우주의 기본을 이루는 천지인(天地人)이라고 불리는 삼재(三才)가 한글 창제 원리가 되기도 하죠. 'ㆍ'는 하늘을, 'ㅡ'는 땅을, 'ㅣ'는 사람을 뜻합니다. 이 세 가지의 음소를 가지고 우리 한글의 제자 원리로 사용합니다. 지금은 스마트폰이 컴퓨터 같은 자판으로 잘 되어 있지만 처음에는 이 세 가지를 가지고 자판을 간단히 구성했어요. 참 잘 만들었죠. 이런 것을 두고, 자질(資質) 문자의 원리라고 해요. 샘슨이라는 외국의 한 언어학자는 한글이야말로 세계에서 유일한 자질 문자라고 주장했어요. 문자의 종류에는 음소 문자, 음절 문자 등 여러 가지가 있는데, 음소보다 더 작은 최소 단위의 자질을 갖춘 문자를 두고 자질 문자이다, 라고 밝힌 거예요.

우주의 구성 요소이자 한글 모음의 제자 원리가 되는 소위 천지인이라고 불리는 것을 윤동주의 「별 헤는 밤」에 대입한다면, 이 시는 지금 '별이 하늘에도 있고, 땅에도 있고, 사람에게도 있다.'라고 보는 관점을 보여줍니다. 바로 이 시에서 보여주는 천문관이라고 말할 수 있어요. 우리는 별이라고 하면 하늘에만 있다고 생각하지만, 별은 하늘에도 있고, 땅에도 있고, 사람에게도 있습니다. 계절이 지나가는 하늘은…… 이 하늘은 무슨 개념일까요? 계절이 지나간 하늘은 언제나 시간 개념입니다. 하늘에는 가을로 가득 차 있다고 하잖아요. 그리고 다음 연에는 가슴 속에 하나 둘 새겨지는 별이라고 하는데 시적 화자의 가슴 속에 새겨지는 별을 다 못다 헤는 것은 '이 별은 내 마음에도 존재한다.'라는 뜻입니다. 그리고 시편 「별 헤는 밤」을 보면 어릴 때의 추억을 많이 이야기하고 있지요. 바로 이 별이 사람을 맺어주는 역할이니까요. 사람은 바로 인간이라고 하죠. 여기에 땅은 또 어디에 있냐 하면, 별 헤는 장소 상상력으로서의 별빛이 내리는 언덕이요, 내 이름자 묻힐 언덕입니다. 이 언덕이야말로 땅의 공간입니다. 하늘은 시간이요, 땅은 공간, 사람은 인간이라고 해요. 공통점은 똑같이 사이 간(間) 자를 쓴다는 점입니다. 비어 있는 것이 아니라, 맺어지는 것이다, 채워주는 것이다, 라는 의미를 지닙니다. 그래서 동양 사상은 시간과 공간과 인간을 중심으로 한 그 '간적(間的) 존재성'을 늘 바라봅니다. 사이 간 자가 쓰인 것은 모든 것이 사이와 틈이 있다는 것인데, 그 사이와 함께 공존을 하게 하는 간적 존재 말입니다. 공존을 위한 그것이 바로 틈이요, 사이라고 볼 수 있잖아요. 이는 어울림(관계성)을 추구하고 있다는 말이 되겠습니다. 이 시에는 바로 하늘과 땅과, 또 사람이 함께 있다. 다시 말하면, 시간이 있고 공간이 있고 인간이 함께 존재한다는 그런 내용의 시라고 할 수 있겠습니다.

별 하나에 추억과
별 하나에 사랑과
별 하나에 쓸쓸함과
별 하나에 동경과
별 하나에 시와
별 하나에 어머니, 어머니

시인은 별 하나에 아름다운 말 한마디씩을 불러봅니다. 참 아름답지요. 나 어릴 때만 해도 부산의 하늘에도 저녁에 별빛으로 가득 찼어요. 부산은 지명이 산(山)이듯이 산이 많은 곳이에요. 높직한 언덕바지나 산동네에서 보면 밤하늘이 그리도 맑아 별이 더 빛났고, 너붓하고 넉넉해 보일 수밖에 없었지요. 지금은 웬만한 시골에서도 별 보기가 쉽지 않아요. 깊은 산이나 뭍으로부터 멀찍이 떨어진 섬이라면, 또 모를까.

시편 「별 헤는 밤」의 내용을 보면 옛날 어릴 때 추억을 떠올리면서 자리를 함께한 아이들과 가난한 이웃사람들을 호명하면서 기억 속으로 소환합니다. 그리고 어머니를 부릅니다. 별이 아스라이 멀리 있듯이……시집간 계집애들은 시간적으로 단절되고, 어머니와는 공간적으로 격리됩니다. 시간적 단절과 공간적 격리를 동시에 나타내는 표상이 아스라이 멀리 있는 별입니다. 이렇게 「별 헤는 밤」을 읽어보니 그럴싸하죠? 윤동주가 가진 천문적 시심을 잘 드러내고 있지 않나요?

화가 고흐가 별이 빛나는 밤을 그렸다면, 시인 윤동주는 별 헤는 밤을 노래했습니다. 뉴욕 현대미술관에 소장된 고흐의 그림 「별이 빛나는 밤」을 화면을 통해 봐 주세요. 자, 어때요? 밤이기 때문에 전체적으로 청색의 톤이지만 달과 별무리는 노란색이지 않아요? 보색 대비를 이용한 화면이네요. 또 지상의 마을은 평화롭기만 한데, 하늘의 무늬는 이글거립니다. 특히 별무리가 물결을 치듯이 온통 하늘을 뒤덮습니다. 하늘과 땅을 잇대고 있는 사이프러스 나무도 불꽃의 이미지로 솟아오르고 있습니다. 이처럼 강렬한 역동성의 밤하늘이 세상 어디에 과연 있기나 할까요? 고흐의 이글거리는 것 같이 요동치는 내면풍경을 잘 반영하고 있는 듯해요. 고흐는 화가로서 인정을 받지 못했다는 자괴감에 사로잡혀 있었고, 또 죽음을 앞두고 정신병에 시달리고 있었어요. 이런 마음의 상태에서 이 그림을 그렸어요. 죽기 1년 전의 일입니다.

고흐의 그림 속에 있는 별무리와 나무가 움직임을 나타내고 있다면, 윤동주의 시에 나타난 하늘의 무늬, 즉 달과 별, 구름 등은 멎음의 이미지가 평온하게 제시되어 있습니다. 되돌아갈 수 없는 멀어진 시공간을 고요하게 정관하는 윤동주의 시에 있어서의 향수(鄕愁)와 그리움은 일종

뉴욕 현대미술관에 소장된 빈센트 반 고흐(1853~1890)의 그림.

의 로스트 파라다이스, 잃어버린 낙원처럼 아련하게 다가옵니다. 고흐와 윤동주에게 같은 점이 있다면 말예요, 이런 게 아니겠어요? 이들은 모두 살아생전에 인정을 받지 못했다는 것입니다. 고흐는 살아생전에 단 한 장의 그림이 팔려 술값으로 썼고, 윤동주는 살아생전에 조선일보사로부터 단 한 번의 원고료를 받았을 뿐이에요.

윤동주는 별의 시인이라고 해도 과언이 아니에요. 조사를 해보니 별을 소재로 한 윤동주의 시가 4편, 별나라를 소재로 한 동시가 2편, 별이 시에 등장하는 시어의 빈도수는 모두 13회, 산문에는 3회, 모두 합쳐 별이라는 말이 16번 나오는 것을 알 수 있었습니다. 별이 등장하는 그의 시 중에서, 또 이런 것이 있네요.

천년 오래인 연륜에 짜들인(시달린-인용자) 유적(幽寂)한 산림이
고달픈 한 몸을 포옹할 인연을 가졌나 보다.

산림의 검은 파동(波動) 위로부터
어둠은 어린 가슴을 짓밟는다.

(…)

가지, 가지 사이로 반짝이는 별들만이
새날의 향연(饗宴)으로 나를 부른다.

인용한 시는 「산림」이라고 하는 제목의 시예요. 윤동주가 열아홉의 나이에 광명중학교에 재학할 때 쓴 시예요. 시를 쓴 때는 1936년 어느 여름날이군요. 시에서 별이 가지는 상징성은 매우 다양하고, 또 별이라는 시어는 상징성이 강한 언어입니다. 점성술 자체가 이를테면 상징 언어라고 할 수 있지요. 별이 상징하는 것은 첫째로는 정신 그 자체, 둘째로는 (어둠의 힘 따위에 맞서는) 정신의 힘, 셋째로는 우주로 확장하는 세계의 힘이라고 볼 수 있습니다. 윤동주가 「서시」에서, 별을 두고서, 죽어가는 모든 것들을 사랑하는 마음인 것으로 상징합니다. 마음 그 자체가 힘입니다. 힘이 없어서 마음이 생기지 않는 것이죠. 여기서 마음은 희망, 사랑으로 가득 찬 세계입니다. 이런 면에서 볼 때 위에 인용한 시는 별의 상징성을 잘 나타내 주고 있습니다.

그 별은 자리가 있는데 자리에 따라서 움직입니다. 별자리가 계속해서 순환하는 별자리의 순환성은 마치 인간에게 있어서 삶의 수레바퀴로 인식됩니다. 그래서 옛 사람들은 고진감래라는 말을 썼는데 이 현실의 괴로움을 다하면 반드시 미래의 희망이 찾아온다고 말합니다. 사람들은 겨울이 다하면 봄이 다시 오듯이, 괴로움의 현실이 다하면 좀 더 나은 현실이 찾아온다는 생각을 가지고 희망을 갖고 살아왔다는 이야기입니다.

옛날 사람들은 별자리를 보면서 희망을 품고 살아왔어요. 그래서 별이 가지는 상징성은 하나의 힘이라고 볼 수 있어요. 바로 정신, 정신의 힘, 또 이 정신을 통해서 우주로 확장되는 세계적 환기의 힘, 이것들이 바로 별이 가진 상징이라고 볼 수 있지요. 시편 「산림」에는 이본(異本)이 있는데, 어느 것이 초고인지는 잘 알 수 없지만 정황으로 볼 때 초고에는 '새날의 희망이 나를 이끈다.'라고 했어요. 이것을 '새날의 향연으로 나를 부른다.'라고 수정한 것 같아요. 즉, 향연은 희망이에요.

5. 숨어 있는 시 – 「창공」과 「달 같이」

윤동주의 시를 보면 내용이 분위기가 어둡고, 울울하고, 삶의 괴로움을 드러내는 시가 적지 않아요. 이 어둡고 울울하고 괴롭고 한 것을 극복할 수 있는 유일한 언어 표상이 '별'이 아닌가 하고 생각할 수 있지요. 여태껏 윤동주의 시를 점성술의 관점에서 훑어보고 성찰해 보았습니다. 내가 이 강의를 위해 점성술 책들을 쭉 살펴보니까 대체로 이런 말이 있습니다. 점성술은 자기완성의 단계이다, 한 개인이 자아의 인격화를 성취하는 과정을 나타내는 표지 내지는 도구로서 점성술을 이용해왔다는 내용이 있는데, 이런 것 역시 윤동주의 시와 관련이 있을 것 같습니다.

그는 별을 통해 인간으로서 한층 더 성숙하게 성장하는 계기로 삼은 것은 아닐까 생각할 수 있습니다.

이런 사람의 이름을 들어보았어요? 아주 유명한 신비주의 철학가였던 오쇼 라즈니쉬. 이 사람, 많은 책들을 냈지요. 이 사람은 동양 사상에 관한 한, 건드리지 않은 데가 없을 정도인 사람이에요. 원래는 인도 사람인데, 명상가로 인기가 있었지요. 요즘은 아마 죽었을 거야. 그러니까 조용하지. 이 사람, 이런 말을 한 적이 있습니다. 내가 그래서 여기에 좀 메모를 해 왔는데, 듣기만 해 보세요.

별들이 만들어 낸 무늬는 (이것을 두 자로 축약하면 천문입니다.) 사람에게 일정한 영향을 끼친다. 결국 점성술이란, 인간의 신성한 신비스러움을 가리키며, 또한 인간의 운명을 알려주고 그 운명을 순순히 받아들일 수 있도록 도와주고 있는 하나의 도구이다.

이 오쇼 라즈니쉬의 어록은, 윤동주의 경우에게도 그대로 적용된다고 말할 수 있겠네요. 그는 별을 노래한 시인입니다. 오죽 했으면, 그의 시집 제목이 '하늘과 바람과 별과 시'일까요? 시집 제목만을 보아도 시적 천문 현상을 감지할 수 있겠습니다. 그는 별뿐만 아니라, 달과 관련된 시도 상당히 많아요. 지금 내가 점성술과 관련된 강의를 하고 있으니까 별 얘기만 하는 것 같은데, 별이라고 하면 조그마하게 반짝이는 별만 별이라고 여기지만, 물론 넓은 의미에서 볼 때, 달도 별이요, 지구도 별입니다. 어쨌거나, 하늘을 소재로 한 그의 시 한 편을 먼저 볼까요?

그 여름 날,
열정의 포플러는,

오려는 창공의 푸른 젖가슴을

어루만지려

팔을 펼쳐 흔들거렸다.

끓는 태양 그늘 좁다란 지점에서.

(…)

높다랗게 창공은, 한 폭으로

가지 위에 퍼지고,

둥근 달과 기러기를 불러 왔다.

푸드른 어린 마음이 이상(理想)에 타고

그의 동경의 날 가을에

조락의 눈물을 비웃다.

  이것은 소년 윤동주가 1935년 평양에서 쓴 습작 시편입니다. 제목은 '창공(蒼空)'이고요, 밤하늘의 무늬를 우러러 보곤 하던 그가 이번에는 낮의 푸른 하늘을 올려다보고 있네요. 이 시에서 독특한 시어가 있어요. 그의 시에서 '푸드른'이란 시어 말예요. 윤동주를 전문으로 한 본문비평가 홍장학은 시인 스스로가 애초의 '푸른'을 '푸드른'으로 수정했다는 거예요. 그래서 그는 '푸드른'의 뜻은 애초의 '푸른'에 가까울 거라고 추정해요. 또한 '푸들대다'의 생동감도 포함할 수 있다고도 보네요. 낮 하늘의 무늬를 잘 묘사해줄 구름에 대한 표현이 윤동주의 시에 있는지, 있다면 어떤 표현 양상을 띠는지를 앞으로 유심히 살펴보아야 하겠어요.

  연륜(年輪)이 자라듯이

달이 자라는 고요한 밤에
달 같이 외로운 사랑이
가슴 하나 뻐근히
연륜처럼 피어 나간다.

　한 문장으로 된 시편 「달 같이」의 전문입니다. 연륜(年輪)의 본디 뜻은 무엇일까요? 식물이 성장할 때, 해마다 하나씩 생기는 둥근 테를 말합니다. 흔히 나이테라고 하죠? 해바퀴, 혹은 나이바퀴라고도 합니다. 우리는 이 본래의 뜻을 망각하고는 부가된 뜻에만 매달려

　1. 여러 해 동안 쌓은 경험
　2. 숙련의 정도
　3. 연력(年歷)

으로만 이해하려는 경향이 있어요. 본래의 뜻은 잊어지고 만 거죠. 우리처럼 뇌리에 각인된 부가된 뜻으로 연륜을 이해하고 있는 게 아니라, 시인은 본래의 뜻으로 시를 쓰고 있어요. 또 이 시에서 '뻐근히'라는 부사어도 참 좋은 시어 선택이라고 생각해요. 적절한 풀이라면, '힘겨울 정도로 벅차게'나 '꽉 찬 느낌으로써'가 적절해 보이네요. 마지막 행의 '연륜처럼'은 '매우 더딘 속도로'에 해당하는 말이로군요. 좀 아쉬운 점이 있다면, 연륜이라는 한자어 대신에 '나이테-해바퀴-나이바퀴' 중에서 하나를 선택했더라면 얼마나 좋았을까 하고 생각해요. 이 점이 무척이나 아쉽습니다.

6. 두 개의 작은 별을 노래하다

　윤동주와 가까운 친구 중에서 '송몽규'라는 사람이 있는데 두 사람은 서로 떼려야 뗄 수 없는 관계였어요. 송몽규가 그의 고종 사촌 형이지만, 둘은 친구 중의 친구였지요. 같은 집에서 같은 나이로 태어났고, 같은 전문학교를 4년 동안 쭉 다녔어요. 같이 일본 유학을 했고, 같은 감옥에서 비슷한 시기에 죽었습니다. 윤동주 장례식이 있던 그 다음날에, 또 송몽규가 죽습니다. 그러니까 둘은 쌍둥이처럼 같이 붙어 다녔다고 볼 수 있겠죠. 심지어 죽어서도 영혼의 벗, 소울 메이트일 거예요. 그런데 송몽규 아버지가 가족을 이끌고 북한으로 가버렸기 때문에, 윤동주만큼 이름이 알려지지 않았어요. 앞으로 독립운동가로서의 송몽규에 관한 재평가도 있어야 하겠습니다.

　윤동주에게 송몽규 다음으로 친한 친척이 있다면 당숙인 '윤영춘'이에요. 문인이기도 하지만 평가를 제대로 받지 못했어요. 윤동주의 그늘에 가린 거죠. 이 분은 영어를 굉장히 잘해서 일제강점기에 이미 동경에서 영어 학원 강사로 이름을 떨치고 있었대요. 윤동주와는 나이 차이도 얼마 나지 않아서 숙질이라기보다 형제처럼 사이가 무척 좋았어요. 이 윤영춘이라는 사람이 해방 이후엔 경희대에서 영문과 교수로 재직했습니다. 그리고 그의 아들이 윤형주라고 하는 가수입니다. 윤동주가 죽고 나서 한참 뒤에 태어난 6촌 동생 가수 윤형주는, 내가 보기엔 윤동주의 사진 모습과 얼굴 모양이 사뭇 닮았어요. 특히 넓은 이마에 눈과 눈썹을 보면 많이 닮은 면모가 드러나요. 근데 이 윤형주가 젊었을 때 부른 히트 작이 있었어요. '두개의 작은 별'이라는 제목의 노래입니다. 1970년 대 초반에 널리 유행했었습니다. 윤동주의 6촌 동생 윤형주가 그의 6촌 형인 윤동주의, 별을 사랑했던 마음을 노래로 계승했다고 볼 수 있네요.

저 별은 나의 별, 저 별은 너의 별

별빛에 물 들은 밤같이 까만 눈동자

저 별은 나의 별, 저 별은 너의 별

아침 이슬 내릴 때까지

별이 지면 꿈도 지고 슬픔만 남아요.

창가에 지는 별들의 미소,

잊을 수가 없어요.

　이 노래는 윤동주의 6촌 동생 윤형주가 부른 7080 노래로, 형의 시정
신을 그 아우가 노래로 계승했다고 볼 수 있습니다. 우리 세대에게는 굉
장히 익숙한 노래입니다. 매우 서정적인 포크 송이에요. 노랫말도 멜로
디도 좋으니, 적혀 있는 부분을 내가 한번 불러보죠. (교수는 노래하고, 학생
들은 박수치다.) 여러분도 다음 기회에 스마트 폰을 통해 이 노래를 감상해
보세요. 윤동주의 천문적 관조의 시심을 생각하면서 말이에요.

　오늘 수업은 여기에서 마치겠습니다.

오늘밤에도 별이 바람에 스치운다.

거러가야겠다.

그리고 나안테 주어진 길을

모든 죽어가는 것을 사랑해야지

별을 노래하는 마음으로

나는 괴로워했다.

잎새에 이는 바람에도

한점 부끄럼이 없기를,

죽는 날까지 하늘을 우르러

1941,

**일본에서 보낸 마지막 3년 :
동경, 교토, 후쿠오카**

공부할 순서

(학생의 의견 : 강의를 듣기 전에 먼저 내가 가지고 있었던 시인 윤동주에 대한 생각들을 곰곰이 떠올려보았다. 시인 윤동주, 고등학교 시절에 수능 공부를 하면서 문학 영역에서 많이 보았던 시인. 일제강점기 시절의 시인. 고운 한국말을 많이 쓴 시인. 대부분 이 정도의 생각들을 떠올렸다. 이번 특강을 들으면서 내가 알고 있던 지식들이 얼마나 단편적이고 얕았는지를 절감했다. 특히 그가 일본으로 건너간 다음의 일은 생각할 필요성을 느끼지 못했고, 전혀 알지 못했다. 하지만 오늘 이 강의를 통해서 나는 시인 윤동주에 대해 인간적으로나 문학적으로 더욱 심화된 이해의 기회를 가질 수 있을 것이다.)

1. 각별한 시심, 동경의 '흐르는 거리'

윤동주는 생의 마지막 3년을 일본에서 보냅니다. 그가 있었던 곳은 동경과 교토와 후쿠오카였습니다. 이런 삶의 행적 때문에 일본에서도 윤동주에 관한 관심이 적지 않습니다. 그의 시가 지금 일본의 고등학교 국어 교과서에도 수록되어 있어요. 그의 시 독자는 최근에 이르러 말하자면 일종의 문학적인 '팬덤'을 형성하는데, 이 점에 있어선 한국의 경우보다 못하지 않습니다. 일본인들은 한동안 윤동주를 몰랐지요. 1990년 대만 해도 이랬어요. 한국에 온 일본인 유학생에게 누가 물었대요. 윤동주를 아느냐고? 그런데 말예요, '동동주'는 알아도 윤동주는 잘 모른다고 대답했대요. (학생들, 크게 웃음.) 지금은 사정이 엄청나게 변했어요. 윤동주의 시를 사랑하는 사람들 못지않게 그를 인간적으로 추모하는 사람들도 부쩍 늘어났어요.

그는 연희전문학교를 졸업하고, 일본을 건너가기 위해 어쩔 수 없이 창씨개명을 하게 됩니다. 자신의 그 어지럽고 착잡한 심경이 반영된 유명한 시가 「참회록」입니다. 이 시를 메모지에 긁적이고는 며칠 후에, 학교에 찾아가 창씨개명을 신청합니다. 참회의 기록이라고 하는 시를 쓴 종이의 여백, 여기저기에 어지러운 마음을 나타낸 낙서가 있는데, 눈에 띄는 것은 '비애금물'이라는 메모입니다. 현실을 슬퍼만 하는 것은 안 된다는 겁니다. 일단 현실을 받아들이자, 이런 뜻이에요.

윤동주는 고종 사촌 형인 송몽규와 더불어 일본에 가서 대학 입학시험을 치르는데 송몽규는 교토 제국대학에 입학하게 됩니다. 그 자신은 여러 가지 상황을 고려해보면 명문 교토제국대학에 낙방한 게 분명해 보여요. 연희전문학교 문과생들이 4년의 과정을 마치고 졸업할 때는 24명이 남습니다. 송몽규는 이 중에서 2, 3등을, 윤동주는 12, 3등의 성적순이었어요. 송몽규가 상위권에 랭크되었지만, 윤동주는 중간 정도의 성적을 유지합니다. 이 두 사람과 죽마고우였던 문익환 목사는 연희전문학교를 졸업한 후에 교토제국대학에 입학하는 것은 하늘의 별따기라고 증언한 적이 있었지요. 윤동주는 동경의 릿쿄대학 영문과에 입학하게 됩니다. 그의 스승인 조선어학자 김윤경이 자신의 모교인 릿쿄대학을 연결해주지 않았을까 하는 생각도 듭니다. 기회균등의 무시험 전형일 것 같으면, 추천장을 써 주었을 가능성도 배제할 수 없습니다.

윤동주와 송몽규 둘 다 선과생이었죠. 대학에는 본(本)과생과 선(選)과생이 있는데, 선과생이 뭐냐? 쉽게 말하면 출신 학교의 수준이 미달이라는 뜻이에요. 이때 수준은 학력(學力)이라기보다 학력(學歷)이에요. 일제강점기의 학제는 소학교 6년, 중학교 5년, 고등학교 3년, 대학 3년입니다. 이것이 정식 코스예요. 중학교는 1937년 이전에는 고등보통학교라고 했어요. 고등학교가 문제가 되는 것이, 조선에는 고등학교가 하나도 없었어요. 고등학교와 같은 급에 해당되는 것이 전문학교예요. 그 당시의 고등학교는 지금의 고등학교와는 사뭇 다릅니다. 지금의 고등학교는 우리식의 나이로 열일곱에 입학해 스무 살에 졸업합니다. 그때의 고등학교는 열아홉에 입학해 스물두 살에 졸업해요. 고등학교는 그 당시에 최고의 엘리트 코스였어요. 제국대학의 예과라고 생각하면 됩니다. 이 고등학교에서 3년을 다니면 제국대학에 무시험으로 입학할 수 있어요. 선과라는 말은 고등학교에 준해 인정해준다는 말이에요. 자격이 미달임에도 불구하고 인정이 된다, 라는 뜻입니다. 요즘 말로는 똑같은 것은 아니지만 기회균등을 위한 특별 전형이라고 할 수 있어요.

1942년 4월 초 벚꽃이 피는 시절에, 영국의 국교인 성공회에서 세운 릿쿄대학에 입학합니다. 4월 한 달은 동경 시내에서 영어 학원의 강사를 하고 있던 당숙 윤영춘, 7080 가수인 윤형주의 아버지인 윤영춘의 하숙방에 얹혀 지냅니다. 학교에 신고한 주소지도 여기입니다. 이때 교토에서 송몽규가 찾아와 세 사람은 우에노 공원과 일본교(니혼바시) 등을 내 집처럼 쏘다니곤 합니다. 이때 윤동주 입에서는 시니, 조선이니 하는 단어가 튀어나오곤 했대요. 그래서 당숙은, 잘못되면 유학이고 뭐고 큰일

난다, 정말 조심해야 한다고 타이릅니다. 자신의 주변이 정리가 되니까, 학교에서 걸어서 2, 30분 걸리는 곳에 하숙방을 구합니다. 그의 하숙방은 왜돗자리 여섯 조각이 꽉 찬 공간의, 소위 육첩방인데, 자신이 다니는 릿쿄대학보다는 와세다대학이 더 가깝습니다. 이때부터 그는 하교 후면 하숙방에 칩거해 시와 일기도 쓰고, 학교 공부도 하면서 하루하루를 보냅니다.

나는 윤동주의 동경 시절에 드러난 동선을 확인하기 위해 개인적으로 최근에 두 차례나 도쿄를 방문하였습니다. 그의 모교인 릿쿄대학도 찾아갔었죠. 고색창연한 건물을 두른 푸릇한 넝쿨이 인상적이에요. 그의 동경 하숙집은 서울의 2호선과 같은 내부순환선인 야마노테(山手)선의 다카다노바바(高田馬場)역 주변으로 추정됩니다. 이 역은 이미 19세기 말에 만들어진 역이래요. 역 이름을 보니, 언덕바지의 논—일본은 우리와 달라서 밭 전(田) 자가 아니라 논 전 자예요—과, 말을 키우는 너른 땅이 있었던 것 같아요. 지금은 도심의 초역세권이지만, 지형을 보니 비탈길이 있는 것으로 보아 그럴 만하다는 생각이 들었죠. 이 역 부근에 '일본 플라워 디자인 전문학교'가 있고, 그 뒤쪽에 육첩방이 있는 하숙집이 있었으리라고 추정된대요. 릿쿄대학과 다카다노바바역은 야마노테선이 지나가는 곳입니다. 지금은 동경 서북부 도심이지만, 그가 유학하던 시절에는 도심이 아니라 교외였어요. 그가 동경 시내로 나들이할 때면 간헐적으로 오가는 40계 전동차를 타고 다녔어요.

으스름히 안개가 흐른다. 거리가 흘러간다.
저 전차, 자동차, 모든 바퀴가 어디로 흘러가는 것일까? 정박할 아무런 항구도 없이, 가련한 많은 사람들을 싣고서, 안개 속에 잠긴 거리는.

거리 모퉁이 붉은 포스트 상자를 붙잡고, 섰을라면 모든 것이 흐르는 속에 어렴풋이 빛나는 가로등, 꺼지지 않는 것은 무슨 상징일까? 사랑하는 동무 박(朴)이여! 그리고 김(金)이여! 자네들은 지금 어디 있는가? 끝없이 안개가 흐르는데.

"새로운 날 아침 우리 다시 정답게 손목을 잡아보세." 몇 자 적어 포스트 속에 떨어뜨리고, 밤을 새워 기다리면 금휘장에 금단추를 삐었고(끼웠고-인용자) 거인처럼 찬란히 나타나는 배달부. 아침과 함께 즐거운 내림(來臨).

이 밤을 하염없이 안개가 흐른다.

인용한 시편은 「흐르는 거리」 전문이에요. 윤동주가 동경 시절에 쓴 시구요, 시가 쓰인 날짜는 1942년 5월 12일이에요. 내가 보기엔 그의 자리가 잡히기 이전인 4월 달에 도쿄 도심에 있는 YMCA 회관이나 윤영춘 하숙집에 잠시 기거할 때 시심을 가다듬은 시 같네요. 아직 정처가 없이 예제 떠도는 그의 방황 의식이 잘 드러나 있는 시입니다. 조선에 두고 온 친구들을 생각하면서, 그는 밤안개 자욱한 도심의 거리를 걷고 있는 것 같네요. 뭐랄까? 각별한 시심이 흐른, 동경의 '흐르는 거리'를 애틋이 노래한 시라고 하겠네요. 시인 자신이 유랑하니까, 거리도, 안개도 자신의 동선과 함께 흘러가고 있는 듯해 보였겠지요.

2. 아아, 거기에 오래 남아 있을 내 젊음이여

동경 유학을 시작한 지 한 달 남짓한 시기가 된 1942년 5월 13일에, 그는 「사랑스런 추억」이란 제목의 시를 씁니다. 동경의 릿쿄대학에 다닐 때 연희전문학교의 시절을 회상하면서 쓴 추억어린 시편입니다. 봄이 오던 아침에서 비롯된 시간적인 배경이 봄이 다가고 철이 바뀌는 조짐이 보이는 간절기에 이르기까지 기껏해야 두어 달 지났지만, 그는 엄청난 삶의 변화를 경험하기에 이릅니다. 그는 이 시를 써서 국내의 절친인 강처중에게 편지와 함께 보냅니다. 윤동주와 강처중은 4년간 함께 연희전문학교를 다녔어요. 강처중은 해방 후에 경향신문 기자를 하다가 한국전쟁 때 행방불명되었죠. 이때 서울의 친구 강처중에게 보내진 다섯 편의 시는 윤동주가 재일(在日) 시절에 쓴 것으로 현존하고 있지요. 그 나머지는 압수되어 사라졌어요. 누가 그 다섯 편 중의 하나인 「사랑스런 추억」을 읽어볼까요.

(스스로 읽으려고 하는 학생이 있다. 이 학생이 읽는다.)

봄이 오던 아침, 서울 어느 조그만 정거장에서
희망과 사랑처럼 기차를 기다려,

나는 플랫폼에 간신한 그림자를 떨어뜨리고,
담배를 피웠다.

내 그림자는 담배 연기 그림자를 날리고
비둘기 한 떼가 부끄러울 것도 없이
나래 속을 속, 속, 햇빛에 비춰, 날았다.

기차는 아무 새로운 소식도 없이
나를 멀리 실어다 주어,

봄은 다 가고 – 동경(東京) 교외 어느 조용한
하숙방에서, 옛 거리에 남은 나를 희망과
사랑처럼 그리워한다.

오늘도 기차는 몇 번이나 무의미하게 지나가고,

오늘도 나는 누구를 기다려
정거장 가까운 언덕에서 서성거릴 게다.

―아아 젊음은 오래 거기 남아 있거라.

윤동주가 재학할 무렵의 릿쿄대학 전경. 이 학교는 지금도 소위 '동경6대학'으로 손꼽힌다. 일제강점기에
국어학자 김윤경, 연극인 유치진, 경제학자 고승제 등이 이 학교를 졸업했다. 시인 김상용, 윤동주, 박태진
도 이 학교에 적을 두었다.

이 시는 윤동주가 하숙방에서 썼을 거예요. 1990년, 소설가 황석영이 방북했을 때 북한에서 가장 대표적인 문학평론가인 연로한 백인준이 말하기를, 자신이 동경에서 공부할 때 윤동주와 함께 하숙을 했다고 해요. 그는 본디 윤동주와는 연희전문학교 동기였는데, 2학년을 마치고 먼저 일본에 공부하러 갔어요. 두 사람은 이역에서 다시 같은 학교에 다니게 된 것이죠.

윤동주의 사랑스런 추억의 공간은 어딜까요? 지금은 여러분도 가본 사람이 있을 거예요. 집이 서울에서 온 학생, 손들어 봐요. (몇 명이 손을 든다.) 신촌. 지금 전철역 신촌역 부근은 엄청난 번화가가 되었습니다. 옛날에 윤동주가 살 때에는 거기 허허벌판이었습니다. 집이 초가집, 기와집 몇 채 뿐이며, 다 논밭이고 그랬어요. 그래도 그때 흔적이 조금 남아 있는 곳이 기차역 신촌역인데, 지금은 역사(驛舍)도 싹 바뀌었어요. 나 역시 기억하고 있는 신촌역사도 윤동주의 추억 속에 자리했던 그런 역이었어요. 옛날 모습은 나도 기억이 생생하게 떠올라요. 내가 젊었을 때, 대학원을 다닐 때. 외부 교수님이 멀리 오기 싫어해서, 서강대에서, 이화여대에 가서 강의를 들은 적도 몇 차례 있었는데, 두 학교는 기차역 신촌역과 다 가까운 거리에 있어요. 내가 말한 신촌역은, 일제 때 만든 신촌역입니다. 지금은 온전히 부서지고, 고층건물로 다시 만들어졌습니다.

윤동주가 신촌역에서 기차를 타고, 서울역(경성역)으로 가기 위해 기차를 기다립니다. 그때 신촌역 플랫폼에서 담배를 피웁니다. 거기에서 출발해서 지금의 서울역을 통해 부산역에 가서 부관연락선을 타고 시모노세키를 거쳐 동경으로 삶의 공간을 옮깁니다. 이동 기간이 한 일주일, 걸렸겠죠. 동경의 하숙방에서 추억을 더듬으면서 시를 씁니다. 자신의 전문학교 시절, 지금으로 말하는 연세대학교 재학 중의 시절, 또 그 부근,

그 일대를 그리워하면서 말이죠. 봄이 오던 아침, 그때가 1942년 3월 달에 이렇게 동경으로 건너옵니다. 왜 그러냐 하면, 일본은 학기가 3월 1일자로 시작되는 게 아니라, 4월 1일자부터 시작되니까요. 지금의 일본도 마찬가지입니다. 일본은 벚꽃이 필 때 봄 학기가 시작됩니다. 4월 1일이나 4월 2일, 이때 시작하고, 가을학기는 10월 1일에 시작합니다. 우리 학교에, 지금 우리 자매학교인 아이치 교대 학생들이 와 있죠. 왜 왔느냐, 지금이 방학이라서 온 거예요. 일본에서는 지금이 여름방학이야. 9월 달은 여름방학 기간에 속합니다.

봄이 오던 그 아침, 서울 어느 조그만 정거장에서, 즉 신촌역에서, 희망과 사랑처럼, 기차를 기다려, 나는 플랫폼에 간신한…… 이 '간신한'은 한자말로 가난할 간(艱) 자에 매울 신(辛) 자, 간난하고 신산한, 말하자면 살아가는 일이 어려운 정도로 이해하면 됩니다. 이 해석은 틀린 말이 아닙니다. 지금까지는 간난(가난)과 신산(辛酸)이 겹쳐진 뜻으로만 보았지요. 그런데 최근에 일본에서 교수로 재직하고 있는 연변 출신의 한 사람은 자신이 어릴 때 '간신한'을 '가냘픈'이랑 똑같은 뜻으로 들었다고 증언을 한 바 있었어요. 가냘픈…… 시적인 느낌을 고려하고 배려하자면, 이 '가냘픈'이 한결 좋아요. 그렇죠? 나는 플랫폼에 가냘픈 그림자를 떨어뜨리고…… 느낌이 참 좋네요.

봄이 다 갈 때, 그는 동경 교외 어느 조용한 하숙방에서, 신촌역에서 연희전문학교에 이르는 옛 거리, 추억의 거리를 회상합니다. 그 거리, 지금도 그 거리의 모습은 희미하게 비슷이 남아 있습니다. 옛 거리에 남은 시적 화자의 잔영(殘影)을, 희망과 사랑처럼 그리워합니다. 희망과 사랑을 생각하듯이 그리워한다, 이렇게 되어야 하는데, 이 '처럼'이 윤동주 시에서 항상 문제가 있지 않느냐, 하는 생각을, 나는 가져봅니다. 오늘도 그때처럼, '그때처럼'이라는 말은 없습니다만, '그때처럼'이라는 말이 중간에 생략됐다고 보면 됩니다. 오늘도 그때처럼 기차는 몇 번이나 무의미하게 지나가고. (혹은, 오늘도 그때처럼 나는 기차를 몇 번이나 무의미하게 지나쳐 보내고) 왜 무의미하게 지나가느냐? 아무런 새로운 소식도 끝내 전해주지 않기 때문일 테죠. 그 다음에 가장 여기에서 중요한 말이 나타납니다. 오늘의 나는, 역설적이게도 과거의 나입니다. 오늘도 그때처럼, 누구를 기다려 정거장 '가차운(가까운)'……. 가찹다, 옛날에 이런 말을 쓴 것 같아요. 오늘도 나는 누구를 기다리면서 정거장 가까운 언덕에서 서성거릴 게다. 옛날에 사람과 만날 때는 철도역에서 주로 만납니다. 다들 그렇게 만나서 반가워하면서, 하숙집에도 데려가기도 하고, 그 주변에 무슨 음식집이 있으면, 음식을 먹고 그랬었겠죠. 일본의 시골은 지금도 생활권의 중심이 철도역 주변이에요.

윤동주의 참 좋은 표현이 시의 마지막에 있네요. 아아, 젊음은 오래 거기 남아 있거라. 젊음은 시적 화자인 나의 과거입니다. 나의 과거. 그래서 사랑스런 추억인 거야. 여러분이 지금 4학년인데 이제 10년 후에는 항상 머릿속에 뭐가 남아 있겠느냐? 내가 대신에 말해볼까요? 진주교대와 진주교대 앞의 신안동 골목길이야. 항상 나의 젊음은 진주의 신안동 거리에 남아 있거라, 하는 겁니다. (학생들이 크게 웃는다.) 아니, 생각해봐요. 지금은 실감이 나지 않지만, 여러분은 시간이 조금 지나면, 세월이 가면 신안동 거리의 하나하나가 그렇게도 사랑스러운 추억의 잔상으로 남게 될 수밖에 없습니다. 여러분의 꽃다운 청춘 그 4년을 이 신안동에서 보내지 않았습니까? 여러분의 젊음이 남아 있는 곳이 바로 신안동 골목길이요, 신안동 길가입니다. 윤동주가 신촌의 그 거리를 사랑스럽게 추억하듯이, 여러분도 언젠가는 신안동 거리가 사랑처럼, 사랑스럽게, 또 사랑스러운 추억의 공간으로 남게 될 것입니다.

다시 볼까요.

— 아아 젊음은 오래 거기 남아 있거라.

추억속의 나를, 과거의 자아를 떼어내지 못하는 윤동주의 인간적인 시편입니다. 애틋한 모습이 잘 드러나고 있어요. 추억속의 나를 떼어내 버리려고 한다면, 그는 정말로 독종의 인간형이라고 볼 수도 있겠죠. 그런데 그는 인간적입니다. 과거의 나에 대한 애틋함을 간직하고 있으니까요. 과거의 나, 현존하는 내가 서로 대립하는 관계를 설정하고 있는 시입니다. 그런 갈등 속에서도 통합하는 건전한 자아의 설정 및 형성에 기여하고 있다고 볼 수 있겠습니다.

3. 어둠 속으로 소리 없이 사라지는 흰 그림자

뜬금없는 말 한 마디 해볼까? 여러분은 흰 그림자를 본 적이 있습니까? (학생들, 의아한 표정을 짓는다.) 나도 '흰 그림자'를 소재로 한 시를 한 차례 써본 적이 있습니다. 그리스에 간 적이 있는데 관광버스 안에서 잘 자고 있는데 어떤 소리에 놀라서, 내가 깼습니다. 조수미가 부르는 그리스 최고 대중가요 명곡으로 유명한 「기차는 일곱 시에 떠나네」……. 연인과 헤어지는 안타까운 노랫말로 되어 있지요. 조수미의 목소리가 아릿하고도 처연한 가락으로 들려와서 문득 잠이 깨이고, 그러고 나니 옛 그리스 문명이 발상한 장소성의 의미를 가진 에게 해(海)가 푸르게 보이고, 또 이를 무심히 바라보니까 그 너머에 돌아가신지 얼마 되지 않은 어머니의 모습이 흰 그림자처럼 보이더라는 거예요. 내 시의 내용은 대충 이런 거예요.

흰 그림자는 일단 여러분에게 경험한 일이 없는 것이죠. 이때 '흰'이라고 하는 것은 생명이랄까, 현존의 정체성이 없는 것이죠. 아마도 기독교 신자인 윤동주에게 불교적으로 해석할 수 있는 시가 바로 이것이 아닐까요? 환(幻)이란 말이 있어요. 이를 가리켜 우리말로 '곡두'라고 합니다. 환은 환영, 즉 헛것이고, 허깨비요, 실체가 없는 것을 가리킵니다. 이것은 불교에서 말하는바 깨달을 각(覺) 자와 서로 구분이 되는 지점에 놓이는 개념입니다. 이때까지는 윤동주가 온갖 스트레스에 빠져 있어서, 번뇌 망상에 빠져 있어서 허깨비처럼 짓눌린, 혹은 가위눌린 생활을 하고 있었음이 감지되고 있어요. 그는 이 시를 통해 좀 성숙해집니다. 그가 이 시에서 말하고 있는 어리석음이란, 바로 환이요, 흰 그림자를 말합니다. 그의 동경 시절에 쓴 또 하나의 시편 「흰 그림자」를, 우리 모두 다 같이 읽어볼까요? 우선 내 낭독부터 먼저 들어보아요.

(교수, 학생들에게 낭랑하게 읽어 보인다.)

황혼이 짙어지는 길모금에서
하루 종일 시들은 귀를 가만히 기울이면
땅거미 옮겨지는 발자취 소리

발자취 소리를 들을 수 있도록
나는 총명했던가요.

이제 어리석게도 모든 것을 깨달은 다음
오래 마음 깊은 속에
괴로워하던 수많은 나를

하나, 둘, 제 고장으로 돌려보내면
거리 모퉁이 어둠 속으로
소리 없이 사라지는 흰 그림자

흰 그림자들
연연히 사랑하던 흰 그림자들

내 모든 것을 돌려보낸 뒤
허전히 뒷골목을 돌아
황혼처럼 물드는 내 방으로 돌아오면

신념이 깊은 의젓한 양처럼
하루 종일 시름없이 풀포기나 뜯자.

이 시에서 나는 단수 개념이 아닙니다. 복잡한 자아의 개념. 허깨비와 같은 자아들을 있는 제 자리로 돌려보내면, 그 그림자는 영혼이 없는 현실을 반영해 있는 거예요. 윤동주는 도일을 앞두고 창씨개명하면서 한자로 쓴 '비애금물(悲哀禁物)'이란 메모를 남겼어요. 창씨개명한 슬픔을 슬퍼하지 말자, 슬픈 현실을 받아들이자, 내 자신의 발전이 있어야 조국도 있고 민족도 있는 거야. 그는 다소 마음이 홀가분해진 뒤 동경 생활을 시작합니다. 지나치게 식민지 현실을 슬퍼하지 말고 자아 발전에 치중하자는 것. 내 자신의 계발과 발전이 있는 다음이라야 조국이 있고 민족이 있다는 것. 모든 것을 어리석게도 깨달은 다음에 이르러서야 비로소 인간적으로 성숙할 수 있다는 거예요.

그렇게 보니까 이 시는 정신적인 성숙 내지 자기 계발이 기약되는 윤동주의 귀한 시라고 보입니다. 윤동주의 시에서 가장 철학적인 심오한 이치가 내포된 시라고 할까요. 불교적으로 해석할 수 있는 희귀한 시편이에요. 불교에서는 그림자, 환(幻), 헛것에 대한 비유와 상징이 자주 등장합니다. 시인은 '땅거미 옮겨지는 발자취 소리'를 총명이라고 표현하고 있습니다. 표준국어대사전에 의하면, 땅거미는 전혀 다른 두 가지의 뜻을 가지고 있어요. 하나는 해가 진 뒤 어스레한 상태. 또는 그런 때를 말합니다. 박야(薄夜)니 석음(夕陰)이니 하는 한자어 유의어도 있네요. 다른 하나는 벌레 유의 용어로서 땅거밋과의 거미를 통틀어 이르는 말입니다. 땅거미가 전자의 경우처럼 어두울락 말락 할 정도의 어둠인 박암(薄暗)의 개념으로 쓰이고 있다면 시간적인 추이를 나타내는 말이겠죠. 그런데 시인은 이 시간적인 추이의 개념을 후자와 관련해 공간적인 이동의 개념으로 환치하고 있단 말이에요. 대단한 상상력입니다.

말하자면, 땅거미 옮겨지는 발자취 소리는 지혜로운 자의 귀에 울리는 은미(隱微)함의 깊숙한 소리이겠죠. 깨달음이란, 다름이 아니라 바로 이런 것입니다. 박암과 총명은 중생의 미욱함과 각자(覺者)의 깨달음이 가지는 차별적인 지혜의 정도를 말합니다. 신념이 깊은 의젓한 양은 깨달은 자의 상징으로 비칩니다. 「또 다른 고향」에서 말한 '지조 높은 개'를 연상하게 합니다. 신념 깊은 양의 풀 뜯는 모습과, 지조 높은 개의 짓는 소리는 서로 잘 비교됩니다. 비슷이 감지됩니다.

다음에 제시된 시는 유명하지요? 짐작컨대, 그의 현존하는 마지막 시가 아닌가 해요. 제목은 「쉽게 씌어진 시」입니다. 유인물을 보면서, 준비가 되었나요? 자, 그러면 다 같이 읽어 봅시다.

(학생들, 낭랑하게 읽는다.)

창 밖에 밤비가 속살거려
육첩방(六疊房)은 남의 나라,

시인이란 슬픈 천명인 줄 알면서도
한 줄 시를 적어 볼까,

땀내와 사랑내 포근히 품긴
보내 주신 학비 봉투를 받아

대학 노우트를 끼고
늙은 교수의 강의 들으러 간다.

생각해 보면 어린 때 동무들
하나, 둘, 죄다 잃어버리고

나는 무얼 바라
나는 다만, 홀로 침전하는 것일까?

인생은 살기 어렵다는데
시가 이렇게 쉽게 씌어지는 것은
부끄러운 일이다.

육첩방은 남의 나라
창 밖에 밤비가 속살거리는 데,

등불을 밝혀 어둠을 조금 내몰고,
시대처럼 올 아침을 기다리는 최후의 나

나는 나에게 작은 손을 내밀어
눈물과 위안으로 잡는 최초의 악수

　왜돗자리 여섯 조각으로 이루어진 육첩방이 있는 공간, 지금의 동경 다카다노바바역에서 허전한 뒷골목을 돌아서 놓여 있는 그 공간에서, 윤동주는 새벽에 깨어나 빗소리를 들으면서 시를 씁니다. 일본은 방(房)이라는 말을 잘 쓰지 않아요. 우리는 걸핏 하면 방이라고 하잖아요? 노래방, PC방, 빨래방, 찜질방 등. 방은 일본식 한자어로 부옥(部屋)이라고 해요. 자기네의 발음으로는 '헤야'예요. 그래서 육첩방 하면 한 세 평쯤 되는 방을 말하는 겁니다. 여러분이 살고 있는 지금의 원룸 크기랑 비슷하다고 생각하면 됩니다. 다다미라고 하는 왜돗자리 여섯 조각으로 만들어진 육첩부옥이 일본식 발음으로는 '로쿠조베야'라 합니다. 윤동주가 일본어인 로쿠조베야나, 일본식 한자어인 육첩부옥이라고 쓰지 않고, 육첩방이라고 한 것은 우리말의 주체성을 잘 살린 경우라고 할 것입니다. 그는 말 한마디에도 세심하게 배려한 거예요.

　그런데 이 시에서 '땀내와 사랑내 포근히 품긴, 보내 주신 학비 봉투를 받'았다는 내용이 있지 않아요? 윤동주 전문가의 한 사람인 김응교 교수(숙명여대)는 「일본에서의 윤동주 인식」(2009)이라는 발표에서, 동경에 간 여타의 작가에 비해 윤동주는 아버지 덕에 살림살이가 그럭저럭 넉넉했다고 봅니다. 염상섭은 요코하마에 있는 인쇄소까지 가서 일을 했고, 이기영은 노동판을 찾아다녔고, 김용제는 우유와 신문을 배달하면서 지냈다죠.

그 다음의 연에 보면, 대학 노트를 끼고 늙은 교수의 강의를 들으러 간다고 했는데, 이 늙은 교수의 정체를, 내가 밝혀냈어요. 이 분은 동양 철학계의 석학이었어요. 이름이 우노 데쓰토(宇野哲人 : 1875~1974)인데, 논어 신해석의 대가요, 일본 퇴계학의 선구자입니다. 퇴계의 성리학을 연구했다니, 우리와도 인연이 있군요. 그래선지 이 분의 저서가 197, 80년 대에 우리나라에 더러 번역이 되었어요. 굉장히 오래 살아 백수(白壽)를 누렸네요. 스승은 백수를 누리고, 제자는 요절하고. 뭔가 생의 아니러니 같은 걸 느끼게 하네요. 윤동주가 우노 교수에게 강의를 들을 때는 이미 나이가 예순일곱이었어요. 강좌명은 '동양철학사'였구요. 그는 동경제국 대학교 교수로 재직하다가 정년 이후에 집에 있기가 좀 심심했는지 릿쿄대학에 출강을 했어요. 윤동주는 우노 교수로부터 80점의 평점을 받습니다. 모국어 화자가 아닌 유학생이 이 정도 점수면 괜찮은 점수네요. 참고로 삼았으면, 좋겠어요.

돌이켜 생각해 보면, 어린(어릴) 때 동무를 하나, 둘, 죄다 잃어버리고. 윤동주는 뭐 김정우, 송몽규 등과 고향의 죽마고우와 헤어져 이제는 이 국의 쓸쓸한 하숙방에서 외톨이가 되었다는 겁니다. 다 잃었죠. 나는 무얼 바라, 나는 다만, 홀로 침전하는 것일까? 아무것도 바라는 것 없이 나 스스로 혼자 이렇게 침전하다, 가라앉고 있다. 가라앉고 있다는 게 뭘까? 성찰의 시간을 가진다는 게 아닐까요? 인생은 살기 어렵다는데 시가 이렇게 쉽게 쓰이는 것은 부끄러운 일이다. 이것은 꽤 반어적입니다. 반어적인 상황이죠, 또 반어적인 표현이라고 할 수도 있겠습니다. 뒤집어놓고 본다면, 시는 쓰기 어렵다는데 인생이 저렇게 쉽게 살아지는 것도 부끄러운 일입니다. 부끄럽기는 매양 한가지랄까요.

시적 화자인 내가 하숙을 하는 육첩방이 있는 남의 나라에는 지금 창밖에 밤비가 속살거리는데, 등불을 밝혀 어둠을 조금 내몰고, 시대처럼 올 아침을 운운. 그런데, 또 처럼이네. 이게 문제야. 나 같으면 시대의 아침이 올 것을 기다리는 최후의 나, 이렇게 할 것 같아요. 윤동주의 시에서 흔히 표현되고 있는 '처럼'을 두고 상당히 의미를 부여한 사람도 있어요. 김응교 교수는 최근에 간행한 『처럼―시로 만나는 윤동주』(2016)라는 책에서, 이 '처럼'을 윤동주 시의 주도(主導) 모티프로 보고 있어요. 타자에 대한 동일성을 지향하는 시적 의도 및 장치로 보는 것 같아요. 내용 현상학의 관점에서 볼 때 성숙한 사유의 일면일지 모르지만, 내 얘기는 언어형식론의 문학 내적인 관점에서 볼 때는 덜 여문 과실과 같이 미숙한 맛이 난다는 얘기입니다.

현존하는 윤동주의 시에서 마지막으로 남긴 것으로 추정되는 「쉽게 씌어진 시」의 본문에서 가장 고조된 부분은 마지막 두 연입니다. '등불을 밝혀'에서 '최초의 악수'로 이어지는 부분입니다. 나는 나에게 작은 손을 내밀어 눈물과 위안으로 잡는 최초의 악수. 자, 최후의 나와 최초의 악수는 대구(對句)가 됩니다. 서로 짝을 이루고 있습니다. 최초의 악수는 현실을 인내하면서, 때를 기다리는 삶의 자세를 말하는 겁니다. 일본에 와서 공부를 하는 것이 지금의 순응적인 삶의 자세인 최초의 악수인 것입니다. 반면에, 최후의 나는 미래의 나를 가리킵니다. 최후의 나는 미래의 나, 조국 광복을, 나라를 찾는 것을 보게 되는 주체적인 자아예요. 그래서 주체적인 자아를 실현하기 위한, 최후의 나를 드러내기 위한 현실적인 전제 조건이 결국 바로 최초의 악수가 되는 것입니다. 최근에 젊은 비평가 신형철 교수(조선대)가 이 시에 관해 언급한 내용이 한 일간지에 발표되었는데 참고가 될 것 같아 내가 보여줄 부분만 복사를 해 왔어요. 자, 그럼 유인물을 볼까요.

이 악수는 '내가 나에게' 하는 악수다. '최초의 악수'라고 했으니 그 이전에는 악수를 한 적이 없었다는 말이다. 부끄러워만 했던 시절의 윤동주는 자기 자신을 한 번도 온전히 긍정한 적이 없었던 것 같다. 그러나 이제는 달라졌다. '최후의 나'가 탄생하여 '직전의 나'에게 손을 내민다. 여기까지 오느라 수고했다고, 이제 너는 부끄럽지 않아도 된다고. 또 '직전의 나'는 '최후의 나'에게 말했을 것이다. 네 앞날이 걱정스럽다고, 그러나 네가 자랑스럽다고. (한겨레신문, 2016. 4. 2)

코엘료라고 하는 사람이 있죠. 파울로 코엘료. 「연금술사」라고 하는 소설의 작자. 그가 쓴 이 작품에 보면 이런 말이 있어요. 가장 어두운 때는 해가 뜨기 직전이다. 바로 일제가 그 당시에 수행하던 아시아-태평양 전쟁이 가장 어두운 시대임을 말해주고 있습니다. 그러니까 이 아시아-태평양 전쟁이 끝나면 바로 밝은 시대가 온다는 겁니다. 전쟁이 종식된 직후의 화평의 시대 말이죠. 요컨대 윤동주의 「쉽게 씌어진 시」는 코엘료의 「연금술사」에 나오는 말, 가장 어두운 때가 바로 해뜨기 직전이다, 라는 것을 생각하게 하는 그러한 내용의 시입니다.

윤동주 시 대부분이 본질적 자아와 또 다른 자아, 참된 자아와 거짓된 자아 사이의 갈등에 관한 내용입니다. (자기라고 해야 하지만 일반적인 표현을 따릅니다.) 자아와 자아의 격투, 존재와 존재의 싸움이 윤동주 시 세계의 주된 소리를 내고 있어요. 그런데 이 시에 이르면 마침내 자아와 자아가 화해를 이루는 국면을 보여줍니다. 윤동주의 시에서는 아주 보기가 드문 일이에요. 그의 현존하는 마지막 시에 이르러, 마침내 극적인 반전을 일으켰다고 볼 수 있겠네요.

윤동주의 동경 생활은 짧았어요. 한 학기 수업 기간인 4개월 정도였지요. 훗날에 동경 시절의 그를 기억하는 사람도 없었지요. 친구라고는 연희전문학교에서 인연을 맺은 동기생인 백인준 정도였지요. 그는 전문학교를 중도에 그만두고 일본 릿쿄대학에 들어가 일찍이 유학을 해요. 해방 후에는 북한의 대표적인 문학평론가로 활동했구요, 훗날에 북한의 고위 관료가 되었어요. 우리나라에도 온 적이 있어 윤동주와 관련된 사람들이 면담을 신청했지만 이루어지지 않았어요. 소설가 황석영이 방북을 했을 때, 자신이 윤동주와 함께 동경에서 하숙을 했다는 사실을 털어놓습니다. 서로 방은 따로 썼겠지만, 다카다노바바역 주변의 같은 하숙집에서 말예요. 윤동주가 교토로 학적을 옮긴 이후에도 동경에 간 일이 있었대요. 이때 백인준과 절친한 벗인 안병욱(철학자)은 백의 신주쿠 하숙방에서 윤동주와 우연히 조우합니다. 그는 벽에 등을 기대어 백의 유성기에서 들려오는 클래식 음악에 심취해 듣고 있었다고 해요.

릿쿄대학에 재학할 때 조선인 유학생들의 정기 모임이 있었나 봐요. 예과의 후배인 한 청년이 프랑스어로 된 시를 유창하게 낭독하더래요. 그래서 윤동주는 감명을 받았는지 자극을 받았는지 물었대요. 어떻게 하면, 당신처럼 프랑스어를 잘 할 수가 있어요? 그 청년은 동경 시내에 있는 전문 어학원인 '아테네 프랑세'에서 강의를 들으면 좋겠다고 추천합니다. 여기는 주로 그리스어와 프랑스어를 가르치는 곳입니다. 이 청년이 김수영과 교분이 있었던 시인 박태진입니다. '아테네 프랑세'에는 학적을 보유한 학생들도 있었고, 개방된 강의를 들으러온 일반인들도 있었다나요. 시인 이상화가 프랑스를 가기 위해 여기에서 잠시 학적을 둔 적이 있었다고 해요.

4. 교토에서 있었던 일들, 도시샤의 증언자들

대체로 7월 초, 중순이면 일본 대학의 학기가 마칩니다. 윤동주는 여름방학 기간에 걸쳐 고향에 가 있었는데, 1942년 여름은 살아생전에 마지막으로 고향에 머문 기간이었지요. 8월 4일에 찍힌 사진이 남아 있어요. 자신의 고향 지인들과 찍은 이 사진관 사진은 젊은 시절을 기념하기 위해 찍은 사진 같습니다. 그런데 이 사진을 보면, 송몽규가 신사머리라면, 윤동주는 훈련병 같은 단발머리였어요. 그가 릿쿄대학에 입학하고 보름 뒤에 단발령이 내려집니다. 일본 정부는 전 국민이 정신을 차리라고 하는 뜻에서 머리카락을 짧게 깎으라고 강요했죠. 릿쿄대학은 적대국 영미 계통의 학교이기 때문에 항상 감시 대상이 되었죠. 이런 학교여서 자진해서 단발령을 시행했으리라고 봐요. 더욱이 멀지 않은 거리에 있는 규율의 동경제국대학에서 영향을 받은 측면도 있으리라고 봅니다. 반면에 교토제국대학은 자율적으로 사상의 자유를 존중하는 학교였지요. 지금도 학풍이 상반됩니다. 도쿄대학교는 규율을 강조하지만, 교토대학교는 자율을 보장한다는 것. 교토대학교가 지방 학교임에도 불구하고 도쿄대학교보다 훨씬 많은 숫자의 노벨상 수상자를 내는 이유는 창의적인 괴짜를 끌어안고 학문과 사상의 자율을 존중해 주는 데 있다고 해요. 윤동주는 일본에 와서도 일이 뜻한 바대로 되지 않았어요. 교토와 센다이에 있는 제국대학교에 입학하는 일에 실패한 게 분명한 듯하고, 박춘혜라고 하는 이름의 성악을 공부하는 동경 유학생과의 사랑도 이루지 못했지요. 굳이 동경에 머물 필요가 없었죠. 그래서 교토에 소재한 도시샤대학의 영문과로 적을 옮긴 것으로 보입니다.

그가 도시샤대학에 편입한 날은 1942년 10월 1일. 그런데 첫 학기에 대한 행적이 남아 있지 않아요. 그해 상반기에는 그에 관한 얘깃거리를 무수히 남기지만, 그해 하반기는 거의 공백 상태예요. 다만 그해 섣달그 믐날과 그 다음 날인 정초의 행적은 나타나 있어요.

윤동주가 센다이에 있는 동북제국대학교 편입학이 뜻대로 되지 못하 고, 대신에 교토에 있는 도시샤대학교에 간 사실을 두고, 그의 아버지는 불만이 많았어요. 그 자신도 좀 미안해했는지 겨울방학에는 교토에 그 냥 눌러 있었지요. 그래서 교토 숙소에서 혼자 공부를 하고 있었대요. 윤 동주가 머문 2층짜리 아파트는 대부분 학생들이 숙식을 하고 있었어요. 이 건물은 원래 목조 건물이었다는데, 전쟁이 끝난 후에 불이 나 타버려, 지금은 교토예술단기대학이 들어서 있다고 해요. 이 숙소에서 학교까지 는 한 40분 걸리는 것 같은데 사이에 냇물이 흐르고 다리도 지나고 하는 가 봐요. 나도 언제인가 시간이 되면 윤동주의 교토 등하굣길을 따라 걸 어봤으면 해요.

(학생의 의견 : 이 내용의 강의를 들으면서 저는 윤동주의 등수에서부터 그 가 몇몇 학교에 진학이 좌절된 이야기, 그 당시의 학교생활에 관한 이야기를 들 으면서 얼마나 일제강점기 시절에 공부하는 것도 어려웠는지, 서러웠는지 그제 야 윤동주의 상황을 이해하고, 많이 슬펐습니다. 더 많이 꽃을 피울 수 있었던 재능을 가진 사람임에도 일제강점기라는 시대의 조건 때문에 꽃을 피우지 못한 것이 아쉽고 안타까웠습니다. 마치 활짝 피지 못한 채 봉오리가 그대로 떨어지 는 느낌으로, 윤동주의 그림자가 내게 다가왔습니다.)

1942년이 저무는 섣달그믐, 당숙인 윤영춘이 귀국하기 위해 교토에 들러 윤동주와 만납니다. 이 사람과 윤동주는 당숙질 관계지만 나이로 볼 때는 형과 아우 같은 사이였어요. 윤영춘은 일찍이 문필가로 등단도 했고, 동경에서는 영어 강사로 생활을 했어요. 해방 후에는 주로 중국문학 번역가로 활동하면서, 경희대학교 영문과 교수로 재직하였지요. 이 분의 문학적인 성취도 충분히 재평가되어야 하는데 아직까지도 윤동주의 그늘에 가려 윤동주의 당숙이란 이미지로만 남아 있어요. 이 분은 7080세대의 포크 가수인 윤형주의 아버지입니다. 어쨌든 1942년 12월 31일은 한 해의 마지막 날이니, 전쟁 중이라도 교토의 거리는 흥청망청하는 분위기였어요. 일본 사람들은 섣달그믐날 저녁에 왜식 메밀국수인 소바, 특히 따뜻한 국물의 소위 '가케소바'를 먹는 풍습이 있어요. 지금도 그래요. 윤영춘의 증언에 의하면, 이날 야시장 노점에서 파는 어묵과 삶아놓은 돼지고기와 참새고기를 실컷 먹었다고 증언하였습니다. 특히 교토는 두부가 유명해요. 두부는 절에서 나온 음식이에요. 이곳은 절이 많아 두부음식도 아주 유명하죠. 일본 두부도 사실은 그 옛날에 조선에서 건너간 음식이랍니다. 두 사람은 섣달그믐날에 맛있는 음식을 실컷 먹고, 이 모든 비용은 학원 선생이었던 윤영춘이 냈지요. 결과론적인 얘기지만, 생애의 마지막이 될 만남에서 당숙은 조카를 위해 돈을 많이 썼죠.

그날 밤, 윤동주의 숙소에서 두 사람은 밤늦은 시간까지 이야기를 합니다. 이때 윤동주의 시인관이 윤영춘의 증언을 통해 드러나요. 요컨대는 이래요. 프랑시스 잠의 시는 구수해서 좋고, 신경질적인 장 콕토의 시는 싫증이 나다가도 그 날씬날씬한 맛이 도리어 매력을 갖게 해서 좋고, 나이두의 시는 조국애의 불타는 열성―요즈음 식의 뉘앙스라면, 열정에 해당하는 개념―이 좋다. 여기에서 그가 인도의 여성 시인이자 여성 정치가인 사로지니 나이두(Sarojini Naidu : 1879~1949)의 시를 좋아한다는 것은 주목을 요합니다. 그가 같은 시대의, 같은 식민지 시인으로서 공감하고 있다는 증좌이기 때문이죠.

새해 첫 날에는 두 사람이 비파호에 산책을 갔는데 케이블카를 타고 산을 넘었어요. 이것은 조선의 노동자들이 만든 것이었죠. 교토에 조선의 노동자들이 많아 여기와 인근의 오사카에 지금도 재일교포가 많이 산다고 해요. 윤영춘은 아름다운 광경에 탄성을 질렀지만, 윤동주의 반응이 무디었다고 해요. 경치가 아름다운 것은 관심이 없다는 거겠죠. 그가 가진 문제에만 관심을 가지고 있었음을 알 수 있어요. 윤영춘의 이같은 증언 때문에 윤동주의 교토 시절이 조금 복원이 되는군요. 이 겨울 방학 때 백인준을 만나러 동경에 잠시 다녀왔나 봅니다. 앞서 말했지만 백인준의 신주쿠 하숙집에서 윤동주가 벽에 등을 기대고 클래식 음악을 들었다는 것. 이 사실을 증언한 안병욱 얘기는 다시 나올 것입니다.

1943년 4월 1일, 다시 새 학기가 되어서 공부를 시작하는데, 그는 계속해서 감시의 대상이 됩니다. 그런데 본인은 이 사실을 모르고 있었어요. 일본의 특별고등경찰은 치안유지법에 걸려든 사상범을 색출하는 자들입니다. 히틀러의 비밀경찰, 박정희 시절의 중앙정보부와 같이 사상범을 사찰하는 그들에게는 송몽규와 윤동주가 좋은 관리 대상, 말하자면 먹음직한 먹잇감이었지요. 조선 사람들, 조선말을 아는 사람들인 앞잡이들이 미행을 하고 기록을 남겼다죠. 송몽규와 윤동주가 만날 때마다 그들은 은밀하게 따라 다닙니다.

1994년 일본 NHK 다큐멘터리 디렉터인 다고 기치로(多胡吉郎) 씨는 '조선에서 온 유학생 히라누마 도츄를 아십니까?'라고 말하면서 그 당시에 릿쿄와 도시샤의 영문과에 재학했던 사람들을 수소문해 엄청나게 질문을 해댔어요. 대부분이 모른다고 하는 대답뿐. 윤동주를 기억하는 일본인이 없다고 판단할 무렵에, 한 할머니가 '히라누마 씨 말씀이지요. 네 알아요!' 하는 대답이 돌아옵니다. 마침내 윤동주의 1942년 봄과 여름이 정확하게 복원되는 순간이었죠. 그의 동급생 여학생인 모리타 하루와 기타지마 마리코. 윤동주와 이 두 여학생이 함께 프랑스어 강의를 들었는데 모리타 하루가 결석했어요. 수업하기 직전에, 윤동주는 마리코에게 씨익 웃으면서 이렇게 말합니다. '(수강자가) 둘 뿐인데 틀리면 부끄럽겠습니다.' 이 부끄러움은 여러분의 정서로는 이른바 '쪽팔림'이겠죠. 그의 시에 무수히 반영된 그 부끄러움의 정서가 일상생활에서도 그렇게 드러나는군요.

그해 오월 경에 윤동주는 동급생 친구들 하고 교토 교외의 우지강변과 아마가세 현수교에서 야유회를 가집니다. 그때 찍은 사진을 복사해 왔으니 한 번 봅시다. 복사를 하니 사진이 덜 깨끗하네요. 윤동주 생애의 마지막 사진, 가운데에 윤동주가 주인공처럼 서 있고, 그 바로 옆 오른쪽에 모리타 하루와 기타지마 마리코가 서 있네요. 동급생들은 "우리, 야유회를 가자" 했을 것이고, 그 당시는 먹을거리를 파는 마트라는 게 뭐 없었을 것이고, 그러니까 조그만 솥하고 단무지니 일본식 절임 야채 등을 가지고 가서 냇물 흐르는 계곡에서 밥을 지어 먹었겠죠. 이들은 모처럼 바위 위에 앉아서 대화를 나누면서 쉬고 있는데, 누가 그랬대요. "히라누마 군, 노래 한 곡 불러보지." 그는 주저하지도 않고 노래를 불렀다고 해요. 이때 불렀던 노래가 '아리랑'이었대요. 곡을 다 부르고 나니 친구들이 박수를 쳤죠. 지금도 아흔 훌쩍 넘은 연세에도 곱게 늙은 기타지마 마리코 씨는 그때의 일을 회고합니다. KBS에서 최근에 방영한 다큐멘터리 「불멸의 청년 윤동주」(2017)에서 따왔으니 다 같이 자료 화면을 주시해 주세요.

식사가 끝난 후에 누군가가 '어이! 히라누마 군! 노래라도 한 자락 해.'라고 말했던 것 같아요. 그러자 히라누마 씨가 활짝 웃으면서 노래를 부르기 시작했

현존하는 윤동주의 마지막 사진. 1942년 봄에 도시샤대학 영문과 동급생들과 함께 우지강변에 야유회를 가서 아마가세 현수교에서 찍은 사진이다. 그는 이날 식사한 후에 아리랑을 불렀다. 가운데의 그 옆의 여학생은 지금도 생존하고 있는 모리타 하루, 기타지마 마리코. 이들에 의해 교토 시절의 윤동주가 잘 복원되었다.

어요. 그게 한국말로 된 한국인이 부르는 노래였기 때문에 굉장히 훌륭했어요. 목소리도 그다지 높지 않았어요. 오히려 저음이었고 약간 허스키한 목소리였는데요, 아리랑을 불렀어요. 정말 훌륭하게 불렀어요. 좋은 인상을 받았어요.

—기타지마 마리코

아흔세 살의 이 할머니는 74년 전에 있었던 젊은 처녀 시절의 일을 이렇게 기억하고 있어요. 보다시피, 아주 곱게도 늙으신 할머니이네요. 그 난세에 대학을 다니신 만큼, 기품도 있어 보이는 분이네요. 이 분의 말씀, 듣는 우리도 참 가슴이 뭉클하지요. 어쨌든 사진 속의 두 여성은 아직까지도 살아 계셔요. 본래 일본 여성분들이 오래 살잖아요? 또 다른 할머니 모리타 하루 씨도 최근에 이런 증언을 남겼어요. '당신들은 윤동주 씨를 만나보질 못했으니까, 어떤 분인지 모르겠지요? 우리가 그분을 더 잘 알아요. 자세가 좋았어요. 키가 크고. 그분은 항상 바른 자세였어요.' 나도 이렇게 생각해요. 윤동주는 평소에 조선의 전통 선비처럼 늘 바른 자세를 취하고 있었던 것 말이에요.

이 무렵에 또 다른 일이 있었어요. 이 멤버들은 야유회가 있고 얼마 후에 한 학기를 마친 감사의 뜻에서 교수 댁을 찾아갑니다. 교수의 성은 우에노(上野)였어요. 학년을 담당한 생활지도 교수였겠지요. 윤동주의 도시샤대학 시절의 학적부를 보면 그에게 학점을 받지 못했어요. 강의 신청을 하지 않았으면 모르겠는데, 만약 과락이었다면 평소에 윤동주는 이 교수와 감정이 좋지 않았을 거예요. 우에노 교수는 어떻게 된 건지 모르지만 다근 자 형태로 된 상에서 학생들과 차를 마시면서 "시국의 상황이 악화일로다. 제군들은 항상 몸조심하고, 자기 관리를 잘 해야 한다."라는 요지의 주의를 준 것 같아요. 그리곤 학생들에게 돌아가면서 하고 싶은 말을 하게 했던 같아요. 내가 아까 보여준 사진 속의 남학생들은 대부분 전쟁에서 죽었다고 합니다. 그런데 살아남은 남학생이 있어서, 다고 기치로가 인터뷰를 시도했는데 처음에는 기억이 나는 게 없다고 했어요. 훗날 기억이 되살아나서 다시 통화가 되었는데 이런 말을 했대요. 그때 그 자리에서 윤동주는 동급생들에게 말합니다. 상당히 의미 있는 어록입니다.

제군들에게는 죽음을 걸고 지킬 조국이 있지만, 내게는 지켜내지 않으면 안 될 조국이란 게 없다. (諸君には死を賭して守る祖國がある. だが私には守るべき祖國がない.)

최근에 간행된 일본 책에 있는 얘기에요. 굉장히 위험 수위가 높잖아요? 우에노 교수는 윤동주에게 더 이상 말을 못하게 합니다. 자리가 갑자기 썰렁해집니다. 이 어록이 여태껏 거의 알려져 있지 않았지만, 이것은 그가 남긴 최고의 어록이라고 생각해요. 이 어록은 앞으로 윤동주의 조국관을 연구하는 데 긴요한 데이터로 활용될 거예요. 그 자리에서 우에노 교수는 "이 자리에서도 누군가 '히고쿠밍'이 있을 수 있다."라고 말합니다. 즉, 히고쿠밍이란 '비국민(非國民)'이란 한자어의 일본식 발음으로서, 우리나라에선 '매국노'라고 말해지는 개념이에요. 중국에서는 이를 두고 외세를 업고 자리(自利)를 극단적으로 추구하는 나쁜 인간형으로서의 '한간(漢奸)'이라고 말합니다. 다시 화면을 볼까요. 윤동주의 동급생인 모리타 하루 할머니는 20여 년 전에 이렇게 증언한 바 있었지요.

영문과에 남아 있던 몇 안 되는 학생들이 교수님 댁에 초대를 받았습니다. 그때 여러 가지 얘기를 하던 중에 윤동주 씨와 교수님 사이에 민족적인 문제에 대한 얘기가 나와서 두 분이 매우 감정적으로 다투었던 기억이 있습니다. 윤동주 씨가 말대꾸를 했습니다, 가만있지 않고. '나는 그런 마음으로 이곳 학교에까지 온 사람이 아니다.'라고 들은 기억이 있습니다.

―모리타 하루

이 증언은 KBS와 NHK가 공동으로 제작한 해방-종전 50주년 기념 특집 다큐멘터리 「윤동주, 일본 통치 하의 청춘과 죽음」(1995)에서 방영되었어요. 만약 윤동주의 감정이 격하였다면, 그런 마음으로 온 게 아니다, 라는 말보다 "센세(선생님), 나는 여기(도시샤)에 공부하러 왔지, (미국을 위해) 간첩질을 하러 온 것이 아닙니다."라고 직설적으로 대응했으리라고 봅니다. 여자 동급생들의 증언에 의하면, 교수 스스로 어색해진 분위기를 수습했다고 해요. 아마도 "딴 데 가서 술을 마시지 말고, 집으로 곧장 가게."라고 하였을 겁니다. 이날 윤동주가 풀이 죽은 채 귀가할 때, 앞에서 말한 남자 동급생은 윤동주의 어깨를 감싸 안고 위로하면서 돌아왔다고 합니다. 이때부터 우에노 교수와 윤동주 사이에는 좀 이상한 기류가 흐른 것 같아요. 그러고 얼마 있지 않아 윤동주의 숙소에 형사들이 들이닥칩니다. 우에노 교수와 특고경찰이 내통되었는지 누가 알겠어요? 그 당시에 특고경찰은 사복을 입고 대학의 교정을 활개를 치듯이 돌아다녔죠. 그 당시는 특고경찰이 대학에 잠입해 학생들의 동태를 살피고, 또 교수와 긴밀히 이야기하던 그런 시절이었으니까. 불온한 사상에 물든 대학생들을 색출하려고 말예요. 물론 치안유지법이 강력한 배경이되었지요.

5. 후쿠오카의 수인(囚人) 영원한 잠에 들다

어쨌든 1학기 종강할 무렵에, 우에다 교수 집에서 시국을 둘러싸고 말다툼이 있었습니다. 사제지간의 격한 언쟁은 그 당시 풍속으로선 다소 이례적인 일이지요. 이런 일이 있고 나서 사태가 심상찮게 돌아가고 있었지요. 먼저 송몽규가 경찰서에 잡혀 들어가요. 윤동주가 이를 모를 리 없었을 거예요. 그는 서둘러 고향으로 돌아가려고 했어요. 교토에서 괜히 얼쩡거리다가는 자신에게도 화가 미칠 수 있다는 사실을 감지했을 거예요. 여비가 빨리 도착했으면 몸이라도 먼저 피했을지 몰라요. 자료 화면을 봅시다. 1995년 8·15 광복 기념으로 제작된 다큐멘터리 「윤동주, 일본 통치 하의 청춘과 죽음」 오프닝 시퀀스입니다.

1943년 7월 24일 윤동주의 하숙방에 교토 시모가모 경찰서의 특고 형사가 들이닥쳤다. 윤동주는 여름방학에 귀향하기 위해 짐을 꾸리고 있었다. 윤동주는 체포된 것이다. 특고경찰의 내부 자료, 특고 월보. 여기에 의하면 윤동주는 조선인 유학생들과 가끔씩 부합하여 조선의 미래를 이야기하였다고 한다. 조선민족은 이제 멸망하려고 한다. 우리는 조선인의 의식을 잃어버리지 말고, 조선 고유의 문화를 연구하고, 조선 문화의 유지 향상을 꾀하는 것이 민족적 문화인의 사명이다. 특고경찰은 조선 독립을 부추겼다고 윤동주를 체포한 것이다. 이 때 조선어로 쓴 시도 몰수당해 돌아오지 않았다.

윤동주는 교토 시모가모 경찰서에서 5개월 동안 조사를 받고, 법원으로부터 형이 확정됩니다. 그의 당숙인 윤영춘이 당시 경찰서에 면담을 신청해 성사되었죠. 아마도 8월 무더운 어느 날이었을 거예요. 윤영춘의 증언에 의하면, 조사하는 담당 형사가 저 친구, 괜한 영웅주의에 휩싸여 저런다, 라고 말했다고 해요. 그들의 서류가 높이 쌓여 있었다죠. 이 서류는 동태를 살피는 저들의 서류와 윤동주의 일기와 시 노트였어요. 경찰은 윤동주에게 이 모든 것을 일본어로 직역을 하라고 하여 번역하고 있다고 하는 거예요.

결국 윤동주의 확정된 죄명은 치안유지법 위반. 사건명은 재경도(在京都) 조선인 학생 민족주의그룹 사건이래요. (미국의 맥아더 장군이 일본을 점령하면서 이 악법을 당장에 없애 버렸어요.) 교토에 살고 있는 조선인 유학생들이 서로 만나 그룹을 만들어서 독립운동을 꾀했다는 거예요. 송몽규가 주범이고, 윤동주는 공범. 또 한 사람은 고희욱이란 사람인데 그 역시 실형을 받습니다. 그는 잠시 감옥에 잡혀 있다가 곧 풀려났어요. 말하자면 단순히 두 사람을 도와준 종범(從犯)이랄까요.

윤동주의 평전을 오랫동안 쓰고 덧붙여온 소설가 송우혜는 천신만고 끝에 이 고희욱 씨를 만납니다. 그가 발품을 팔면서 만난 이 가운데 가장 공을 들인 경우라고 할 수 있지요. 고희욱은 그 당시에 최고의 엘리트가 재학하는 제3고등학생이었죠. 그 시대에 교토의 '삼(三)고생'이면 신체장애자라도 딸을 준다, 라는 말이 있을 정도로 천하의 엘리트였어요. 송몽규와 고희욱의 관계는 교토제국대학교 학생과 제3고등학교 학생, 즉 이 두 학교가 본과와 예과의 일관(一貫) 학제이니까 사실상의 선후배 관계이지요. 쉽게 말하면, 고희욱은 송몽규의 '똘마니'인 셈입니다. 고희욱 씨의 증언에 의하면, 송몽규와 만날 때 윤동주와도 두어 차례 만났대요. 그는 송몽규를 가리켜 사려 깊고 민족주의 의식이 강한 창백한 청년 지식인으로, 윤동주를 두고 말없이 듣기만 하는 훤칠한 미남자로 기억하고 있었어요. 지금도 송몽규를 빨간 물이 든 과격한 청년으로 생각하는 사람들이 적지 않은데, 난 생각이 달라요. 고희욱의 증언대로라면, 그는 우파적인 애국청년이에요. 그가 사회주의자라면 왜 소년 시절에 중국으로 가서 김구 선생을 추종하는 한 군관학교에 입교하려고 했겠어요? 그를 이 독립 단체로 인도한 사범, 즉 모범적인 스승이 민족주의자 명희조라는 이가 아닙니까? 앞으로 청년 독립운동가로서의 송몽규를 재평가해야 해요.

윤동주의 수감 생활에 관해선 독립운동을 하다가 다른 방에서 감금되어 있던 김헌술의 증언이 있어요. 이에 관해선 시간 관계로 생략합니다. 가족과 틈틈이 엽서로 소통했나 봐요. 반드시 일본어로 써야 전해줍니다. 그와 아우 일주가 소통한 내용이 전해지고 있습니다.

윤일주 : 붓끝을 따라온 귀뚜라미 소리에도 벌써 가을을 느낍니다.
윤동주 : 너의 귀뚜라미는 홀로 있는 내 감방에서도 울어준다. 고마운 일이다.

형제가 주고받은 엽서의 내용은 한 편의 시, 깊이 있는 일종의 선문답이라고 할 수 있겠네요. 1944년 8월 하순에서 9월 중순 사이에 주고받은 엽서의 내용인 것 같습니다. 이로부터 한 5개월 후에 윤동주는 영원한 불귀의 객이 됩니다. 어쨌든 후쿠오카 형무소에서 수인(囚人)으로서 생활하던 송몽규와 윤동주가 죽음을 당합니다. 상황 논리로 보면 규슈 의과대 의사들에 의해 생체 실험을 당한 개연성이 있어 보입니다. 이들이 미군 포로를 상대로 반(反)인권적인 생체 실험을 자행해 맥아더의 전범 재판을 앞두고 진실을 밝히지 않은 채 자살을 해버렸어요. 윤동주 죽음의 원인을 확증하지 못하는 게 아쉽네요. 그 당시 후쿠오카 감옥 속에 조선인 청년 지식인들이 사상범으로 적잖이 잡혀 있었는데 이들도 다 같이 죽었으면 몰라도 대부분 살아서 해방이 되거든요. 이 사실 역시 역사의 진실을 미궁에 빠뜨리게 합니다.

윤동주의 재일(在日) 기간 중에 있었던 일들을 중심으로 이상과 같이 내 얘기를 해보았습니다. 뭔가 비장한 감이 있지요. 또 다른 얘기로 넘어가죠. 내가 살아오면서 대중적으로 유명한 철학자 두 분이 계셨는데, 이 두 분의 이름은 안병욱과 김형석이란 분예요. 두 분 모두 강연도 잘 하셨고, 글도 잘 쓰셨고, 친한 친구 분이었어요. 우리 세대의 사람에겐 이름만 들어도 두루 아는 사회적인 명사(名士)였습니다. 안병욱은 도산 안창호 사상을 특히 선양하시다가 천수를 누리고 돌아갔고, 김형석은 거의 백세의 연세에 이르기까지 아직도 사회 활동을 하고 있어요. 백세 시대의 인간상이랄까? 이 분은 신학을 공부했지만 신학이 역사적으로 인간을 위해 한 게 무엇이었느냐면서, 지금도 인간을 위한 학문이야말로 오로지 인문학이었다고 꼬장꼬장 강변하는 선비 같은 분이에요. 어쨌든 두 분은 윤동주의 지인이었어요. 안병욱은 친구의 친구였고, 김형석은 평양 숭실중학교를 잠시 같이 다녔지요. 두 사람이 오래 전인 1985년 12월 29일에 방영된 'KBS 일요 방담(放談)'에 출연해 긴 시간을 가졌는데 윤동주에 관한 대화를 인용해 보겠어요.

안병욱 : 동경에서 내가 공부한 시절에는 시인 윤동주를 만나곤 했어요.

김형석 : 나도 그 이전에 윤동주와 평양의 숭실중학교를 잠시 함께 다닌 적이 있지요. 신사참배의 문제가 생기니까, 학교가 문을 닫게 되었지요.

안병욱 : 겨울 방학에는 윤동주가 동경에 놀러왔어요. 일전에 북한예술단장으로 왔던 백인준, 나, 윤동주가 어두운 하숙방에서 만나서, 대화를 나누었지요. 자! 우리 힘도 없어져, 말도 없어져, 자유는 박탈당해, 민족의 앞날은 캄캄해. 이 암흑의 어두운 시절에 어떻게 젊은이로서 양심적으로 성실하게 살아가야 하는가, 굉장히 우울하면서도 뜻이 맞는 동지라고 생각해서 서로 기뻤고. 그러나 윤동주가 교토에서 잡혀 나중에 스물아홉 살에 후쿠오카(福岡) 형무소에서 죽는데, 그때 친척이 윤동주의 시체를 찾으러 갔어요. 갔더니, 일본 간수(看守) 얘기가, 이 청년이 매일 아침 일어나서 그 야윈 손으로 감옥의 철창을 잡고 '한국아! 한국아!' 하고 외치는데, 그 '한국아'가 무슨 말이오? 하고 묻더래요.

김형석 : 그는 일본 교토에서 잡혔거든요. 그때에 나도 교토에 있었어요. 학도병을 피해서 도망갔거든요. 거기서도 일본 경찰들이 자꾸 찾아오데요. 한 형사가 오더니 솔직히 얘기해주데요. 너 조심하라고, 예비 구속들 하고 있다고, 그러면서 누구누구가 구속됐다고 얘길하데요. 그때 그만 윤동주가 그렇게 됐어요.

안병욱 : 아, 그때 김 선생은 용케 피하셨네.?

윤동주의 재일 기간을 가장 잘 요약적으로, 또 가장 잘 극적(劇的)으로 얘기하고 있네요. 이 대화에서 주목할 것은 윤동주가 죽기 전에, 한국아, 한국아, 하면서 죽어갔다는 것. 안병욱 선생이 1947년 윤동주 2주기 행사 때 참석해 시신을 수습하러간 당숙인 윤영춘에게서 이 얘기를 들었던 것 같아요. 그는 이 소중한 삽화를 기회가 있는 대로 여러 번 되풀이했어요. 윤동주가 철창을 붙잡고 왜 '한국아, 한국아' 하고 신음하듯이 소리를 냈을까? 그 당시의 정황이라면, '조선아, 조선아'여야 하는데 말이죠. 조선 하면 감옥의 간수가 알아듣죠? 한국 하면 모르죠. 그 당시에도 조선을 두고 경우에 따라선 한국이라고 했어요. 안중근 의사도 자신을 가리켜 '조선인'이라고 하지 않고, '대(大)한국인'이라고 했잖아요? 어쨌든 나라 없는 시대에 '한국'이라는 나라 이름을 외치면서 죽어간 윤동주를 생각하면 가슴이 참으로 미어집니다.

(교수의 목소리도 좀 떨리고, 학생들의 표정도 어두워진다. 잠시 후……)

윤동주 사후(死後)의 후일담 하나, 추가할게요.

시모가모의 경찰서 특별고등과 내선계 순사부장인 고로기 사다오가 윤동주 담당 형사였어요. 영화 「동주」에서 윤동주를 취조하던 실존 인물이에요. 1982년 7월 어느 날, 누가 여든여섯 살의 고로기를 찾아갑니다. 그의 집은 교토 교외에 있었어요. 그는 현관 바깥에서 잠시 대화를 나눕니다. 미지의 방문자는 종전(終戰) 이전에 취조한 조선인 유학생을 기억하느냐, 이 학생으로부터 압수한 시나 산문을 번역하게 한 일을 기억하느냐고 물었답니다. 빛 잃은 노안(老眼)이 동요를 일으키던 그는 '생각할 수 없소.'라는 말만 여러 번 되풀이합니다. 무언가 짚이는 데가 있었던 모양이에요. 그는 과자 선물도 받지 않고, 도망을 치듯이, 화난 표정으로, 집 안으로 들어가 버렸습니다.

마지막으로, 자료 화면을 봅시다.
이 자료는 2017년 3·1 운동 기념으로 제작된 다큐멘터리 「불멸의 청년 윤동주」의 마무리 장면입니다. 이 장면은 윤동주의 역사적 현재성에 관한 제작 책임자의 소위 '클로징 코멘트'라고 하겠습니다. 이것이 끝이 나면, 수업은 자연스레 종료됩니다. 수고했어요.

(마지막 코멘트만 기록함.)

70여 년 전 일본에서 죽어간 무명의 청년은 지금의 우리의 곁에 살아있다. 어느 시대 어떤 언어로든, 순수를 그리고 현실을 고민하는 젊음은 그와 교감한다. 불멸의 청년 윤동주, 그는 영원히 빛바래지 않을 순수의 상징이다.

(학생의 소감 : 고등학교 시절에 윤동주 시인에 관해 적지 않은 시들을 접했다. 이번 강의에서 그의 강한 애국심을 생각하면, 나는 깊이 반성하지 않을 수 없다. 대한민국이라는 나라에 태어난 이후 월드컵이나 올림픽 등의 국제 스포츠 행사 때 우리나라를 응원하는 등의 모습들을 보지만, 평상시에는 아닌 게 아니라 우리나라에 대한 사랑이 나를 포함한 우리 세대에게 그다지 깊은 것은 아닌 것 같다. 나는 가끔 우리나라의 현실을 보면서 한숨을 내쉰 적도 있었다. 윤동주는 도시샤대학으로 옮긴 후 조선인 학생들과 모여서 대화를 나누었다는 이유로 감옥에 들어가는데 그곳에서 정체모를 원인으로 사망을 하게 되었다고도 한다. 함께 투옥된 고종 사촌의 증언에 의하면 이상한 주사를 맞고 그렇게 되었다고 한다. 살아생전 자신의 시집을 한 번도 만져보지 못한 그가 매우 안타까웠다. 우리 말글을 보존하기 위해 몰래 시와 일기를 쓰면서 하루 빨리 시대의 상황이 나아지기를 바랐던 그를 생각하면, 진정한 애국심이란, 바로 이런 것이구나, 하고 느껴진다.)

죽는 날까지 하늘을 우르러
한 점 부끄럼이 없기를,
잎새에 이는 바람에도
나는 괴로워했다.'
별을 노래하는 마음으로
모든 죽어가는 것을 사랑해야지
그리고 나안테 주어진 길을
거러가야겠다.
오늘밤에도 별이 바람에 스치운다.

윤동주. 그 이름 석 자에 온갖 감정이 몰려든다. 아름다운 우리말로 한민족의 혼을 노래한 그를, 우리는 사랑하고 그리워한다. 단 한 권의 시집도, 문단 활동도 없이, 일기 쓰듯이 시를 쓴 무명의 학생 시인 윤동주. 그는 일제강점기 끝자락에 지식인의 저항 의식과 자기 성찰의 상징으로서 살았다. 한국인이 가장 사랑하는 민족의 시인으로 지금까지 기억되는 것은 무엇 때문일까? 이 물음과 함께 교수님의 강의 내용에 귀를 기울여본다.

－허가영 (수강할 학생)

1. 형의 자취를 찾아 나선 아우

해방이 된 이듬해, 윤동주의 열 살 어린 동생 일주는 서울로 내려옵니다. 1946년 6월 달이라고 하죠. 그때까지만 하더라도 만주에서 동북대학교 의과대학인지를 다녔다는데 어떤 학교인지는, 나도 잘 모르겠습니다. 윤동주의 아버지가 아들 일주에게 말했답니다.

네 형 동주의 흔적을 찾아 서울로 가 봐라. 그리고 거기에서 네가 하고 싶은 공부를 할 수 있는지 살펴봐라.

아우 일주는 형의 자취를 더듬어 보고, 자신이 서울에서 공부를 하고 싶다는 일념으로 그 분단의 3·8선을 넘었습니다. 초창기에는 3·8선 넘기가 어렵지 않았어요. 사실 왕래도 자유로웠어요. 편지 같은 것도 갖고 오갈 수 있었죠. 즉, 이때만 해도 그는 별다른 어려움 없이 쉽게 월남했을 겁니다.

그는 서울에서 형의 친구인 경향신문 기자 강처중과 후배인 정병욱 등, 형이 연희전문학교 시절에 잘 지냈던 지인들과 만나게 됩니다. 그래서 형이 남긴 원고 일부와 보관하고 있던 유품을 전해 받고, 또 많은 사람 앞에 자신의 모습을 드러냅니다. 드디어 윤동주의 아우로서 공식적인 석상에서 얼굴을 내보이게 되죠. 윤동주를 알고 있던 서울의 지인들은 그의 아우가 출현함으로써 무척 반가워했겠지요. 이때가 1947년 2월, 윤동주 서거 2주기 추모 모임에서였습니다.

1946년 6월에 내려와서 석 달 후 1946년 9월에 윤일주는 서울대학교에 입학을 하게 됩니다. 건축(공학)과에 입학했어요. 졸업은 언제 했느냐? 1953년 3월 달이랍니다. 몇 년 만에 졸업했느냐? 7년 만입니다. 왜 그랬을까요? 한국전쟁 때문이에요. 근데, 내 세대에게는 이 용어가 좀 익숙하지 않아요. 즉, 6·25 때문입니다. 어쨌거나 학교를 졸업한 후에, 그는 해군 시설장교로 복무하게 됩니다. 1961년 3월 달에 예비역으로 제대해서, 그 다음에 부산대학교 교수, 동국대학교 교수, 성균관대학교 교수로 재직하게 되지요. 그는 대한민국의 해군 장교와 대학 교수로서 자리를 잡아서 살아가게 되죠. 자신의 누나이면서 형(윤동주)의 유일한 여동생인 윤혜원 역시 남편과 함께 북간도에서 북한을 거쳐 3·8선을 어렵사리 넘어서 남한으로 내려옵니다. 전쟁 이후에는 윤동주 가족들이 북간도와 남한에서 각각 떨어져 살면서 영원히 만나지 못하게 됩니다. 윤동주 형제의 막내인 광주는 북간도에서 때 이른 나이에 병으로 세상을 떠납니다.

윤일주는 윤동주와 열 살 차이가 나지만, 많은 나이 차이에도 불구하고 서로 통하는 것이 있었지요. 뭐냐 하면, 문학적인 재능을 형과 아우 간에 공유하고 있었다는 것. 윤동주가 서울에서 공부할 때 초등학교에 다니는 어린 아우에게 다달이 어린이 잡지를 사서 고향집으로 부쳐주었다고 해요. 그는 두만강을 건너 전해진 어린이 잡지에 실린 동시 작품을 통해서 시심을 키워갔습니다. 그는 형이 보내준 잡지 속의 동시를 많이 읽었죠. 형도 먼저 동시를 쓰게 되고, 아우도 마침내 동시를 쓰게 되고…… 이 동시를 쓴다는 것이 형과 아우간의 많은 나이 차이에도 불구하고, 서로 간에 정의(情誼)를 더욱 더 굳게 하였다고 얘기할 수 있겠습니다. 이 얘기는 윤일주의 훗날의 증언입니다. 상당히 신뢰가 있고, 뜻이 있고, 또 깊이를 지닌 증언이라고 할 수 있겠죠.

윤일주는 형과 관련된 짤막한 글들을 적잖이 발표했습니다. 한 열 편이나 발표되었죠. 가장 먼저 발표한 게 「선백(先伯)의 생애」라는 글입니다. 선백. 선백이 뭐죠? 돌아가신 아버지를 뭐라고 하지? 선친이라고 하죠? 돌아가신 맏형을 선백이라고 하는데, 일주에게 형은 기실 맏형밖에 없죠. 선형이라고 해도 될 터인데, 군이 선백이라고 한 것은 윤동주가 장남이기 때문에 '백' 자를 쓴 것입니다. 요컨대 선백이란, 먼저 떠난 집안의 맏이라는 말입니다.

2. 눈 감고 불어보는 민들레 피리

어떤 자료에 보면 윤동주가 쓴 동시가 37편이랍니다. 그의 아우 윤일주는 동시 31편을 썼다고 합니다. 서로 비슷한 숫자입니다. 형제간에 비슷한 양의 동시를 남겼고, 또 두 사람 모두 성격도 비슷하였다고 합니다. 과묵한 성격이고, 겸손한 성격이며, 목소리도 나직했어요. 아우 윤일주씨도 요즘의 관점으로 보면 좀 이른 나이에 세상을 떠났습니다. 지금으로부터 30년 전인 1985년에 간암으로 별세했어요. 우리식 나이로는 쉰아홉의 아까운 나이네요.

그가 세상을 떠나기 2년 전에 일본에 교환교수로 1년 간 가 있었는데, 형인 윤동주를 일본 사람들에게 널리 알리는 데 있어서 가장 큰 역할을 한 사람인 이바라기 노리코와 만나게 됩니다. 이 분은 일본에서 아주 유명한 여성 시인이에요. 일본의 시단에서 현실참여적인 시 계열의 가장 중심적인 인물입니다. 우리나라로 치면 김수영 급에 해당되는 시인입니다. 이 분은 우리 한글에 대한 사랑도 깊어서 책까지 낸 적이 있어요. 내가 몇 년 전에 한글학회 진주지회 회원들 앞에서 '이바라기 노리코의 한글 사랑'이란 내용의 강연을 한 적이 있어요. 어쨌든 이 분이 윤동주의 아우가 교환교수로 일본에 체류하고 있다는 얘기를 듣고, 그를 만났습니다. 윤일주는 그때 이런 말을 했다고 해요.

제 운명은 우리 형님의 뒤치다꺼리를 할 운명이었나 보죠. 저는 가끔 이런 생각을 해요. 내가 이 세상에 왜 태어났느냐? 우리 형님의 뒷정리를 하기 위해 태어난 게 아닐까, 하고요.

두 사람 사이에 시인 윤동주에 관한 많은 얘기들이 오갔겠지요. 윤일주 교수의 좋은 인품에 매료된 이바라기 노리코는 직접 보지는 않았지만 시인 윤동주도 아마 '윤일주 교수처럼 온화하고 다정하고 품위 있는 인간성을 가진 사람이 아니었겠느냐?'라고 하는 내용의 글을 남기기도 했습니다.

윤일주가 해방 이전부터 시와 동시를 썼지만, 특히 많이 발표한 시기는 해방 공간 때입니다. 해방이 되고 6·25까지의 시기를 해방 공간이라고 합니다. (나는 문학비평사를 연구한 내 박사 논문에서 이 시기를 '해방기'라고 했어요.) 이 해방 공간 5년간에 걸쳐 17편의 시와 동시를 발표했습니다. 일생 중에서 가장 많이 썼고, 그리고 뒤에 해군 시설 장교로 복무하고 건축학 교수로서 사회적인 공인으로 활동하면서부터 거의 시와 동시를 안 썼어요. 만약 그가 시인으로 입신하려고 의도하였다면 많은 시를 썼을 거예요. 1950년대에는 몇 편 안되고, 1960년대에는 아예 쓰지 않았어요. 그 때부터 윤일주 교수는 주로 우리나라 근대 건축사에 관한, 학계의 훌륭한 학문적인 업적으로 평판이 나 있는 책들을 저술하구요, 또 한편으로는 건축에 대한 이론적인 책을 적잖이 번역했습니다. 형을 닮아서 그런지, 영어를 아주 잘했나 봅니다. 외국 원서를 우리말로 번역을 적잖이 함으로써, 문학과는 점차 멀어져 갔습니다.

그러면 방금 나눠 준 유인물을 통해 윤일주의 시 한편을 봅시다. '민들레 피리'라는 제목의 시가 있습니다. 누가 한번 읽어볼까. 저기, 안경을 쓰고 노란 색 옷을 입은 여학생이 읽어봐요. 이름을 몰라서 미안해.

햇빛 따스한 언니 무덤 옆에
민들레 한 그루 서 있습니다.
한 줄기엔 노란 꽃
한 줄기엔 하얀 씨.

꽃은 따 가슴에 꽂고
꽃씨는 입김으로 불어봅니다.
가벼이 가벼이
하늘로 사라지는 꽃씨.

─언니도 말없이 갔었지요.

눈 감고 불어보는 민들레 피리
언니 얼굴 환하게 떠오릅니다.

날아간 꽃씨는
봄이면 넓은 들에 다시 피겠지.
언니여, 그때엔
우리도 만나겠지요.

―윤일주의 「민들레 피리」

자, 언니라 하면 시적 화자가 여자 아이일거라고 생각하는데 옛날의
언니는 형(님)입니다. 일제강점기 때 언니라고 하면 대체로 형이에요.
남자 아우가 형을 부를 때 언니라고 합니다. 나도 초등학교 다닐 때 국
어 책에서 형이라는 말 대신 언니라는 말이 있는 대화체의 문장을 배웠
어요. 그때는 참 이상했어요. 선생님들도 왜 그런지 말하지도 않고.
1960년대 중반을 넘어서면서 언니는 우리가 지금 일반적으로 쓰는 지
칭어로 온전히 굳어졌습니다.

진주가 고향인 학생, 손 들어봐요.

(수업 중, 교수와 학생들의 대화)

"여학생 한 명. 상준이. 너도 진주냐? 너 '웅가'라는 말 들어봤지? 상준이 들었지? 웅가는 누구를 가리키느냐? 남동생이 형보고 하는 소리지?"

"네. 동생이 손위의 형제나 자매를 부르는 소리로 알고 있습니다."

"자매끼리도 웅가라고 하고, 형제도 웅가라고 하고, 오빠도 웅가라고 한다는 이야기네. 그건 내가 못 들어봤네. 근데 이 웅가라는 말이 '형아'의 변형인지 진주 출신의 국어학자들에게 물어봐야겠어요. 형아라는 말의 변형으로서의 웅가인지, 언니라는 말의 변형으로서의 웅가인지 나도 잘 모르겠어요. 이 말은 진주에서만 들을 수 있는 좀 독특한 표현입니다. 나도 어렸을 때 부산에 살면서 자주 들었는데, 말하자면 형 보고 웅가, 웅가라고 하는 말을 자주 들었는데, 그 애들이 대체로 진주에서 온 애들이었어요. 상준이는 웅가라는 낱말을 평소에 어떻게 인식하고 있었니?"

"어머니가 여자 형제한테 부르는 모습을 자주 봤습니다."

"옆의 학생, 자네는 어떻게 인식하고 있었나?"

"여자 형제 사이에 손윗사람을 부르는 말로 알고 있습니다."

"아, 그런가. 우리는 남자 형제끼리 부르는 호칭을 웅가라고 알고 있었는데, 아까도 말했지만 진주 출신의 국어학자들한테 물어봐야겠어요. 무엇의 변형인지. 형아라는 말의 변형인지, 언니의 변형인지. 또 아니면 또 어떤 독립적인 어원을 가진 낱말인지, 나는 정확하게 모르겠어요."

어쨌든 시에서 언니는 누구를 가리킨다고? 두말할 나위도 없이, 형인 윤동주를 가리키는 낱말입니다. 말하자면, 시편 「민들레 피리」는 윤일주가 돌아가신 형님을 그리워하면서 쓴 시입니다. 시에 '무덤'이라고 하는 것을 보면 이 사실이 확실히 맞죠? 언젠가는 하늘나라에서 만나겠지요? 이런 식의 표현이라면 시의 성격도 대충 짐작이 되겠어요. 일종의 추도

시라고 말할 수 있겠어요.

(학생의 조사 : 교수님께서 윤일주의 시편 「민들레 피리」가 언제 어디에서 썼는지에 관해서는 언급이 없었다. 이것은 형인 윤동주가 일본 형무소에서 세상을 떠난 후 만주 용정에 있는 무덤의 옆에 서서 쓴 시로 알려져 있다. 내가 또 조사를 해보니 그 당시에 만주에서도 형을 언니라고 부르는 것이 일반적이었다. 그는 젊어서 적잖은 동시를 썼으나 형님인 윤동주에게 누가 될까 하여 발표를 하지 않았다. 그의 시들은 훗날 그가 작고한 뒤에 아들 윤인석 교수(성균관대)에 의해 유고시집인 『민들레 피리』(정음사, 1987)로 간행되었다.)

3. 함께 비교해서 읽는 형제의 동시

윤동주의 경우야 그렇지 않지만, 윤일주의 경우는 동시와 일반시가 잘 구분이 되지 않기도 해요. 어떻게 보면 동시 같고, 어떻게 보면 일반시 같기도 합니다. 여러분이 보고 있는 자료의 「나비」라고 하는 작품은 1948년에 쓴 것인데 동시에 더 가깝습니다. 자료를 더 넘기면 왼쪽에 윤동주의 동시가 있고, 오른쪽에 윤일주의 동시가 있습니다. 내가 꼭 분위기가 비슷한 것끼리 엮어 보았어요. 작품성이 있는 것을 위주로 했지만 작품성이 있음에도 불구하고 서로 엮이지 않은 것은 제외되었습니다.

먼저 윤동주의 「겨울」이라는 동시를 다 같이 한번 읽어봅시다. 재미있는 작품이예요. '처마 밑에 시래기 다람이 바삭바삭 추워요. 길바닥에 말똥 동그래미 달랑 달랑 얼어요.' 자, 시~작.

처마 밑에

시래기 다람이
바삭바삭
추워요.

길바닥에
말똥 동그래미
달랑 달랑
얼어요.

─윤동주의「겨울」

　서기 1917년생의 윤동주가 1936년 겨울에 쓴 시니까, 스무 살 나이에 쓴 시네요. 처마, 처마 알죠? 초가집이나 기와집 밑에 비 맞지 않는 곳을 난간, 혹은 처마라고 합니다. 윤동주에 관한 어떤 책을 보니까 '처마 밑에/시래기, 다래미'라고 되어있는데. 찾아보니까 '다람이'가 맞아요. 다람이라는 말 처음 들어보죠? 사전에도 없어요. '시래기'라는 말은 알죠? 시래기가 뭐죠? 무청입니다. 표준어로하면 무청. 가을이 지나고 겨울이 되면 시래기를 말려 놓죠? 올해 저장해두었다가 겨울에 먹기 위해서. 무청을 말려서 잘 보관해 둡니다. 그래서 시래기 국을 끓입니다. 배추 말린 것을 뭐라고 합니까? 우거지라고 합니다. 배추를 말리면 우거지고, 무청을 말리면 시래기입니다.

　다람이는 사전에도 없는 말인데 도대체 이게 뭘까요? 다발인 게 분명한데. 이것은 다발은 다발이야, 문맥을 보면. 이 시는 윤동주가 두 번을 썼는데 첫 번째 쓴 원전을 보면 시래기라는 말은 안 나오고 '시라지'라고 되어있어요. 첫 번째는 시라지라고 했다가 두 번째 윤동주가 다시 고쳐 쓴 글을 보면 시래기라고 되어있습니다. 우리말에 '두름'이란 말이 있어요. 한 두름, 두 두름할 때 두름 말예요. 푸성귀 따위를 묶어 놓은 것을 두름이라고 하는데, 다발도 묶음을 셀 때 쓰는 단위로서 한 다발, 두 다발 하면서 쓰는 말입니다.

주로 열 모숨, 모숨이란 말은 한 줌 두 줌. 푸성귀를 한 줌 집으면 한 모숨이라고 합니다. 무청을 열 개 정도 집어서 한데 실로 묶어서 처마 끝에 매달아 놓습니다. 처마 밑에 이렇게 넣어서 한 다람, 두 다람, 열 다람, 스무 다람 해놓고 겨우내 사용할 식량으로 사용합니다. 시래기 다발들이 '바삭바삭추워요.' 이게 자꾸 마르니까, 말라가니까, 건조해지니까, 바삭, 바삭하는 소리가 들린다는 거예요. 바스러지는 소리를 흉내 낸 말이 그 '바삭바삭'입니다. 여러분은 이 사실을 충분히 알고 있죠? 이것도 아주 귀를 기울이지 않으면, 소리가 안 들리겠죠? 시는 역시 마음의 소리로 들어야 해요.

그리고 제2연은 대구를 이룬 또 다른 내용입니다. 길바닥에 말똥 동그래미. 여러분은 말똥을 본 적이 없죠? 옛날에 시골길에 가면 말똥이 많이 길에 흩어져 있었습니다. 1960년대까지만 해도 도회지에도 거리마다 좀 있었어요. 말이 주요한 운송 수단이니까. 말똥은 아주 쓸모없는 건 아니에요. 불을 땔 때 연료로 사용합니다. 윤동주의 고향인 북간도는 추우니까 더 필요했겠지요? 버릴 게 없죠. 그걸 모아가지고 아궁이에 집어넣어서 불을 땔 때 사용합니다. 말똥 동그래미. 시래기와 말똥이 짝을 이루고, 다람이랑 동그래미가 서로 짝을 이룹니다. 달랑달랑은 현대 표준어로 한다면 한 단어입니다. 띄어쓰기를 하면 안 돼요. 이것은 또 바삭바삭과 짝이 맞죠. 이것은 또 무슨 소립니까? 바삭바삭은 바스러지는 소리를 흉내 내고 달랑달랑은 구르는 소리를 흉내 내고 있습니다. 청각의 이미지가 강합니다. 이것은 의성어입니다. 의태어가 아니에요. 굴러가는 소리를 낸다. 달랑달랑 굴러가면서 얼어갑니다. 처마 밑의 시래기 두름은 바삭바삭 소리를 내면서 추워하고 있구요, 길바닥에 말똥의 동그라미는 달랑달랑 구르는 소리를 내면서 얼어가고 있어요. 이것, 참 재미있죠. 그리고 전체적으로 보면 우리말로 되어있기 때문에 청각적인 이미지를 분명히 드러내고 있는 시입니다. 아무것도 아닌 것 같지만 참 좋은 표현력이에요. 다 같이 한 번 더 낭독해 봅시다. 낭독이라기보다 낭송이라는 말이 한결 잘 어울리겠네요.

(학생들, 다시 낭독하다.)

시적 화자가 말예요. 시래기 다람이, 즉 시래기 두름을 먼저 흘깃 보고, 제2연으로 넘어갈 때는 말똥은 사실은 눈앞에 안 보이는 시적 대상입니다. 시래기 다발을 보고 있는 데서 그게 말똥을 연상하게 된다는 거예요. 말똥처럼 생긴 시래기 다발. 유추적인 관점에서 전이가 된 것. 그러니까 원관념은 시래기 다발이고, 보조관념은 말똥 동그래미다. 그러고 보니, 시래기 다발이 정말 말똥 동그라미 같네요. 물론 여러분은 말똥을 본 일이 없으니 실감이 나지 않겠죠. 난 시각적인 이미지에 있어서

윤동주의 열 살 아래 아우로 태어난 윤일주는 남한에 정착해 시인과 교수로서 살았다. 형의 문학을 선양하는 데 가장 앞장 선 주변 인물이다. 별세하기 얼마 전에 일본어로 번역된 형의 전집을 손에 쥐고 환하게 웃고 있다.

충분히 인지가 돼요. 어릴 때의 경험이 재현되니까 말이죠. 이 시는 잘 짜인 대구법이면서 하나의 비유 형식으로서도 완벽합니다.

(학생의 소감 : 윤동주의 「겨울」은 참 아름답다. 그가 노래하는 겨울의 소리가 아름다워서 나로 하여금 가만히 되뇌게 한다. 바삭바삭, 달랑달랑. 그 소리들이 귓가에 울리는 것 같다. 나는 몇 달 후에 우리 학교를 졸업하게 되는데, 이 시를 초등학교 아이들에게 꼭 들려주어야겠다고 생각하게 한다. 시래기 다발이 널린 시골의 어느 집을 떠올리면서 그립고 정다운 옛 겨울 풍경을 아이들과 함께 느껴보고 싶다.)

윤동주는 이와 같이 겨울을 노래했는데요, 그 옆에 놓인 시에서 윤일주는 가을을 노래합니다. 이 역시 완벽한 대구로 이루어진 작품이지만, 형님의 동시에 비하면 작품성이랄까, 공감대랄까, 느낌의 카리스마랄까, 이런 것을 좀 덜 느끼게 합니다. 읽어봅시다.

차가운 냇물에
가랑잎 떼 동동
흘러갑니다.

파란 하늘에
기러기 떼 훨훨
날아갑니다.

—윤일주의 「가을」

윤일주가 노래한 가을. 차가운 냇물이 흐르는 데 가랑잎이 무더기로 동동 흘러갑니다. 파란 하늘을 나는 기러기가 무리를 이룬 채 훨훨 날아가지요. 대구가 반듯하네요. 어때요? '차가운 냇물'과 '파란 하늘'이 서로 나란하고, '가랑잎 떼'와 '기러기 떼'는 각각 짝을 맺고, '동동'은 '훨훨'과 마음속의 화음을 내고, '흘러가다'와 '날아가다'의 움직임이 잘 어울리지 않아요? 윤동주의 겨울은 청각적 이미지에 호소한다고 하면, 윤일주의 가을은 청각적 이미지라기보다는 시각적 이미지예요. 또 그 겨울이 정적인 이미지라면, 이 가을은 동적인 이미지입니다. 움직임을 나타내지요. 자, 이렇게 겨울과 가을의 계절감을 통해 형제간의 시심을 한번 엮어 봤습니다. 한 30편 밖에 안 되기 때문에 두 형제의 동시를 엮으려 해도 잘 엮이지가 않아요.

아래쪽에 병아리, 병아리 학교. 제목도 비슷한 시들이 나란히 있어요. 왼쪽의 시는 윤동주의 「병아리」입니다. 방금 살펴본 「겨울」과 같은 해에 쓰인 시예요. 그가 스무 살 나이 때 쓴 시입니다. 왼쪽은 윤일주의 「병아리 학교」입니다. 두 시를 동시에 함께 볼까요?

"뾰, 뾰, 뾰,
엄마 젖 좀 주"
병아리 소리.

"꺽, 꺽, 꺽,
오냐 좀 기다려"
엄마 닭 소리.

좀 있다가
병아리들은
엄마 품속으로

다 들어갔지요.

－윤동주의 「병아리」

꼭꼭꼭,
엄마닭이 부릅니다.
병아리들은 조르르
엄마 품속으로 들어갑니다.
닭어리는 조용해지고
품속에선 보오뵤 잠꼬대 소리.

－윤일주의 「병아리 학교」

　두 작품이 뭔가 비슷하죠? 분위기도 그렇고. 두 형제간의 동시 중에서 가장 비슷한 게 '병아리'와 '병아리 학교'입니다. '닭어리'는 국립국어원의 『표준국어대사전』을 찾아보아도 없어요. 그런데 '어리'는 나와 있어요. '닭장보다 작은 물건.'이라고요. 더 자세한 뜻풀이로는 이래요. 즉, '병아리나 닭을 가두어 기르기 위해 체를 엮은 물건.'…… 이렇게 설명되어 있어요. 병아리와 병아리 학교. 두 형제가 가장 유사한 이미지를 보여주고 있습니다.

　병아리 소리는 뭐라고 흉내 내고 있습니까? 뾰, 뾰, 뾰…… 이런 말 들어봤어요? 못 들어봤겠죠? 이런 유의 시적 표현을 두고 굳이 말하자면, 창조적인 의성어라고 할 수 있겠어요. 이런 유의 의성어를 만들어야 좋은 시가 됩니다. 꺽, 꺽, 꺽…… 이런 소리의 표현 들어봤습니까? 이 역시 못 들어봤겠죠? 우리가 생각하지 못한 소리로 흉내를 내는 의성어를 사용했기 때문에 윤동주의 이 시는 매우 비평적인 가치가 높습니다. 뿐만 아니라, 윤일주가 '보오뵤'라는 병아리의 잠꼬대 소리를 창안해 놓은 것도 무척 인상적입니다.

　나는 그 동안 몇 권의 시집을 내었어요. 그러다 보니 욕심이 생겨 동시를 쓰기 시작했어. 일반 시보다는 동시가 더 쓰기 어려워요. 시심이 있으면 시가 이루어지지만, 동시는 시심에다 동심마저 있어야 해요. 그래서 더 어렵다는 거야. 내가 최근에 동시집을 내려고 쉰일곱 편의 동시를 써서, 여기저기에 보내고 있어요. 부디, 한번 읽어 봐달라고, 하면서. 간곡하게 말예요. 얼마 전에는 그 유수한 출판사들이라고 하는 두어 곳에 원고 파일을 이메일로 보냈는데, 다 미끄러졌어요. '죄송합니다. 우리는 실험적인 동시를 좋아해요.' 이런 식의 이야기를 하면서 사양한다는 답을 전해오니, 사실은 기분이 안 좋아. 내 근황은 그렇고, 어쨌거나 내가 쓴 동시 중에서 윤동주 시를 보고 쓴 동시가 있어요. 동시에 대한 동시랄까. 굳이 이르자면, 메타 동시라고나 할까요? 여러분이 한 번 볼래요. 제목은 「윤동주님이 들었던 소리」예요. 모두 4연으로 되어 있습니다.

　　윤동주님이 들었던 병아리 소리
　　뽀, 뽀, 뽀

　　내가 듣는 그 소리
　　삐약, 삐약, 삐약

　　윤동주님이 들었던 어미닭 소리
　　꺽, 꺽, 꺽

　　내가 듣는 그 소리

꼭, 꼭, 꼬옥

—송희복의 「윤동주님이 들었던 소리」

재밌습니까? 별로 재미있어하는 표정이 아니네. 내 시를 두고 재미있
냐고 물어보니까, 좀 쑥스럽네. 그럼, 그 다음에 있는 시를 한번 봅시다.
'눈. 눈이 새하얗게 와서 눈이 새물새물 하오.' 어떤 책에는 '해요.' 이렇
게 바꿔 나오는데 텍스트를 함부로 바꾸면 안 됩니다. 어떤 동시집을 보
면 '새물새물 해요.' 이렇게 나오는데 언제 윤동주가 새물새물 해요, 이
렇게 했나? 원래 그대로 해야 합니다. 위에 눈은 내리는 눈이고 아래 눈
은 사람의 눈입니다. 다 같이 한 번 읽어봅시다.

눈이
새하얗게 와서
눈이
새물새물 하오.

—윤동주의 「눈」

아주 짧은 시네요. 동시는 이처럼 짧은 게 좋습니다. 눈이 새하얗게 와
서 눈이 새물새물 하오. 새물새물은 눈부시게 아물거리다. 이렇게 보면
되겠어요. 앞의 눈이 하늘에서 내리는 눈($雪$)이라면, 뒤의 눈은 얼굴에
달려 있는 눈($眼$)이에요. 우리말 소리의 장단을 고려해 읽어야 하는 점에
서, 언어의 미묘한 음영이 있어요. 누가 오른쪽에 있는 「함박눈」 한번 읽
어보세요. 윤일주님의 동시인 「함박눈」이에요. 저 뒤쪽에 앉아 있는 긴
머리카락의 여학생, 한번 크게 읽어봐요.

숯불은 따뜻하게

피어오르고

아기는 토끼처럼
잠이 들었네

아기가 잠든 새에
엄마는 장에 가고

아기가 깰까봐
함박눈도 가만가만
소리 없이 내리네.

―윤일주의 「함박눈」

자, 어떻습니까? 이 시를 보니까, 지난번에 시와 점성술의 관련성을 얘기한 내용과 비슷하지 않나요? 옛날 중국의 어떤 사람이 이렇게 이야 기했습니다. (한자를 써 보이면서) '시자천지지심야(詩者天地之心也)'라. 시는 하늘과 땅의 조화로운 마음이다. 이 시를 보면 하늘과 땅의 마음을 느끼 게 한다…… 이 시가 그런 느낌을 주고 있습니다. 대우주, 대자연과 인간 사회의 조화로움을 나타내고 있다는 거죠. 아기가 잠든 새에 엄마는 장 에 가고 아이가 깰 까봐 함박눈도 가만가만 소리 없이 내리고 말이죠. 온 세상이 조화를 이룬 듯한 것을 보여주고 있습니다. 이상으로, 눈을 소 재로 한 두 형제의 동시를 읽어봤습니다.

윤동주의 「눈」이 윤일주의 「함박눈」보다 길이가 짧습니다. 나는 동시 가 짧으면 짧을수록 좋다고 생각합니다. 짧다는 것 하나가 물론 동시의 가치를 나타내 주는 유일한 지표는 아니죠. 심미적이요, 비평적인 가치기준은 여럿입니다, 그 중의 하나가 짧다는 것, 즉 언어 경제 원칙이란 겁니다. 긴 여운을 남기는 짧은 시. 아까 내가 말했던 나의 자작(自作) 동시 57편 가운데 가장 짧은 게 「열대야」입니다. 올해 가장 더운 날이 있었죠? 하도 더워서 자다 깼다 자다 깼다, 한 무더운 날. 8월 초 어느 날이었죠. 그때 쓴 것이에요. 두 줄짜리 동시입니다.

자다가 깨면 나쁜 꿈
깨다가 자면 토끼잠

제목을 열대야로 정해 놓고 어떻게 노래했느냐, '자다가 깨면 나쁜 꿈, 깨다가 자면 토끼잠.' 자다가 깨면 나쁜 꿈, 즉 악몽이고, 깨다 자면 다시 토끼잠······. 처음에는 말이죠, 새우잠으로 했다가 새우잠보다는 토끼잠이 낫겠다싶어 수정했어요. 새우잠이 웅크려 자는 잠인 데 비해, 토끼잠은 자다 깼다 자다 깼다 하는 그런 잠이야. 이렇게 딱 두 줄. 이렇게 짧은 동시를 쓰고 보니까 내 마음도 너무 기분이 좋은 거야. 동시가 길어봤자, 큰 소용이 없어요. 말의 리듬을 느낄 수 있습니까? 자다가 깨면, 깨다가 자면. 그것을 노린 거예요. 길다고 좋은 게 아니에요. 여러분도 이 동시를 한번 듣고 외울 수 있잖아요. 여덟 글자씩 두 줄 열여섯 자야. 세상에서 가장 짧은 서정시라는 일본의 하이쿠보다 더 단형의 시야. 마지막으로다 같이 큰 소리로 읽어봅시다.

(학생의 소감 : 짤막하고도 앙증맞은 시이다. 누구나 경험했을 열대야 속에서 잠을 설쳤던 기억을 떠올리며 웃음 짓게 만든다. '자다가 깨면 나쁜 꿈, 깨다가 자면 토끼잠.' 노래하는 듯 읽다보면 입가에 저절로 미소가 떠오른다. 송희복 교수님의 「열대야」는 가슴 속에 잠들어 있던, 나조차도 몰랐던 뜻밖의 시심을 두드린 동시다.)

(후일담 : 이 강의를 마친 6개월 후인 2016년 3월에 동시집 『새들은 음표처럼』이 간행되었는데, 시편 「열대야」는 2행시가 아니라 2연 4행시로 고쳐졌다. 그대로 두었으면 어땠을까 하는 생각도 든다.)

그 다음에 무엇과 무엇을 비교해볼까요? 윤동주의 「산울림」과 윤일주의 「어둠속에서」입니다. 산울림이나 메아리나 똑같은 말이죠? 소재는 같은 소재야. 이 똑같은 소재, 두 가지를 놓고 살펴봅시다. 이 「산울림」은 1938년의 작품입니다. 윤동주가 연희전문학교에 다닐 1학년 때 작품인데, 이것을 1939년 조선일보사에 투고를 합니다. 조선일보사에는 그 당시에 『소년』이라고 하는 어린이 잡지가 있었어요. 아이들이 보는 잡지. 그 당시에 이 정도 읽는 것 같으면 상당히 부잣집 아이들입니다. 윤동주가 『소년』이라는 잡지에 동시를 투고를 해서 발표한 일은 상당히 고무적이었을 거예요. 조선일보는 요즈음 막강한 언론 권력인데, 그 당시에도 우리나라에서 상당히 유명한 신문사였어요. 이 신문사는 윤동주 시대에도 당당하게 원고료를 주었다는 겁니다. 윤동주가 글쓰기 행위를 했지만 평생토록 유일하게 원고료를 받았던 것은 이때뿐입니다. 여러분, 귀 자른 유명한 화가가 있죠? 세계적으로 유명한 화가가 있죠? 빈센트 반 고흐 말이에요. 작품 하나 있으면 수십, 내지 수백 억 원대의 가치를 가지고 있습니다. 그런데 이 불쌍한 고흐는 살아생전에 자신의 그림을 단 한 번, 헐값에 팔았어요. 살아생전에 인정받지 못한 자기 그림을 술값 정도에 팔고 말았다나, 어쨌다나. 그러니까 예능 분야에 뛰어난 영재 아이에게 앞으로 너 뭐 할 거니, 하고 누가 물었답니다. 음악 할래? 미술 할래? 대답은 분명하죠? 음악을 한답니다. 미술은 죽고 난 뒤에 유명해진다. 물론 다 그런 것은 아니지만 살아있을 때 궁색하게 살다가, 죽고 난 다음에 유명해지는 게 미술이고, 죽고 나서는 이름이 점차 희미해져가도 살아있을 때 무대에서 각광을 받고 자신의 재능을 화려하게 펼치는 게 상대적으로 음악 분야입니다. 음악은 살아있을 때 많은 사람들에게 사랑을 받는 예술입니다. 그래서 그 아이가 음악을 한답니다. 여러분도 박수근이란 화가를 알고 있죠? 우리나라의 국민 화가랄까. 그 사람도 평생을 가난하게 살았거든. 가족한테 그림 하나 남기지 않았어요. 요즘 그 그림 하나가 50억, 60억에 팔립니다. 그 정도 있으면 평생 먹고 살지 않습니까? 윤동주도 글을 많이 썼지만 원고료 받아본 것은 「산울림」 경우밖에 없어요. 이게 무슨 의미냐? 일단 원고료를 받았다고 하면, 이 사실은 문단에 데뷔를 한 것이다, 라고 볼 수 있습니다. 윤동주는 데뷔도 하지 않고 문학청년으로 죽었고, 또 죽고 나서 국민 시인으로 존경을 받고 있다는 사실이 통념입니다. 살아있을 때는 데뷔도 하지 못한 상태라고 하는데 굳이 이야기하자면 1939년 『소년』지에 동시 시인으로 데뷔했다고 말할 수가 있겠습니다. 일단 원고료를 받았으니까, 말이죠. 이때부터 사회적인 공인으로서 이름을 얻었다는 겁니다. 윤동주의 성취적인 동시 「산울림」입니다. 앞에 앉아 있는 허가영이가 읽어볼까요.

(지정된 학생, 읽는다.)

까치가 울어서
산울림,

아무도 못 들은
산울림.

까치가 들었다,
산울림,

저 혼자 들었다,

산울림.

─윤동주의 「산울림」

　잘 읽었어요. 방금 읽은 허가영은 고향이 다들 알지만 통영이야. 시인 백석이 마음에 둔 여자가 있어 통영을 찾아간 일이 있었지요. 길이 서로 엇갈려 그 여자는 만나지 못했지만 거기에서 잠시 머물면서 통영에 대한 인상이 얼마나 좋았던지 이 지방을 소재로 한 시 몇 편을 씁니다. 특히 우물가의 여자들이 물을 긷는 모습을 시에 담습니다. 그는 '샘터에서 오구작작 물을 긷는 새악시'를 노래했어요. '새악시'라는 말. 지방에 따라 처녀가 되기도 하구, 새색시가 되기도 합니다. 백석이 여기에서 말한 새악시는 갓 결혼한 여자, 즉 새색시, 새댁을 가리킵니다. 만약에 새악시가 처녀라고 할 경우에는 방금 시를 읽은 허가영이야말로 옛날식으로 말해 이른바 '통영의 새악시'가 되는 겁니다.

　까치 소리는 누가 듣습니까? 시에서 뭐래요? 까치 소리는 까치가 듣습니다. 사람이 내는 산울림 소리는 보통 '야호!'라고 하죠? '야호!' 하면 '야호'라는 소리는 사람이 듣습니다. 내가 몇 년 전에 네팔과 인도를 갔더니 (네팔이건 인도건 간에) 공원에 개는 많은데, 주인이 없어요. 주인 있는 개는 거의 없어요. 온 시내의 공원에 돌아다니고, 거기는 당연히 보신탕도 안 먹는 식문화권이지요. 왜 그리 거리에 개들이 많은지. 사람이 흘린 음식물, 특히 빵 부스러기를 주워 먹거나 해요. 우리나라의 길고양이랑 비슷합니다. 네팔에는 고양이가 별로 없어요, 희한하게도. 반면에 원숭이는 많아요. 그래서 내가 떠올린 것이 뭐냐 하면 '견원지간'이란 말이었어요. 우리 한자문화권에서는 원수지간을 견원지간이라고 하죠? 개하고 원숭이 사이가 아주 나쁘다고 해서 생긴 말 아닙니까? 내가 유심히 쳐다보니까 거기의 개와 원숭이는 사이가 나쁘지 않아. 서로 쳐다보지도 않아. 서로 소, 닭 보듯이 하는 거야. 소하고 닭하고는 외면하지만 사이가 굉장히 좋아. 원숭이하고 개가 소 닭 보듯이 하는, 서로 싸우지 않고, 으르렁대지도 않는 좋은 사이야. 그런데 한자에 그런 '견원지간'이라는 사자성어가 있어서, 내가 체험하는 한, 속은 느낌이 들었어. 가만히 보니까 개는 개끼리 싸우고, 원숭이는 원숭이끼리 싸우고, 고양이는 고양이끼리……. 그럼, 사람은? 사람은 사람끼리 싸우지, 뭐야? 마찬가지겠지요? 까치 소리는 까치가 듣고, 사람 소리인 산울림은 사람이 듣는다……. 이렇게 생각하면 되겠습니다.

윤동주의 「산울림」과 비교할 수 있는 윤일주의 작품은 「어둠 속에서」인데, 어 저기 앉아 있는, 울산에서 온 학생, '울산 큰애기(처녀)' 류상지. 이번에는 자네가 한번 읽어보지, 그래.

(지정된 학생, 읽는다.)

날개 후드기면
묻어오는
먼 파도 소리.

가슴 위에 작은 바람이 일고,

목 놓아 외쳐도
되오는 메아리조차
없는

어둠 속에서 어둠을 날개로 비벼

죽지에 번져오는

빨간 해.

―윤일주의 「어둠 속에서」

자, 봅시다. 날개가 후드기면 묻어오는 먼 파도 소리. 가슴 위에 작은 바람이 일고, 목 놓아 외쳐도 되돌아오는 메아리조차 없는 것이 무엇일까요? 닭인 것 같네. 아니면 새일까요? 어둠 속에서 어둠을 날개로 비벼 죽지에 번져오는 빨간 해. 마지막 부분이 상당히 좋네요. 어둠 속에서 어둠을 날개로 비비면서, 비비니까 죽지에 뭔가 번져오는 것이 있는데 그게 뭘까요? 동녘에 뜨는 빨간 해네요. 닭이 닭장에서 홰를 치는 장면이 아닌가 하는 생각이 드네요. 아니면 새가 새장에서 홰를 치는 그런 느낌이기도 하구요. 이렇게 생각할 수 있겠습니다. 어쨌든 뭔가 생명의 약동감을 느끼게 하는 시입니다. 어둠 속에서도 빛을 이끌어내는 힘을, 생명력을 느낄 수 있는 그런 시입니다. 메아리 때문에 산울림과 연결시켜 봤는데 연결이 잘 되지 않는 것도 사실입니다.

4. 동주의 반딧불과 일주의 나비

마지막으로 윤동주의 반딧불과 윤일주의 나비를 비교하는 장면을 한 번 만들어보겠습니다. 다음에 살펴볼 「반딧불」은 윤동주의 동시 중에서 내가 보기에는 가장 대표적인 동시라고 생각해요. 다 같이 한번 읽어봅시다. 운율을 잘 맞춰서 읽으면 시를 읽는 묘미가 있어요.

가자 가자 가자
숲으로 가자
달 조각을 주우러
숲으로 가자.

　그믐밤 반딧불은
　부서진 달 조각,

가자 가자 가자
숲으로 가자
달 조각을 주우러
숲으로 가자.

　자, 제1연과 제3연은 똑같죠? 이른바 수미상관법입니다. 반복의 효과가 있는 표현법이란 것을, 여러분도 배웠겠죠? 대개 그렇듯이 형식적으로 이질적인 것이 주제행이거나 주제연입니다. 그럼, 제2연이 주제연이 되죠. 그믐밤 반딧불은 부서진 달 조각, 반딧불을 달 조각에 비유하고 있습니다. 은유법이죠. 시라고 하는 것은 철저하게도 언어의 왜곡입니다. 반딧불을 달 조각에 비유했으니까, 실제 과학적으로 볼 때는 '오도성'이라고 할 수 있지요. 잘못 인도하는 걸 오도라고 합니다. 시는 인용한 시에서 보는 것처럼 언어의 오도성을 띠고 있어요. 뭔가를 오도할 때, 시적으로, 문학적으로 상상력에 의해서 오도하면 오도할수록 진실에 가깝게 여겨지는 게 문학적인 허구의 세계라고 말할 수 있어요. 아이들뿐 아니라 어른들에게도 이런 순수한 동심의 세계가 있지요. 어른들마저도 순수한 동심의 세계로 놀랍게 인도하는 것이 바로 이런 작품이 아닌가 하는 생각이 들어요. 그래서 동심은 시심의 원천이다. 동심에는 어떠한 야

심도, 가식도, 잇속도, 억압도 없다. 순수한 자연의 상태 그대로를 유지하고 있지요.

이런 점에서 볼 때 상상력을 펼쳐서 반딧불을 '달 조각'으로 새로운 창조의 세계로 인도한다는 건 상당히 의미 있는 시적 변용이라는 겁니다. 시적 변용은 과학적으로 볼 때 오도성에 지나지 않아요. 왜곡과 오도의 세계로 잘못 인도하는 거지만, 문학과 예술의 상상력이란 관점에서 볼 때는 오히려 진실에 부합하는 측면이 있어요. 동시가 일반 시보다 훨씬 더 환상적일 수밖에 없는 이유가 바로 여기에 있습니다.

(학생의 의견 : 창작의 출발점은 사물을 새롭게 바라보는 데에 있다. 달의 마지막 날인 그믐에는 달이 없어 깜깜하다. 그 하늘을 날아다니는 반딧불을 화자는 부서진 달 조각이라고 부르고 있다. 그리고 달 조각을 주우러 숲으로 가자고 한다. 「반딧불」에서 '반딧불'을 가리켜 '부서진 달 조각'이라고 표현한 상상력과 동심이 순수하고도 참신하게 다가왔다. 그 달 조각을 주우러 숲으로 가자는 마음 또한 순진무구하고 깨끗하다. 그러나 다시 한 번 시를 읽었을 때 불현듯 가슴이 아팠다. 달이 없어 깜깜한 그믐이 담고 있는 또 다른 의미는 뭘까? 어두울수록 환해지는 반딧불처럼, 그리고 하늘의 별처럼 남은 윤동주의 시들은 영원히 꺼지지 않을 우리 가슴 속의 반딧불이며 찬란한 별이다.)

이런 바로 환상적인 세계, 자연의 대상을 바라보면서 대상물을 왜곡하고 오도하는 환상의 세계는 방금 본 윤일주의 「나비」에서도 확인할 수 있습니다. 이것은 일반 시냐, 동시냐 하는 관점에서 볼 때 정확하게 무엇이다, 라고 말할 순 없지만 윤일주의 시, 동시 중에서 대표적인 작품이 아닌가, 해요. 1948년에 쓴 작품이에요. 다 같이 읽어볼까요?

(학생들, 모두 함께 낭독한다.)

서리 맞아 시든
꽃밭으로
호랑나비 한 마리
날아와서는
이리저리 힘없이
돌아다녀요.

나비 나비 호랑나비야
길을 잃었니?

고개 숙인 국화꽃에
길을 물어라.

— 윤일주의 「나비」

    요즘 의표를 찌르는 기상천외의 표현이 많이 나타나고 있습니다. 예컨 대 꽃에게 길을 묻는다, 같은. 요즘의 젊은 시인들도 이런 유의 기상천외 한 말을 자주 쓰거든요. 이거 다 옛날에 써먹은 표현입니다. 사실은 낡은 표현입니다. 꽃에게 길을 묻다니. 아주 새로운 표현 같지만, 이런 유의 표현은 옛날의 한시(漢詩)나 불가의 선시(禪詩) 같은 데서 적잖이 볼 수가 있어요. 조선시대 때의 옛시조 가운데에도 의표를 찌르는 표현의 좋은 시조가 적지 않는데요, 작자미상의 시조 중에, 다음의 시가 있어요.

나비야 청산가자 범나비 너도 가자
가다가 저물거든 꽃에 들어 자고 가자.

꽃에서 푸대접 하거든 잎에서나 자고 가자.

범나비는 호랑나비입니다. 가다가 저물거든 꽃에 들어 자고 가자, 꽃에서 푸대접 하거든 잎에서나 자고가자. 가다가 저물거든 꽃에서 자고 가자고 하니까, 꽃이 야 너 싫어 나가, 하고 푸대접합니다. 이렇게 하면 잎에서라도 자고 가자. 청산 가는 나비의 길 잃음을 꽃을 통해서 쉬고 가자는 것, 무엇을 의미하는지? 선비가 기생집에 가서 '야, 오늘 네 집에서 하룻밤 자고 가자.' 하는 그런 느낌이 들기도 하겠지만 정확히 무엇을 의미하는지 알 수 없어요. 내용이 정확히 파악되지 않은, 난해하면서도 신비감이 있는 그런 작품이죠. 자, 이렇게 이 윤동주와 윤일주의 동시 분야에 대해서는 이상으로 갈무리하겠습니다. 아쉽기는 하지만 일단락을 짓고 다음 내용으로 넘어갑니다.

5. 이탁오의 동심설과 관련하여

명나라 말기인 16세기에, 이지(李贄 : 1527~1602)라는 중국의 유명한 학자가 있었어요. 이탁오라고 하는 자호가 유명해서 보통은 이탁오라고 합니다. 호가 본명보다 더 유명한 사람들이 더러 있죠. 소식을 소동파라고 한다거나, 이이는 이율곡이라고 이른다거나 하는 경우처럼 말예요. 그는 유학자이면서도 공자와 맹자를 비판한 위험한 사상가였어요. 우리나라로 치면 비슷한 시대의 허균처럼 말이죠. 허균이 역모에 연루되어 마침내 능지처참을 당했다면, 그는 자결로 옥사했지요. 그런데 이 사람 이지(이탁오)는 중국 사상사에서 거의 유일하게 동심에 대해서 논파했습니다. 유교가 뭡니까? 애들은 저리 가라, 하는 것처럼 서열이나 존장(尊長)을 중시하는 사상이 아닌가요? 여자보다 남자, 서자보다 적자, 민중보다 사대부, 상공업보다 농업, 어린아이보다 어른이라는 서열 및 층위가 엄존하는 사회를 구성하려는 사상입니다. 그는 여성에게도 교육 기회의 균등을 주장할 만큼 파격적이었고, 중국사에 있어서 만성적인 여성 차별, 즉 섹시즘의 벽을 넘어서려고 했습니다. 이런 점에서 볼 때, 이탁오는 반(半)유교적이랄까, 반(反)유교적인 사상가라고 하겠네요. 그의 동심설 한 부분을 살펴볼까요?

> 夫童心者眞心也, 若以童心爲不可, 是以眞心爲不可也.
> 夫童心者絶假純眞, 最初一念之本心也.
> 若失却童心, 便失却眞心. 失却眞心, 便失却眞人.

(교수는 학생들에게 글자 하나하나를 짚어서 풀이한다.)

다시 인용문을 해석해 보겠습니다. '어린이의 마음은 진실된 마음이다. 어린이의 마음이 올바르지 않다면, 진실된 마음도 올바르지 않다는 것이다. 어린이의 마음이란 거짓을 끊어버려 순수하고 참되어서 처음 가졌던 생각의 본래 마음이 되기도 한다. 어린이의 마음을 잃어버리면, 참된 마음을 잃어버리는 것이요, 참된 마음을 잃어버리면, 참된 사람됨도 잃어버리게 된다.' 이탁오는 요컨대 동심을 가리켜 진심이라고 했고, 참된 사람됨(인간성)을 되찾기 위해 동심이 필요하다고 했어요. 그는 동심이 명나라의 말세(末世)에 필요한 시대정신이라고 본 것 같습니다.

그러고 보니, 이탁오와 윤동주에게는 서로 비슷한 면이 있네요. 두 사람은 동심, 즉 어린이의 마음이 중요하고 모든 마음의 근본이 된다는 사실을 알았고, 두 사람은 또한 좋은 의미의 건강한 나르시시스트였습니다. 나르시시스트에게도 병든 나르시시스트가 있고, 또 좋은 의미의 건강한 나르시시스트가 있습니다. 물론 두 사람은 후자의 경우에 해당합니다. 이탁오는 스스로 '탁오(卓吾)'라고 했듯이 자신을 탁월한 자아의 소유자라고 보았고, 윤동주도 시편 「자화상」에서 건강한 자기애의 우물 속에서 자신을 깊이 반조(返照)해 보았습니다. 두 사람은 주지하듯이 시대정신을 추구하려고 노력을 기울였지요. 다만 이 가운데 한 사람은 말세의 사상가로, 한 사람은 말세의 시인으로 살았습니다. 이들은 시대와의 불화로 인해 모두 옥사했지만, 이탁오가 옥중에서 자살했어도 사실상 명나라 황제에 의해 죽임을 당한 셈이고, 윤동주는 옥중에서 병사했지만 사실은 일본 제국주의에 의해 죽임을 당한 셈이지요.

이탁오는 동심설을 밝힌 글 외에 다른 글에서 이런 어록도 남겼어요. (판서를 한다.) '天下之至文, 未有不出于童心焉者也.' 천하지, 지문이 미유불출, 우동심, 언자야라. 천하의 지문은 동심으로부터 나오지 아니한 것이 없다. 도대체 천하의 지문이 뭘까요? 세상의 지극한 문장, 빼어나거나 뜻있는 글월을 말합니다. 윤동주의 시도 일종의 '천하의 지문'입니다. 그의 시가 동심을 바탕으로 시심의 근본을 삼으면 삼을수록 진실한 마음의 시가 되었지요. 그 대표적인 작품이 다름이 아니라 「별 헤는 밤」이에요.

중국 사상사에서 유일하게 동심의 가치를 드러냈던 이탁오 선생. 북경의 한 감옥에서 스스로 칼로써 자신의 목을 베었던 인물이에요. 내가 오늘 아침에 윤동주와 윤일주 형제의 동시를 다시 읽어보면서 동심의 정체성을 최초로 발언했던 그의 글을 찾아보면서 중국 사상사에서 그의 존재감을 문득 떠올렸고, 그의 동심설에 비추어 윤동주 시의 또 다른 면모를 성찰해 보았습니다.

이상으로, 오늘 수업은 여기에서 마칩니다.

　윤동주는 동시를 썼기에 시인으로서 더욱 빛날 수가 있었다. 10대 후반부터 써 내려간 그의 동시는 윤동주의 동심과 순결성을 녹여내기에 충분했다. 윤동주는 동시를 통하여 동심과 휴머니즘을 바라보는 순백한 시 세계를 확보했다. 그가 본격적으로 동시 창작에 나선 이유로 알려진 것이 몇 가지 있다. 먼저, 객지 생활로 인한 고독감에서 비롯되었다. 고향을 그리워하고 부모와 형제를 떠올리며 그는 함께 했던 유년기를 노래하고 싶었으리라. 다음으로 일제의 위협도 컸다. 일제의 날카로운 탄압 속에서 요주의 인물로 떠오른 윤동주는 동시 창작에 적극적으로 나섬으로써 감시의 눈초리로부터 벗어나고자 했을 것이다. 이 외에도 정지용 등의 기성 시인들의 영향을 많이 받았다고 본다. 내가 윤동주의 동시를 접하면서 그의 다른 시들과 마찬가지로 동시 역시 일제강점기의 시대적인 아픔과 고뇌를 담고 있음을 느꼈다. 차이가 있다면, 어린이의 시선으로 세상을 바라보고 있다는 것이다. 맑고 투명한 심안으로 자신의 내면을 바라보고 현실을 고민했던 슬픈 천명의 시인 윤동주. 나라를 빼앗긴 엄혹한 시대에 별이 바람에 스치듯이 스물일곱 해를 살다간 그. 그의 70주기를 맞이하여 특별히 강의를 하신 교수님의 주요한 내용들을 곱씹어보면서 세 차례에 걸친 강의에 대한 소감을 갈무리한다.

—허가영(수강한 학생)

죽는 날까지 하늘을 우르러

한점 부끄럼이 없기를,

앞새에 이는 바람에도

나는 괴로워했다.

별을 노래하는 마음으로

모든 죽어가는 것은 사랑해야지

그리고 나안테 주어진 길을

거러가가 아쉽다.

오늘밤에도 별이 바람에 스치운다.

제9강 **에필로그 : 모국어를 지킨 암흑기의 별**

공부할 순서

1. 네 영혼, 창 밖에 있거든 두드려라

안녕하십니까? 저는 송희복이라고 합니다. 진주교육대학교 국어교육과에 지금 재직하고 있습니다. 오늘 이 자리에 계신 여러분은 광주교육대학교 교육대학원생, 한글학회 광주전남지회원, 현직 초등학교 선생님들이라고 들었습니다. 대부분이 이 세 가지 모두에 해당되는 분이라고 하더군요. 이제 겨울 방학의 막바지에 이르렀습니다. 곧 봄 학기가 시작되겠죠. 봄기운이 교정에 동그랗게 감도는 오늘, 여러분을 뵙게 되어 매우 반갑습니다.

윤동주에 관한 특강을 위해 오늘 이른 시간에 진주에서 출발해 여기 광주에 이르렀습니다. 방금 소개해주신 광주교육대학교 국어교육과 김재봉 교수님이 저를 이 자리에 초청해 주셨습니다. 김 교수님은 한글학회 광주전남지회장을 맡고 계시고, 저는 같은 학회 진주지회장을 맡고 있습니다. 우리 경남 지역에는 한글학회 지회가 두 군데 있습니다. 마산과 창원을 중심으로 한 경남지회와, 국립대학교가 세 군데나 있는 진주의 진주지회가 있습니다. 저는 진주지회장으로서 지난 해 한글날을 기념해 숙원 사업인『진주 한글』창간호를 간행하기도 했습니다.

오늘 제가 시외버스 터미널부터 여기까지 오는 데 예상 밖으로 시간이 많이 걸리더군요. 제가 택시 앞자리에 앉아, 연배가 비슷한 기사 양반과 한참 대화를 나누며 왔지요. 이것저것 이야기를 하던 중에, 그 양반이 이런 말을 해요. "손님, 있지라우. 나가 술 취한 승객을 음청 태워 봤는데요잉, 우리 같이 나 먹은 사람들의 술 냄새는 꼬랑내였지라우. 근데 말이요잉, 대학생 즘은 아덜은 술 냄새가 마치 향내 같았으라우. 그랬지라우." 제가 이 지방 사투리를 제대로 흉내 냈는지 모르겠네요. 서남 방언의 '…(지)라우'라는 말꼬리가 너무 정감 있게 제 귓전에 와 닿았습니다. 정말 듣기가 좋았어요. 이 말법은 이제 여기의 젊은이들도 잘 모르고 있는 말이라면서요? 각 지역의 사투리가 하나둘씩 죽어가니까, (이 강연의 막바지에 제가 말씀할) 소위 구어적인 진실이랄까, 혹은 삶의 진정성이랄까, 하는 것이 좀 사라지고 있단 느낌이 들어요.

오늘 제 특강의 내용은 잘 아시다시피 시인 윤동주에 관한 것입니다. 윤동주의 원고는 일제강점기 말 3, 4년간에 걸쳐 광양의 한 민가 마룻바닥 밑에 감추어져 있었습니다. 그 집의 가까운 곳을 지나는 고속도로를 통해 제가 오늘 여기에 이르렀으니 이 사실도 뭔가 인연을 느끼게 하는군요. 윤동주의 한글정신이 진주-광양-광주로 이어지는 하나의 포물선이 되었으면 합니다. 제가 좀 전에 말씀 드린『진주 한글』창간호가 몇 달 전에 나왔는데, 제가 거기에「모국어의 순교자여, 창밖에 있거든 두드려라」라는 제목의 논문을 발표했어요. 이 논문을 구성한 기본 내용을 바탕으로 삼고, 또 그 후에 제가 생각한 다른 내용을 포함해 오늘 여러분께 말씀을 드릴까 합니다.

주지하듯이, 최현배와 윤동주는 사제지간입니다. 두 분은 해방 전 최후의 3년에 걸쳐 옥중에서 수인으로 생활하게 됩니다. 스승은 조선어학회 사건으로, 제자는 재경도(在京都) 유학생 민족주의그룹 사건으로 인해 조선과 일본에서 각각 옥살이를 하게 되는데요, 스승은 어두운 옥중에서 광복, 즉 빛의 회복을 맛보았지만, 제자는 옥중의 어둠 아래로 침전(沈澱)해 산화되고 맙니다.

윤동주는 우리말을 쓰지 못하게 하는 시대, 사회의 규범과 규율에 의해, 뭔가를 금기시하는 그 시대에, 우리말을 지키고 사랑하면서 자신의 감정과 사상을 시와 일기로 승화시켰습니다. 이런 점에서 볼 때, 윤동주는 모국어가 절멸되어가는 초미의 위기에 임박해 비유컨대 우리말의 순교자가 됩니다. 순교자는 본디 자신의 종교를 위해 죽은 사람을 가리키죠. 물론 이 대목에서 순교자는 비유적인 표현으로 사용되고 있습니다.

해방이 된 다음에, 윤동주을 위한 추모 행사가 있었죠. 그의 2주기가 되던 1947년 2월 17일. 그 하루 전날에 서울시청 맞은편에 있는 한 카페에서, 그를 기리는 사람들이 여럿이 모였습니다. 대부분이 연희전문학교를 함께 다닌 동기생들이었지만, 당시에 최고의 시인으로 손꼽히고 있던 정지용도 초대되었죠. 그리고 그의 하숙방 룸메이트였던 후배 정병욱도, 시인의 아우인 윤일주도 있었을 겁니다. 앞으로 한 차례 더 이야기될 동창생 유영은 이때 추모 시를 써서 낭독합니다. 시의 내용은 '동주야, 몽규야' 하면서 후쿠오카 감옥에서 비슷한 시기에 순국한 두 영혼을 부르는 소리로부터 시작해요. 이 추모 시의 형태가 비교적 길기 때문에 핵심적인 내용인 5행만 인용하려고 합니다.

창 밖에 있거든 두드려라

그리고 소리쳐 대답하라

모진 바람에도 거세지 않은 네 용정(龍井) 사투리와
고요한 봄 물결 같이
또 오월 하늘 비단을 찢는 꾀꼬리 소리와 같이

　이 추모 시는 보다시피 굉장히 슬프고도 가슴이 아릿해요. 본디 추모
시가 다 그렇지만, 이 시는 더더욱 그렇습니다. 창밖에 있거든 두드려라.
원문에는 '두다리라.'로 되어 있어요. 추모 행사를 하던 소공동 한 카페
는 강의실만한 공간이었을 것입니다. 저 창밖에 네 영혼이 있거든 어떻
게 하라고? 있다, 라고 표시하라고. 창문을 두드리라고. 그리고 소리쳐
대답하라고. 모진 바람에도 거세지 않은 네 고향 용정 사투리처럼 대답
하라고 합니다. 윤동주가 평소에 말이 적고, 조용하고, 또 나긋나긋했음
을 방증하는 말입니다. 아무리 바람이 거세도 윤동주의 말은 거세지 않
았다는 것. 고요한 봄 물결과 같이 소리쳐 대답하라. 또 어떻게 하라고?
오월 하늘 비단을 찢는 꾀꼬리 소리와 같이, 대답하라……고 말예요. 추
모 시는 보다시피 굉장히 슬픈 내용으로 이루어져 있어요. 그의 친구들
은 그의 영혼을 부르면서, 네 영혼이 창밖에 있으면, 창문을 두드리면서,
나 여기 있다, 하며 소리치면서 대답을 하라고 강하게 권합니다. 이 모국
어의 순교자는 또 새로운 격동의 시대인 해방공간을 울림하면서, 산업
화와 민주화의 기나긴 현대사와 함께, 국민 모두가 인정하는 민족의 시
인으로서 거듭 태어나고, 또 천천히 자라나게 됩니다.

2. 한글 정신의 온상이었던 연희전문학교

이미 잘 알려진 바와 같이, 우리 말글에의 사랑에서부터 비롯된 윤동주의 모국어 의식은 1938년에 연희전문학교 시절의 스승인 최현배로부터 정신적인 영향을 받은 사실에서 형성된 것입니다. 지금도 사람들에게 대표적인 한글학자로 각인되어 있는 외솔 최현배는 1926년 연희전문학교 교원으로 부임한 이래 본격적인 한글 연구에 힘을 쏟습니다. 그가 한글 연구의 기념비적인 저작물인 『우리말본』(1937)도 연희전문학교 재직 기간에 공간합니다. 윤동주는 고향에 가면 늘 자랑했지요. 연희전문학교에서 특히 한글을 배울 수 있어서 기쁘다는 말과 여러 선생님들을 존경한다는 이야기를 하면서요. 아마도 그가 한글에 매력을 가지고 한글로 시를 본격적으로 짓기 시작한 동기는 최현배의 영향에서 비롯된 것 같아요. 그의 시 가운데 1938년 5월 10일에 쓴 시가 있어요. 시의 제목은 '새로운 길'입니다. 이 시는 그가 연희전문학교에 입학한지 한 달 정도 지났을 시점에 이르러 쓴 것이에요. 새롭게 변화된 삶, 특히 최현배의 조선어 강의를 들으면서 변화된 어문(語文) 가치관의 결과가 반영된 한 편의 시라고, 저는 간주합니다.

> 내를 건너서 숲으로
> 고개를 넘어서 마을로
>
> 어제도 가고 오늘도 갈
> 나의 길 새로운 길
>
> 민들레가 피고 까치가 날고
> 아가씨가 지나고 바람이 일고

나의 길은 언제나 새로운 길

오늘도…… 내일도……

내를 건너서 숲으로

고개를 넘어서 마을로

그는 특별한 취미가 없이 종종 명동(명치정)에 나가면 음악을 감상하는 곳에서 클래식을 듣고, 충무로 서점가를 들러 책을 사곤 하였지요. 또 산책을 즐겼어요. 학교 기숙사에서부터 연희 숲을 지나 서강들에 이르기까지 나아가 되돌아오는 왕복 시오리 길이 그가 좋아했던 산책길이에요. 여름이 가까워지면서 해가 길어지니까, 학교 기숙사에서 서강 언덕에까지 산책을 한 겁니다. 이 코스는 지금은 엄청나게 번화한 곳이 된 신촌 전철역을 지나서 가는 길입니다. 그 당시에는 시골 중에서도 상(上)시골이었겠지요. 지금의 연세대학교에서 나오면 숲이 있었는데 숲 이름이 연희동에 있는 숲이라고 해서 '연희숲'이었대요. 지금의 신촌 로터리 일대에 사람들이 좀 모여 살았대요. 우물가에 아가씨가 물을 긷는 그런 시골 풍경이었을 거예요. 서울 한강의 서쪽을 서강(西江)이라고 했는데 이 이름을 따온 서강 언덕바지가 있었어요. 지금의 서강대학교가 있는 자리입니다. 그가 여기까지 갔다 오면 한 시간 반이나 두 시간 정도 걸렸을 겁니다. 마포구청에서 윤동주의 산책길을 꾸몄으면 좋겠는데 지형이 너무 바뀌어서 어떨지 모르겠어요.

어느 하루의 산책 경험을 반영한 이 시는 뭐가 중요하냐면 한자가 없죠. 인용한 시는 1938년 5월 10일, 윤동주가 연희전문학교에 입학한 직후에 쓴 시입니다. 연희전문학교를 입학한지 한 달 남짓한 시점에 쓴 시인데 그 사이에 무슨 일이 있었을까요? 좀 전에 말했듯이, 그는 한글학자 최현배 선생의 조선어 강의를 들었습니다. 입학하고 한 달간 최현배의 학문적으로 체계화된 조선어 강의를 들으면서 우리 말글에 대한 애정이 솟구쳤으리라고 봅니다. (이때 국어란 일본어를 가리키죠.) 이 시는 그가 최현배의 조선어 강의를 듣고 변화된 가치관의 결과가 시로 투영된 것이라고 할 수 있겠어요. 무슨 가치관? 이를테면, 어문 가치관이죠. 이 변화된 가치관으로 인해 한글전용체의 시를 쓰지 않았겠느냐, 난 이렇게 생각해요.

인용한 시편은 표기에 있어서 한글전용이지만, 표현에 있어서도 거의 토박이말로 이루어져 있습니다. 물론 시어 가운데 '내일(來日)'은 옛 중국으로부터 들온말인 것으로 보입니다. '내일'이란 낱말은 고려시대에 '할

앞줄 중간의 최현배 선생이 보인다. 1934년에 연희전문학교 문과 학생(제자)들과 함께 찍은 사진이다. 이때 윤동주는 중학생이었다.

재(轄載)' 즉 '하제'라는 말이 있었지만, '내일'이라는 단어가 들어오고 점점 사라지게 되었죠. 하지만 어제, 오늘, 모레, 글피 등과 달리 내일은 우리 토박이말로 대체할 수 없는 말이기도 합니다. 내일은 일본과 중국 에서는 명일(明日)로 표현됩니다. 일제강점기의 공문서, 기사문, 비평문 에선 대체로 내일은 명일로 표현되어 있어요. 윤동주는 명일이란 문어 적인 관용 표현을 버리고 내일이란 구어적인 직정(直情) 표현을 좇았어 요. 이 내일이란, 사실상 토착화된 우리말이라고 해도 지나친 말이 아니 죠. 즉, 그가 '내일'이란 말을 쓴 이유는 구어적 진실이 담긴 말이었던 데 있습니다.

윤동주가 연희전문학교에 재학할 때 교수 가운데 최현배 외에도 한글 주의자가 더러 있었습니다. 조선어학자 김윤경과 영문학자 정인섭이 바 로 그들입니다. 특히 정인섭은 동경에서 유학할 때 김진섭·이하윤 등과 함께 해외문학연구회를 조직하면서 다방면에 걸쳐 활동했고, 특기할 만 한 일은 영문학자로서 일찍이 한글 운동에 참여하였다는 데 있지요. 다 방면의 재사(才士)였기 때문에, 그는 학생들로부터 인기가 있었다는데, 윤동주의 유명한 산문(수필) 「달을 쏘다」도 정인섭의 수업에 제출된 과제 였다고 합니다. 요컨대 최현배·김윤경·정인섭 등의 교수들은 윤동주의 모국어 관념 형성에 영향을 끼친 모범적인 스승의 상이었습니다.

윤동주의 동기생 가운데 유영(柳玲 : 1917~2002)이라는 분이 있었습니다. 윤동주와 함께 연희전문학교에 재학할 때, 유영은 『문장』지에 운향(雲 鄕)이란 필명으로 소설 「조갯살」을 발표한 적이 있었지요. 이때 그는 이 분이 부러웠을 겁니다. 또 그의 경우처럼 졸업 후에 치안유지법의 굴레 를 뒤집어쓰면서, 이 분 역시 옥고를 치렀지요. 용케도 살아남아 해방을 맞이해 훗날 번역가와 영문학자로서 활동하면서 연세대학교 영문과에 오랫동안 재직하게 됩니다. 만년에는 시인으로서 시집도 몇 권 간행합니다. 이 분도 젊었을 때 받은 학교 교육의 영향 때문인지 문학을 통해 우리 말글의 순화에 노력을 기울였다고 평가됩니다. 이 분이 남긴 증언 중에서 이런 게 있어요. 최현배 선생의 『우리말본』을 배울 때, 우리는 얼마나 감격했는지 모른다. 항상 앞자리에 앉아 그 강의를 열심히 들었던 윤동주의 모습이 지금도 눈에 선명하게 떠오른다……. 이 강의를 들은 후, 윤동주는 점수에 인색하다는 스승 최현배로부터 백 점 만점의 평점을 받습니다.

3. 우리 말글을 사랑한 지사적 풍모의 시인

윤동주의 한글 사랑 및 모국어 의식이 연희전문학교 시절 이전에 이미 형성되어 있었다고도 볼 수 있어요. 한글 성경을 읽어온 그의 집안 내력과, 여기에서 비롯한 가학(家學)의 전통에서 그 단초를 찾을 수 있다는 거예요. 그의 집안은 이주민 2세대인 할아버지 윤하현이 억척스럽게 일을 해 경제적인 부를 축적함으로써 집안을 일으킵니다. 윤동주가는 경제적인 부를 축적해 가는 과정에서 기독교를 받아들입니다. 문맹자였던 윤동주의 조부는 마흔 넘은 나이에 한글을 깨쳐 성경을 읽고 교회의 장로가 됩니다. 이때부터 윤동주가는 한글 성경을 꾸준히 읽어 왔어요. 유교적 잔존 문화 속에서 기독교의 삶 의식이 서서히 뿌리내리고 있음을 말해줍니다. 한글의 사용은 유교 이데올로기가 낳은 여러 형태의 사회적 모순을 의식하고 객관화하는 문화 역량을 키우는 것을 의미하기도 해요. 윤동주의 명료한 언어의식은 한글 성경에서 비롯되었다고 볼 수도 있겠네요.

연세대학교 출판부에서 간행한 『원본 대조 윤동주 전집』(2004)을 보면 윤동주의 시 전편 119편이 실려 있습니다. 여기에는 원본(原本)과 정본(定本)이 있는데, 윤동주 당시의 맞춤법, 띄어쓰기, 한자표기 그대로 표기된 것을 두고 원본이라고 이른다면, 정본은 현대의 독자를 위한 언어로 재조정된 텍스트를 말합니다. 어쨌든 이 119편 중에서 순한글전용체로 표기된 시는 모두 47편이고, 한 단어만 한자로 표기된 시는 19편입니다. 그래서 그의 시 절반 이상이 대체로 한글로 표기가 되어 있음을 알 수 있어요. 윤동주보다 조금 아래의 세대의 시인들, 예컨대 김수영·박인환·김경린·김춘수·김종삼 등은 주로 모더니스트 시인으로 자처했어요. 이들에게는 한자로 표기된 시가 많습니다. 한자투성이의 시를 쓴 이들은 해방과 더불어 모국어를 다시 배운 세대예요. 김수영의 시 중에는 십중팔구 한자로 표기된 원본의 시도 있습니다. 그의 시 「풀」이 왜 가장 인기가 있는지 알아요? 이유는 딴 게 아니에요. 이 시가 모두 한글로 표기 되어 있어서 쉽게 읽히기 때문이죠. 윤동주의 「서시」를 사람들이 가장 애송하는 까닭도 한자가 거의 없다는 데 있어요.

강연 자료집을 계속 봐 주세요. 다음 페이지에, 그의 시 가운데 일본식 한자어로 쓰인 용례가 적시되어 있습니다. 일본식 조어의 한자어를 사용하기도 했지만, 물론 경미한 정도에 불과했지요. 시편 「간판 없는 거리」에 이런 내용이 나와요.

모퉁이마다
자애로운 헌 와사등에
불을 혀놓고

여기에 있는 '와사등(瓦斯燈)'은 무엇일까요? 김광균의 시에서 들어봤죠? 이것은 잘못된 표현입니다. 일본식 한자어니까. 와사등은 가스등을 가리킵니다. 그 다음의 행에 있는 '불을 혀놓고'라는 건 탓할 게 없어요. 요즘 말로 불을 켜놓다, 라는 말이죠. 예스러운 표현일 뿐이에요. 내 어릴 때의 기억입니다만, 부산에서는 '불을 서다.'라고 했어요. 이 경우는 'ㅎ'이 'ㅅ'으로 변했네요. 이것도 구개음화입니다. '형님'이 '성님'이 되듯이 말이죠. 또 그의 시 「장미 병들어」에서는 이런 문제적인 표현이 있네요.

> 달랑달랑 외로이
> 황마차 태워 산에 보낼거나.

어떤 표현이 눈에 거슬리나요? '황마차'는 일본식 한자어니까 써서는 안 될 말입니다. 일본인들은 황마차(幌馬車)를 '호로바샤'라고 발음합니다. 당시에 '황마차'라는 표현 대신에 '휘장마차'라고도 했어요. '휘장마차'는 '황마차'보다 더 나은 표현입니다. 이것이 오늘날 '포장마차'로 바뀝니다. 그런데 여러분이 생각하기를 포장마차라면 술집을 생각하는데, 서부 영화에 나오는 마차, (물론 여러분은 서부 영화가 뭔지도 잘 모르겠지만요.) 휘장이 달린 마차를 가리킵니다. 윤동주는 '황마차'가 일본식 한자어인줄 몰랐을 거예요.

물론 윤동주 시에 나타난 우리말 선용(善用) 사례도 적지 않습니다. 몇 가지만 살펴볼까요? 그의 시 「산림(山林)」을 보면 '어둠은 어린 가슴을 질밟는다'라는 표현이 있어요. 그가 '짓밥다(짓밟다)'로 표기했다가 '질밥다(질밟다)'로 스스로 교정한 흔적을 남겼어요. 요즘 표기법으로 말할 것 같으면, '짓밟다'여야 합니다. 어쨌든 이 '질밥다(질밟다)'는 김소월의 시편 「진달래꽃」의 '즈려밟다'에 해당되는 것으로 봐야 해요. 이 말은 논란을 내포하고 있는 말입니다. 사뿐히 즈려밟고 가시옵소서. 처음엔 사뿐히 즈려밟고 간다고 할 때 '사뿐히 짓밟고 간다' 정도로 사람들은 생각했는데, 세월이 흐르면서 어떻게 사뿐히 짓밟느냐는 게 문제가 됩니다. 그래서 소위 '즈려밟고' 가는 것을 두고 사뿐히 '눌러 밟고' 간다고 해야 되지 않겠느냐고 생각하게 됩니다. 그렇게 해야 말이 논리적 모순을 일으키지 않는다는 거지요. 그런데 아무리 모순을 일으킨다고 해도 '즈려밟고'와 '짓밟고'가 동의어일 수 있다는 애초의 가설은 윤동주를 통해서 소급적으로 확인할 수 있다는 것입니다. 이미 밝혔거니와, 그는 시편 「산림」의 초고에서 '짓밟다'를 '질밟다'로 수정했잖아요? 이 대목은 「진달래꽃」의 '즈려밟다'를 '짓밟다'로 유추 해석할 수 있다는 결정적인 증명의 여지가 마련되어 있음을 보여줍니다.

윤동주의 시 「어머니」에는 또 이런 표현이 있습니다. '철비가 후누주군이 나리는 이 밤을' 먼저 '후누주군이'는 현행 표준어 '후줄근히'에 대응되는 어휘임을 알 수 있어요. 그렇다면 '철비'는 또 무언가? 이 시는 1938년 5월 28일에 쓰였습니다. 시를 쓴 날짜가 이 말의 의미가 무엇인지를 가늠하게 해요. 이를테면, 철비란 여름철을 재촉하는 비를 가리키고 있다는 것…… 어때요? 제 추론이 타당하게 여겨지나요?

그러면, 이제 윤동주가 우리말을 사랑했다는 사실에 대한 주변 사람들의 증언을 살펴볼까요? 그는 조선어가 아닌 일본어로 익숙히 말하는 친구들을 못마땅해했고, 일본 옷을 걸쳐 입은 조선인들을 경멸했대요. 그의 아우인 윤일주는 형의 서가에 꽂혀 있었던 책들을 기억하고 있었는데요, 이런 모습이었대요. "서가에서도 가장 좋은 자리에 꽂혀 있는 책은 최현배 선생의 『우리말본』이었다. 형의 연희전문학교 입학 이전부터 꽂혀 있었던 것 같다." 윤동주는 마지막으로 용정 집을 다녀갔던 1942

년 여름 방학 때에 동생들에게 이런 말을 남겨두었다고 합니다. '너희는 앞으로 우리말 인쇄물이 없어질 터이니, 책이든 무엇이든, 심지어는 악보까지도 사서 모아야 한다.' 이 남긴 말에서, 우리는 그의 지사적인 풍모를 새삼스레 엿볼 수가 있습니다. 그는 일본 제국주의의 심장부인 동경에서 우리글로 된 시도 쓰고 일기를 썼습니다. 그것이 빌미가 되고, 불행의 씨앗이 되어서 결국 독립운동가로 잡혀들고 치안유지법에 의거해서 감옥 생활하다가 순국하게 됩니다. 비록 순국인 것은 사실이지만, 시인으로서의 그는 우리말을 위한 일종의 순교 행위를 감행했다고 할 수 있지요. 반면에, 같은 시기에 일본어로 친일 문학을 한 문인은, 비유컨대 우리 말글의 배교자라고 하겠습니다. 우리 말글에 대한, 윤동주의 간절한 사랑은 각별한 데가 있었습니다. 해방 직후에, 연희전문학교 친구로서, 경향신문의 기자로서 윤동주를 알리는 일에 크게 기여한 강처중은 "이역(異域)에서 나고 갔건만, 무던히 조국을 사랑하고, 우리말을 좋아하더니……. 그 각별함을 증언하면서도, 결국 말을 잊지 못했어요.

> 창밖에 밤비가 속살거려
> 육첩방(六疊房)은 남의 나라.
>
> 시인이란 슬픈 천명(天命)인 줄 알면서도
> 한 줄 시를 적어 볼까.

이 인용문은 「쉽게 씌어진 시」가 시작하는 부분이죠. 다타미(왜돗자리) 여섯 조각의 방을 가리키는 육첩방은 일본어에도 우리말에도 없는 말입니다. 일본어로는 '육첩부옥(六疊部屋)'이라고 쓰고, '로쿠조베야'라고 읽습니다. 말하자면, 그는 우리말에 없는 육첩방이란 단어를 만들어서 일본어 내지 일본식 한자어의 직수입을 피하려고 했던 것입니다.

일본의 특별고등 경찰은 교토의 시모가모 경찰서에 잡혀온 윤동주에게 조선어로 쓴 시와 일기를, 앉아서 한두 달 동안 일본어로 번역하게 했습니다. 너, 이거 직역해야 해, 절대로 의역하면 안 돼. 이러면서요. 특히 동경의 하숙방에서 쓴 「쉽게 씌어진 시」를 보고선, 아마도 담당 경찰은 그에게 이랬을 거예요.

무엇이라고? 육첩방이 남의 나라라고? 아니, 어떻게 육첩방이 남의 나라냐? 저 위대한 천황 폐하의 은혜도 모르는 이 빠가야로(바보)!

결국에는 그 「쉽게 쓰여진 시」 때문에 그가 잡혔고, 또 음습한 감옥에서 영어의 몸으로 순국했던 겁니다. 그의 친구인 문익환 목사도 이 시 때문에 그가 죽었다고 매양 아쉬워한 바 있지요. 그 시대의 상황에선 조선어를 사용한 모든 글쓰기는 일종의 독립운동이었고, 또 독립운동은 치안유지법에 저촉되지 않을 수밖에 없었습니다. 조선어로 시와 일기를 썼다는 것 때문에 죽음에 이르게 되었던 윤동주는, 요컨대 모국어의 순교자였던 셈입니다.

4. 흑인 가수인 레이 찰스를 떠올리다

저는 윤동주를 생각할 때마다 미국의 흑인 가수인 레이 찰스를 떠올리고는 합니다. 윤동주보다 13년 후인 1930년에 태어난 그는 자신의 천부적인 재능과 불꽃같은 열정, 생의 고뇌를 음악으로 승화하려 했던 뮤지션이었지요. 그는 궁핍과 차별이란 삶의 조건에서뿐만 아니라 가족사의 불행으로 점철된 성장기를 보냈습니다. 어린 나이에 아우의 익사를 목격하는 충격에 맞닥뜨립니다. 아우를 죽음으로부터 구하는 데 아무런 도움을 주지 못했다는 깊은 죄의식의 대가로. 그는 필생토록 암흑 속에 갇히게 되지요. 레이 찰스는 요컨대 암흑 속에 온전히 갇힌 자였어요. 그는 한때 생의 고뇌를 음악만으로 벗어날 수 없어 사치와 마약과 복잡한 여자관계에 빠지기도 했으나 음악에 대한 재능과 열정이 그를 끝내 구원합니다. 마침내는 영혼의 목소리를 가진 기적의 인간으로 우뚝 서게 되지요.

그대는
아는가
레이 찰스를

그의 목구멍에
블루스가
침묵으로
일관할 때

그가 소매를
걷어올릴 때.

인용한 시는 시인 샘 커니쉬의 시편 「레이 찰스」입니다. 성대로부터 노래가 제대로 나오지 않아 마약 주사를 놓기 위해 소매를 걷어 올리는 그의 슬픈 운명을 비정하리만치 간결하게 묘사하고 있는 이 시는 꽤 잘 알려진 단시예요. 이 시의 행간에는 그가 살던 시대에 있어서, 미국 사회에 잠복된 인종차별의 문제점이 꿈틀대고 있습니다.

찰스 레이는 완벽한 암흑 속에서 음악의 광명을 찾아 나선 고행의 구도자였죠. 그의 이름 앞에는 '소울의 천재'니 '알앤비(R&B)의 대부'니 하는 수식어가 항상 붙어 다녔습니다. 그는 대중음악에 관한 한, 거의 모든 장르를 넘나들었어요. 그에 관한 전기 영화에서는 누구도 흉내 낼 수 없

흑인 맹인 가수 레이 찰스의 전기 영화 「레이」(2004)의 한 장면. 배우 제이미 폭스의 명연기가 인상적이었다. 윤동주와 레이 찰스는 어둠보다 더 검은 빛을 노래한 시인이요, 가수였다.

는 그의 목소리가 그대로 드러나고, 명배우 제이미 폭스는 립싱크로 그의 노래를 연기함으로써 레이 찰스 역을 탁월하게 재현합니다. 자전적인 첫사랑의 열정을 구가한「내게 여자가 생겼어(I've got a woman)」는 교회에 의해 악마의 노래로 규정되었지만, 팝의 역사에서 소울의 시작을 알린 획기적인 노래로 평가됩니다. 인종 차별에 항의하는 뜻에서 공연을 포기함으로써 조지아 주로부터 평생 공연 금지를 명령받는 도화선이 된「내 마음의 조지아(Georgia on my mind)」는 결국 훗날에 조지아의 공식적인 주가(州歌)로 선정되지요. 마약의 중독을 끊기 위해 '누구의 도움을 받기보다도 스스로 혼자 일어서라.'는 어머니의 가르침. 영화에서는 현재의 자신보다 젊은 모습의 잔상으로 남아 있는 어머니에 대한 환각을 떠올리는 무척이나 인간적인 장면이 있습니다. 그의 음악에는 신체의 장애가 없고, 자유로운 영혼만이 있을 뿐이죠. 그의 노래는 흑백의 장벽을 허물면서, 모든 인간을 공명케 합니다.

최근에 일본의 여성 시인인 가와즈 쿄에(河津聖惠)는『어둠보다 검은 빛의 노래를』이란 시론집을 내면서, 시인을 가리켜 세계에 대해 본능적인 위기의식을 가진 존재라고 규정합니다. 그녀의 말마따나 윤동주는 '어둠보다 더 검은 빛을 노래한' 젊은 우국(憂國) 시인으로서 암흑기의 영원한 별이 됩니다. 그에게 관심이 있는 일본인들은 그가 모국어를 지키면서 시를 쓰고, 이 때문에 죽음의 한 원인을 제공했다는 사실에 주목하곤 하였지요. 그는 스승인 최현배로부터 조선어 강의를 들으면서 세계에 대해 본능적인 위기의식을 가진 존재로서의 시인의 꿈을 가지게 되었을 것입니다. 그것도 어두운 식민지 시대에 우리 말글로 된 시를 쓰는 시인 말입니다. 그가 꿈꾸던 시는 가와즈 쿄에의 비유적인 표현처럼 이를테면 '어둠보다 검은 빛의 노래'이었을 터입니다.

그가 어두운 시대에 빛을 찾는 것은 다름 아니라 길을 찾는 행위인 것이요, 또한 그가 가야 할 길은 '언제나 새로운 길'이었던 것이에요. 식민지의 언어에 지나지 않았던 조선어는 그에게 삶의 중심부에 놓인 환한 숨결이요, 더욱이 조선어로 된 서정시는 그에게 생명수와도 같이 소중한 그 무엇이었을 거예요.

등불을 밝혀 어둠을 내몰고
시대처럼 올 아침을
기다리는 최후의 나

그의 등불은 시대의 양심이구요, 암울한 식민지의 밤을 밝히는 별빛이거나, 아니면 죽어가는 모든 것을 서럽게 부둥켜안은 몸짓이었겠지요. 아니, 그의 등불은 다름 아니라, 그가 사랑한 빼앗긴 모국어였겠지요.

레이 찰스의 「내 마음 속의 조지아」는 그에겐 필생의 대표곡 중의 하나입니다. 그의 몇몇 대표곡은 시대를 격하여서도 감동과 울림을 주고 있습니다. 나도 그의 노래를 사랑해요. 어쨌든 이 노래의 성공 이후 레이 찰스는 조지아 주의 오거스타에서 공연이 예정되어 있었는데요, 그는 돌연 공연을 취소하고 오거스타를 떠납니다. 취소의 이유는 공연장에서 흑백을 분리하여 백인들에게만 좋은 자리를 허용하고 흑인들은 발코니에 있어야 한다는 이야기를 전해 들었기 때문이었죠. 손해배상 소송에 걸려 위약금을 문 것은 당연하였겠죠. 그렇지만요, 찰스 레이의 전기 영화인 「레이」에서 그린 것처럼 조지아에서 그의 공연이 금지된 것은 아니었답니다. 그는 그 다음해에 흑백 분리가 없는 조건으로 같은 공연장 무대에 올라섰다고 해요. 요컨대, 노래거나 서정시거나 할 것 없이, 예술은 어둠 속의 빛을 밝히는 창조적 행위의 소산이 아닐까요?

5. 한글 정신에 부합한 입말의 진정성

저의 오늘 강연은 한글학회 광주전남지회의 초청으로 이루어진 것인 만큼, 제 말의 기둥말도 애최 '한글'과 관련이 있어야 하였겠지요. 요즘 '키 워드'라는 낱말이 자주 사용되고 있는데요, 오늘 강연에서 키(key)가 되는 말, 열쇠가 되는 제 말 역시 '한글 정신'에 두고 있습니다. 도대체 한글 정신이란, 무엇일까요. 이 물음에 대해, 이론적으로 체계화하기보다는, 저는 제 경험과 관련해 얘기해 보겠습니다.

단순히 한글전용을 실천하자는 게 한글 정신이 결코 아닙니다. 한마디로 말해, 한글 정신은 용기가 필요한 정신이 아닐까 합니다. 우리 진주 지역에 대단한 한글주의자가 계세요. 국어교육학계의 원로이신 김수업 선생 말이죠. 이 분은 문학이란 용어조차, 왜말 찌꺼기에 지나지 않는다고 생각해서인지 그 동안 기피해 왔어요. 대안으로 신조어를 스스로 만들었는데, 이 분은 문학을 가리켜 '말꽃'이라고 칭합니다. '이야기꽃을 피우다'와 '웃음꽃을 피우다'라고 하는 관용적인 표현에서 착안을 얻은 모양입니다. 제가 어느 사람으로부터 들은 얘기인데요, 이건 뭐 비행기를 두고 '날틀'이라고 하는 말보다 심한 게 아니냐고 말해요. 또 그러면 음악은 '소리꽃'이고, 그림은 '물감꽃'이고, 무용은 '몸짓꽃'이냐고 되묻는 사람도 있다고 해요. 저 역시 문학을 말꽃이라고 부르는 데는 좀 주저하는 입장입니다만, 그 의도와 용기는 일단 대단하다고 봅니다. 이처럼 한글 정신이란, 다름이 아니라 용기 있는 정신이 아닌가 합니다.

신문 기사의 표제 중에서, 이런 말이 있다고 합시다. 교육부 장관의 전격적인 경질. 신문에서 흔히 보는 표현이지요. 소위 '전격(電撃)'이 뭐란 말입니까? 우리의 쉬운 말로 이를테면 '벼락치기'입니다. 벼락이 내리칠

때, 우리가 '벼락이 치다.'라고 하지, 누가 '전격하다.'라고 합디까? 교육부 장관의 전격적인 경질을 가리켜, 교육부 장관을 벼락치기로 바꿈, 이라고 표현할 수 있는 용기가 바로 한글 정신입니다. 전격보다는 벼락치기에 구어적 진실이 담겨 있으니까요.

얼마 전에 지진이 발생했는데도 재난 문자를 늦게 발송해 문제가 되었었지요? 누가 그랬어요. 주구장창 쓰잘데없이 오는 문자인데, 국민안전처청에서는 중요할 때 왜 문자를 보내지 않느냐? (혹은, 왜 문자가 늦느냐?) 어떤 사람은 잘못된 표현을 문제로 삼아요. 주구장창이 아니라 주야장천이라고요. 낮 주, 밤 야, 길 장, 내 천이란 한자의 뜻을 사용하기도 합니다. 사태의 본질을 왜곡한 거죠. 정곡을 찌르지 못하고, 엉뚱한 데 남을 탓하는 모양새입니다.

제 젊었을 때의 일입니다. 1978년 스물한 살 때의 일이니까, 아주 오래 지난 얘기예요. 제가 서울에서 아무 대학교 국문과에 재학하다가 당시의 행정 구역으로는 경남 울주군 바닷가 마을에서 교사로 근무한 일이 있었어요. 가족적인 분위기가 오붓한 열두 학급의 학교인데, 수요일마다 직원 체육대회를 열어 배구 경기를 하곤 했어요. 한번은 경기가 지나치게 한 쪽으로 기울어졌어요. 기능직 고용원이 하는 말이 저쪽은 청풍낙엽이라, 라고 말합니다. 이때 연세가 많은 교무주임 선생님이 "뭐? 청풍낙엽이라고? 식자우환일세." 배운 사람은 근심걱정이 많으니, 자네는 차라리 무지렁이로 살게나, 하는 뜻이 슬며시 감추어진 말이죠. 물론 남을 무시하자고 한 말이 아니라, 그냥 웃자고 한 말입니다. 저는 그때 웃어 죽을 뻔했어요. 추풍낙엽을 청풍낙엽으로 말한 저학력의 고용원이 말을 잘못 이해한 거죠. 하지만 잘못된 말이 결코 아니에요. 그렇게 이해했으면, 그렇게 쓰는 것이 한글 정신이라고 생각합니다. 입말의 진정성이 있기 때문이에요.

참으로 대단한 작품인 박경리의 「토지」에도 잘못 쓰인 말이 있습니다. 이 소설의 본문에 '풍지박산'이 더러 나옵니다. 풍지박산이 아니라 '풍비박산'이 맞는 표현이지요. 바람처럼 흩날리고 우박에 흩어지듯 온전히 해체되어버리는 것을 두고 풍비박산이라고 해요. 가장 최근의 판본으로 나온 「토지」에는 '풍지박산'을 '풍비박산'이라고 고쳐놓았다고 합니다. '물에 물 탄 듯, 술에 술 탄 듯'도 잘못된 표현이겠죠. '물에 술 탄 듯, 술에 물 탄 듯'이 맞는 표현이에요. 고치는 것보다 그대로 두면서 각주(脚註)를 다는 것이 어땠을까 하는 생각도 드네요.

저학력자나 대작가나 할 것 없이 이상의 경우처럼 말은 잘못 쓸 수도 있는 거예요. 잘못이네, 잘못이 아니네 하는 게 중요하지 않아요. 제가 드리고자 하는 말씀은 '주야장천'보다 '주구장창'이 더 구어적인 진실을 담고 있기에 한글 정신이 엿보이고, 또 '주구장창'보다는 '밤낮으로'가 공감의 폭이 넓기 때문에 더 바람직한 한글 정신이 드러나 보인다는 사실입니다.

작년 2015년 3월 2일입니다. 거의 일 년 전의 일이로군요. 일본의 아사히신문은 이례적인 사설을 싣습니다. 사설의 제목은 「비극의 시인에 관한 생각을 가슴에(悲劇の詩人の思いを胸に)」이에요. 나는 국립중앙도서관에서 아사히신문의 사설을 찾았는데, 마지막의 부분이 무언가를 생각할 여지를 남기고 있습니다. 윤동주는 왜 성(姓)을 바꾼 것일까, 어째서 한글을 고집한 것일까, 일본인인 우리는 이 점을 생각(성찰)하지 않으면 안 된다……라는 것. 아닌 게 아니라, 그는 자신의 성을 어렵사리 바꾸었지만 조선의 모국어만은 끝까지 버리지 아니했습니다.

저는 윤동주야말로 한글 정신에 가장 부합한 시인이라고 평소에 생각해 왔습니다. 그가 한글을 가장 적극적으로 표기하고 표현한 사실도 인정되지만, 이보다는 그의 시에는 그 당시 입말의 진정성을 총체적으로 보여주고 있습니다. 그가 근현대 시문학사를 통해 우리 말글을 사랑한 시인이었다는 사실도, 우리는 결코 간과해서는 안 된다고 봅니다. 나의 이 견해에 대해 수긍하지 못하는 전문가들도 있으리라고 봅니다. 윤동주와 비슷한 시기에 활동했던 시인들, 예컨대 정지용, 백석, 김영랑도 있지 않느냐 하는 반론도 있을 법해요. 그런데 이들은 우리말을 세련되게 하는 시인들이었다는 게 맞습니다. 이들의 시는 만듦새와 꾸밈새가 매우 정교합니다. 반면에, 윤동주는 우리 말글을 세련되게 갈고 닦은 시인이라고 보기엔 어렵죠.

그의 삶에는 실패도 적잖이 있었답니다. 그는 학교를 입학하는 과정에서 우여곡절을 적잖이 겪었지요. 다단하고 긴박한 삶을 살아왔기 때문에 우리말을 아름답고 세련되게 갈고 닦을 시간과 마음의 여유가 없었어요. 그는 소학교에서 대학교까지 간도·평양·서울·동경·교토에서 여덟 군데의 학교를 다녔고, 거주하는 공간도 명동촌에서 후쿠오카까지 여덟 군데나 옮겨 다녔습니다. 오히려 이러한 생의 사연과 내력이 그의 언어가 삶의 자장력이 큰 언어일 수밖에 없는 까닭이 되기도 합니다. 또 다른 측면에서 말하자면, 그의 시적 언어는 맑은 영혼을 적시는 우리 겨레의 순수한 언어이기도 합니다. 그는 현실의 언어와 당위의 언어 사이에서 어느 한 쪽으로 기울지 않으려고 했어요. 그의 이 같은 시적 언어를 두고 어느 한 쪽으로 기울지 아니하는 '무저울의 언어'라고 말하면, 또 어떨까요?

있으면 있는 대로 소박하면 소박한 대로 우리에게 우리의 알맞은 말글을 시의 언어로 수용한 그는, 비유컨대 자연주의 셰프와 같은 존재였습니다. 이 자리에 초등학교 선생들이 많이 있겠지만 요즘 초등학생들은 대단해요. 과거에는 어른들이 너, 앞으로 뭐되고 싶니, 하고 물으면, 대부분이 판검사니, 과학자니, 스타니, 하는 출세지향적인 인간상을 밝히지 않았습니까? 그런데 요즘은 백댄서나 자연주의 셰프처럼 보조적이고 개성적인 인물 유형을 선호하는 경향이 농후하대요. 이른바 자연주의 셰프란, 화학조미료를 사용하지 않는 요리사를 일컫습니다.

요컨대 시인 윤동주는 정지용, 백석, 김영랑 등과 달리 만듦새와 꾸밈새가 없는 우리말을 시의 언어로 구사하면서 마치 화학조미료를 사용하지 않는 요리사처럼, 있으면 있는 대로 소박하면 소박한 대로 우리 말글의 적확함을 통해 동시대 입말의 진정성을 실현할 수가 있었던 것입니다. 오직 했으면, 그가 「서시」에서 '나에게 주어진 길'이란 문어 대신에 '나한테 주어진 길'이란 구어를 선택했겠어요?

(보태어 채움 : 이 강연이 있은 후 10여 일 지나서 KBS가 제작한 다큐멘터리 '불멸의 청년 윤동주'가 방영되었다. 연세학교 교수 마광수의 인터뷰 내용을 다음과 같이 인용한다. "이 분은 일어로 된 시 없습니다. 난해한 시로 유명한 이상의 작품에도 반이 일어로 되어 있습니다. 일어. 그런데 이 분은 한글이 말소된 시기에 한글로만 썼어요. 근데 윤동주는 시어가 없어요. 다시 말해서 문어체가 없어요. 전부 구어체입니다.")

저는 오늘 이 강연을 마치고 고속열차를 타고 제 집이 있는 서울로 갑니다. 여기에서 송정역까지는 같은 광주 지역이라고 해도 엄청나게 멀다고 하더군요. 또 여기에 올 때처럼 어느 기사 분과 만나 재미있는 얘기를 주고받게 되는지요. 바라건대는 윤동주의 한글 정신이 오늘, 아니

앞으로도 진주에서 시작해, 광양과 광주를 거쳐, 대전역과 천안아산역을 지나 서울로까지 이어졌으면 합니다.

곧 영화 「동주」가 개봉된다고 합니다. 저도 이 영화가 어떤 영화인지, 매우 궁금합니다. 이 자리에 젊은 여성분들이 많은데, 윤동주 역을 맡은 남자 신인 배우가 상당한 꽃미남이라고 해요. 물론 제가 영화를 홍보하거나 판촉하는 사람이 아니란 사실을 잘 알고 있으시죠? 이 영화를 보면서 시인 윤동주를, 그의 삶을, 그의 시를 다시금 생각하기를 바랍니다. 오늘 제 강연은, 그러면 여기에서 마칠까 합니다.

지금까지 경청해 주셔서, 감사합니다.